Verlag
Michael
Weyand

Mischa Martini

CULPA MOSEL

Mischa Martini

CULPA MOSEL

Verlag
Michael
Weyand

© Verlag Michael Weyand GmbH, Friedlandstr. 4, 54293 Trier,
www.weyand.de, verlag@weyand.de
www.mischa-martini.de

Dank für Lektorat und wertvolle Anregungen:
Gabriele Belker, Hans-Joachim Kann, Christian Kraler, Peter Vollmer, Birgit Weyand

Satz: Verlag Michael Weyand GmbH, Trier
Druck und Bindung: CPI books GmbH, Leck
Titel: Bob, Trier

ISBN 978-3-935 281-87-4
1. Auflage Oktober 2011

Personen und Handlungen
sind frei erfunden.

Ähnlichkeiten mit
Verhaltensweisen von Menschen
an der Mosel und anderswo
sind zufällig,
mitunter unvermeidlich.

Wir sollten nicht den Tod fürchten,
sondern das schlechte Leben.

Robert Pfaller

Trier, Innenstadt

Wildfreigehege Waldstadion
Luxemburg A 64 Köln/Aachen
Fachhochschule
B 51
Bieweraer Straße
Jugendherberge
Mosel-stadion
Zeughausstraße
Wilhelm-Leuschner-Straße
St. Mergener-Straße
Maarstraße
Kloschinskystr.
St. Martin
Bachstr.
Benediktinerstr.
Engelstraße
Schiffs-anlege-stelle
Zurlaubener Ufer
Zurmaiener Straße
Peter-Friedhofen-Straße
Ascoli-Piceno-Straße
Kaiser-Wilhelm-Brücke
Bitburger Straße
Bonner Straße
Robert-Schuman Haus
Römerstraße
Im Sabel
Lindenstraße
Peter-Friedhofen-Kapelle
Krankenhaus der Barmh. Brüder
Ev. Krankenhaus
Maarstraße
Engelstraße
Maximinstraße
Paulinstraße
St. Maxim
Petrusstr.
Martinsufer
Ausoniusstr.
Fr.-Ebert-Allee
Nordallee
Bruchhausenstraße
Franz-Ludwig-Str.
Nur zum Ein- und Aussteigen
Porta Nigra
Theodor-Heuss-Allee
Fahrrad-tiefgarage
Stadtmuseum Simeonstift
Deutschherrenstraße
Kölner Straße
Schießgraben
Langstraße
Pferde-markt
Moselstraße
Drei-königen-haus
Christophstraße
Marien-säule
Fachhochschule
Paulus-Platz
Oerenstraße
Walramsneustr.
Jakobstr.
Stock-platz
Simeonstr.
Glockenstr.
Kochstraße
Flanderstraße
Deworastraße
Sichelstr.
Katharinenufer
Irminenfreihof
St. Paulus
Dietrichstr.
Franken-turm
Steipe
Dom
Bischöfl. Museum
Hornstraße
St. Irminen
Polizei-präsidium
Böhmerstraße
Haupt-markt
Windstraße
Predigerstraße
Balduinstraße
Martinerfeld
Salvianstr.
St. Gangolf
Palaststr.
Palais Kessel-statt
Liebfrauenstr.
Ostallee
MOSEL
Krahnen
Krahnenufer
Windmühlenstraße
In der Olk
Frauenstraße
Zuckerbergstraße
Metzelstraße
Fleischstraße
Kornmarkt
Roter Turm
Krahnenstraße
Brotstraße
Konstantinstr.
Konstantin Basilika
Mustorstr.
Gartenfeldstr.
Mutterhaus der Borromäerinnen
Johannisstraße
Europ. Kunst-Akademie
Karl-Marx-Haus
St. Antonius
Nagelstr.
Feldstraße
Fahrstr.
Thermen
Priester-seminar
Kurfürstliches Palais
Aachener Straße
Brückenstraße
Vieh-markt-platz
Weberbachstraße
Palastgarten
Rhein. Landes-museum
Johanniterufer
Theater
Neustraße
Stadt-bibliothek
Karl-Marx-Straße
Rathaus
Tuch-fabrik
Hochbunker
Hindenburgstr.
Europahalle
20 Plätze
Weimarer-Allee
Egbertstraße
Römerbrücke
Lorenz-Kellner-Straße
Synagoge
Kaiser-thermen
Hermesstraße
Kaiserstraße
Südallee
Kaiserstraße
St.-Barbara-Ufer
Südallee
Barbarathermen
Friedrich-Wilhelm-Str.
Eberhardstraße
Das Bad an den Kaiserthermen
Polizei
Oleviger Straße
Gilbertstraße
Gerberstraße
Spitzmühle
Am Kastell
Speestraße
AlterJuden-friedhof
An den Kaiserthermen
Saarstraße
Nikolausstraße
Löwenbrückenerstr.
Europäische Rechtsakademie
Saarbrücker Straße
Luxemburger Straße
Am Herrenbrünnchen
Metzer

Er hatte so ausdauernd geduscht, dass nicht nur der Spiegel angelaufen war, sondern der Wasserdampf auch an Schrank, Waschmaschine und Wandfliesen kondensierte. Obwohl er sich dreimal gründlich eingeseift hatte, schrubbte er seine Hände und Unterarme nun wieder und wieder mit der Waschpaste, wobei er wusste, dass es keinen Sinn hatte. Mit dem feinen Sand der Seife hatte er sicher schon die oberste Hautschicht abgerubbelt. Sie hätte sich auch von selbst über Nacht gelöst.

Huck hatte er sich schon als Kind genannt. Bei den ersten Schreibversuchen hatte er den Namen noch mit einem A geschrieben, so wie er ausgesprochen wurde. In Huck hatte er sich wiedererkannt, einem Waisenjungen, dem übel mitgespielt wurde, der sich aber nicht unterkriegen ließ und der einen Freund hatte, mit dem er durch dick und dünn gehen konnte. Mit diesem Namen hatte er sich zuweilen selbst angefeuert. Seitdem er darauf angesprochen worden war, hatte er es nur noch lautlos für sich getan. Bis heute. Huck, das war sein Kampfname, angelehnt an seinen Lieblingsautor. Selbst in seiner römischen Rüstung nannte er sich so, auch wenn er bei den Legionärstreffen offiziell Marcus hieß.

Als Jugendlicher hatte er alles von Mark Twain gelesen. Nach dem Vorbild des Autors hatte er sogar eine Setzerlehre in einer Druckerei begonnen, die sich in Kirchenbesitz befand, und zu der Schwester Edelberga Beziehungen hatte. Schiffsjunge wäre er auch gerne geworden, die Ausbildung zum Zimmermann jedoch, zu der er nach einem Jahr in der Druckerei gewechselt war, hatte ihm gefallen.

Noch heute verkleidete er sich gerne, zwar nicht, wie Huck das getan hatte, als Mädchen; jedoch als Schornsteinfeger und Wandergeselle, das gefiel ihm und konnte obendrein auch eine gute Tarnung sein.

Wenn er jetzt weiter schrubbte, könnten sich nicht nur eine, sondern weitere Hautschichten lösen. Er hatte sich die Hände schmutzig gemacht, in einer anderen Weise als auf der Arbeit, wo er auch mit Dreck zu tun hatte. Was er heute angefasst hatte, war menschlicher Dreck gewesen. Und einen Teil davon hatte er soeben für immer aus der Welt schaffen können.

Sonntag

In nicht einmal einer Stunde würde er zum ersten Mal in seinem Leben ernsthaft beten, aber niemand würde ihm dann mehr helfen können. Davon wusste Rudolf noch nichts, als ihm eine kalte Brise entgegenwehte und er bereute, nur eine Kappe statt der Wollmütze angezogen zu haben. Immerhin, der Wind würde ihm nachher auf dem Rückweg, für den er dieselbe Strecke an der Mosel entlang ausgewählt hatte, in den Rücken wehen. Gegen Ende einer Runde auf den Inlineskates war Gegenwind für ihn fast so unangenehm wie bergauf zu fahren.

An der Weggabelung vor dem Hafen entschied er sich, die kurze Zusatzstrecke entlang des Hafenbeckens erst auf dem Rückweg zu nehmen.

Der Anblick des renovierten Landguts auf der anderen Moselseite ließ ihn wie gewohnt auf seine Stoppuhr schauen. In diesem Tempo würde er kaum zwanzig Minuten für die Strecke bis zur Mündung der Sauer und wieder zurück nach Grevenmacher benötigen. Den Oberkörper tief gebeugt, beide Hände am Rücken, rollte er mit weit ausholenden Schwüngen über den Asphalt.

Die letzten Sonnenstrahlen glitten über die Felsen an den Igeler Weinbergen. Das Hafenbecken nebenan war verwaist. Als Schiffer hätte er sich übers Wochenende ebenfalls einen angenehmeren Liegeplatz ausgesucht als den mit Ausblick auf trostlose Lagerhallen und bedrohlich wirkende Tanks, in denen Unmengen von Benzin und Diesel lagerten.

Die Strecke auf der gegenüberliegenden deutschen Seite war naturnäher, aber hier begegnete er kaum Radfahrern, Joggern oder Spaziergängern.

An der zweiten Brücke hinter der Sauermündung in Wasserbillig wendete Rudolf. Die Schwäne hatten schon zur Nachtruhe ihre Köpfe ins Gefieder gesteckt, die Moselfähre Feierabend gemacht. Hinter dem Hafenbecken von Mertert entschied er sich trotz der einbrechenden Dunkelheit, die bei Schlaglöchern besonders tückisch sein konnte, den Extrakilometer auf der durch die Hafeneinfahrt zur Sackgasse gewordenen Straße entlang des Flusses einzulegen. Während er die Hallen passierte, fragte er sich, ob heute am späten Abend die Arbeit wieder aufgenommen werden würde oder erst am Montagmorgen. Fast wäre er an der Brieftasche vorbeigerollt, die aus dem Gestrüpp am Wegrand lugte. Er hielt an und trat auf der Stelle und sah sich um.

Nachdem er die Brieftasche mit dem Inliner auf den Weg gescharrt hatte, ging er in die Hocke, stützte sich mit der linken Hand auf dem körnigen Asphalt ab und klappte mit der rechten das Leder auf. Im Dämmerlicht war die Person auf dem kleinen Bild hinter der Folie nicht zu erkennen. Kaum traf ihn der Schlag am Hinterkopf, landete er mit dem Gesicht auf der Erde.

Als Rudolf erwachte, lag er auf der Seite. Ihm war übel. An den Kopf konnte er sich nur mit beiden Händen fassen, sie waren nicht voneinander zu trennen. Durch die milchige Wand direkt neben seinem Gesicht fiel fahles Licht. Ganz vorsichtig drehte er den Kopf. Auch dicht hinter ihm war diese Wand. Er schloss die Augen. Nach einem tiefen Atemzug durch die Nase traute er sich, sie wieder zu öffnen. Er lag in einem Sarg, nicht aus Holz, auch nicht gläsern, aber geschlossen und für ihn zu klein. Seine Beine waren angewinkelt, die Füße stießen unten an. Der Versuch, den Kopf zu heben, löste einen stechenden Schmerz aus. Alle Kraft zusammennehmend, drehte er sich langsam auf den Rücken. Seine Ellbogen stießen gegen die Wand, sie gab nach. Über ihm wurde ein Reißverschluss aufgezogen, eine nur schemenhaft erkennbare Gestalt beugte sich hinunter, warf etwas zu ihm hinein, was von seinem Bauch abglitt. Der Reißverschluss wurde wieder zugezogen. Wie lange würde die Luft reichen?

Der Plastikbehälter, in dem er gefangen war, geriet in Bewegung, sein Rücken schleifte über eine harte glatte Fläche, dann über weicheres unebenes Gelände und schließlich bohrte und riss es so schmerzhaft an seinem Rücken, dass er aufstöhnte. Das Schleifgeräusch setzte sich durch seinen Hinterkopf bis zu den Ohren fort, was nun den Schmerz in sein Gesicht und den Mundbereich verlagerte. Seine Lippen ließen sich nicht öffnen, seine Kiefer waren miteinander verklebt wie seine Arme und Beine.

Das Geräusch hatte aufgehört. Plötzlich schien es ihm, als würde er schweben. Nur ein leises Gluckern umgab ihn. Für einen Moment linderte die Kühle die Schmerzen. Dann realisierte er, dass er im Wasser trieb. Kalt wie Eis sammelte sich das hereinsickernde Nass an seinem Rücken. Für einen ihm unendlich lang scheinenden Moment gab es nur das Keuchen seiner verzweifelten Atemzüge und das Pochen seines Herzens.

Ein Lichtschein drang durch die Hülle, blendete ihn und erlosch wieder.

Ich geb‘ niemals auf, trieb sich Rudolf an. Ruhig bleiben! Er zwang sich zum Nachdenken. Das Licht stammte vermutlich vom Scheinwerfer eines Autos, das die Uferstraße befuhr. Also trieb er nicht im Hafenbecken, sondern in der offenen Mosel. Mit den zusammengebundenen Händen betastete er die glatte Folie über sich. Seine Fingerspitzen fanden die Naht des Reißverschlusses. Falls es ihm gelänge, hier herauszukommen, würde er sich überhaupt mit gefesselten Armen und Beinen über Wasser halten können? Aber diese Frage durfte er sich jetzt nicht stellen. Erst einmal musste er den Schieber des Reißverschlusses erreichen. Was er da ertastete, war das Ende des Reißverschlusses. Der Schieber befand sich also neben seinen Füßen und ließ sich wahrscheinlich nur von außen öffnen. Sein Atem ging schneller. Er musste Ruhe bewahren.

Etwas berührte sein Bein, wand sich an ihm hoch. Er brauchte es nicht zu sehen, allein die Bewegung war eindeutig, es war eine Schlange. Nun war es endgültig mit seiner Ruhe vorbei.

Während er mit den gefesselten Händen nach dem Tier schlug, stemmte er sich mit aller Kraft gegen die Hülle. Mit voller Wucht trat er gegen das Fußende. Das Gewebe gab jedoch nicht nach. Das Wasser umspülte schon seinen Kopf, lief ihm in die Ohren. Sein Herzschlag begann zu rasen. Der Sarg war aus dem Gleichgewicht geraten. Er musste ihn wieder in die Waagerechte bringen. Rudolf spannte die Bauchmuskeln, hob trotz des höllisch schmerzenden Nackens den Kopf, drückte die Beine nach unten, spürte, wie das Wasser sich auf die andere Seite verlagerte. Es war zuviel, der Behälter neigte sich zur Seite, schwankte zurück, kam wieder in eine waagerechte Position. Rudolf schnaufte. Das Wasser war deutlich gestiegen. Wieder spürte er die Bewegung, diesmal höher, auf seinem Bauch. Suggerierte es ihm die Panik oder waren es wirklich mehrere Schlangen? Auch auf der Brust bewegte sich was. Hatten sie ihn schon gebissen? Ein Jammerton entwich seiner Nase.

Viel Luft würde ihm nicht mehr bleiben. Entweder ertrank er jämmerlich oder das Schlangengift würde ihn töten. Plötzlich spürte er einen Schmerz in der rechten Wade. Nicht so wie bei einer Zerrung, den Schmerz kannte er zur Genüge. Mehr oberflächlich, von der Haut her, kam der Schmerz. Vielleicht hatte eines der Viecher ihn dort gebissen.

Nicht aufgeben! Solange es noch eine Chance gab, würde er kämpfen. Rudolf versuchte nicht zu strampeln, sondern mit den Beinen einen gleichmäßigen Druck aufzubauen. Sein Kopf wurde in die Folie gepresst, während er seine Füße mit aller Kraft gegen das andere Ende stemmte. Draußen wurde es wieder schlagartig hell. Für einen Moment hoffte er, der Scheinwerfer stamme von einem Schiff. Ein Steuermann könnte ihn entdecken. Er malte sich aus, wie ein Beiboot zu Wasser gelassen wurde.

Blödsinn, die Schiffer hätten viel zu tun, wenn sie alles untersuchen wollten, was im Fluss trieb. Wenn er nicht bald hier rauskam, würden seine Muskeln durch das kalte Wasser so steif werden, dass an Schwimmen gar nicht mehr zu denken war. Im milchigen Licht sah er die Schlange, die zusammengerollt oberhalb seiner gefesselten Hände auf seinem Bauch lag. Wo die andere steckte, konnte er nicht feststellen. War sie in ein Hosenbein seiner Tights gekrochen oder war sie schon ertrunken? Er hechelte nach Luft, seine Arme und Beine kribbelten, als würde Strom hindurch geleitet.

Als er beten wollte, fielen ihm keine Gebete ein, außer einem kurzen Tischgebet und einem zum Schlafengehen aus seiner Kindheit. Er hatte nie ernsthaft gebetet, nie einen persönlichen Wunsch geäußert gegenüber diesem Gott, an den er schon lange nicht mehr glaubte. Nun bat er stumm darum, gerettet zu werden. Er konnte nicht sprechen, aber wenn es ihn gab, würde er seine Gedanken lesen können.

Wer tat ihm das hier an? Er wollte an niemanden denken, nicht an seine Exfrau, nicht an seine jetzige Frau, seine Kollegen, an niemanden. Er war ganz allein und musste das auch ganz allein durchstehen.

Das Wasser stieg weiter. Mit geschlossenen Augen stemmte sich Rudolf noch einmal gegen die Plastikwände. Ein weiteres Gebet würde er nicht sprechen. Wunder waren nicht zu erwarten. Gott würde ihm keinen Engel schicken.

Was machte ihn nur so ruhig? War es das Gift der Schlange, die Folgen der Verletzung, die Kälte? Es war ihm egal, er versuchte nicht einmal mehr, sich zu wehren …

Montag

»Gibt es schon ein Urteil?«, fragte Gabi, als Grabbe am frühen Nachmittag zur Bürotür hereinkam. Sie löffelte Joghurt aus einem Becher.

»Der Prozess zieht sich.« Grabbe ging hinter ihr vorbei zu seinem Schreibtisch, auf dem er seine Mappe ablegte. Ihr Rechner brummte leise, der Monitor war dunkel.

»Wie steht die Sache?«

»Keine Ahnung. Wir haben den halben Tag im Zeugenzimmer gehockt, dann ist Walde in den Gerichtssaal gerufen worden und ich konnte gehen.«

»Die wollten dich nicht hören?«

»Nein, sie hätte ja bereits alles zugegeben«, Grabbe zuckte mit den Schultern. »Ist vielleicht besser so.«

Im Prozess ging es um eine Straftat aus dem letzten Winter. Eine Frau hatte Grabbe betäubt und in den Kofferraum seines Wagens verfrachtet; in diesem Gefängnis war er bei einem Brand um Haaresbreite dem Tod entgangen. Es wäre ihr zweiter Mord gewesen. Grabbe hatte ein schweres Trauma erlitten und war erst vor ein paar Wochen zur Mordkommission der Kripo Trier zurückgekehrt. Vorerst sollte er nur halbtags arbeiten.

»Und bei dir?«, fragte Grabbe.

»Nix Besonderes«, Gabi tippte auf die Maustaste, ihr Rechner kam wieder zu sich. »Eine Anfrage von der Kripo Koblenz ist per Mail gekommen, die Kollegen bitten uns um eine Zeugenbefragung.«

»Und?«

»Nix und.« Gabi hatte einen zweiten Becher Joghurt geöffnet. »Ich mache gleich Feierabend, sonst kriege ich meine Überstunden nie abgefeiert.«

»Und wer kümmert sich um die Koblenzer Geschichte?«

»Den Zeugen können wir zur Befragung einbestellen.«

»Und wenn es eilig ist?«

»Guck doch selbst, ich hab' die Mail an dich weitergeleitet.« Sie schob die beiden Joghurtbecher ineinander und drückte den Deckel hinein.

»Wo willst du hin?«, fragte Walde, als er Grabbe im Eingang des Präsidiums begegnete. »Kurz in die Stadt, ich hab' dir einen Zettel mit der Adresse auf den Schreibtisch gelegt.«

»Worum geht es?«

»Eigentlich nur um eine Auskunft, die Koblenzer Kripo hat uns um Amtshilfe gebeten.«

»Hatten wir nicht vereinbart, dass du nicht mehr allein unterwegs sein wirst?«

»Das hier ist nur eine kleine Sache«, versuchte Grabbe abzuwiegeln.

»Das kannst du doch jetzt noch gar nicht wissen.«

»Ich habe mit dem Mann telefoniert. Ein alter, kranker Mann.«

»Was ist mit Gabi?«

»Sie hat gerade Feierabend gemacht.«

»Dann komme ich mit.« Walde knöpfte seine Jacke wieder zu.

Unterwegs über den Hauptmarkt und die Simeonstraße blies ihnen ein kühler Ostwind entgegen. Die Sonne schien, aber für Mitte März hätte es ein paar Grad wärmer sein können. Walde berichtete Grabbe von seinem kurzen Auftritt vor Gericht.

»Ich kann immer noch nicht fassen, dass ich nicht gehört wurde«, sagte Grabbe, »schließlich wäre ich um ein Haar ihr zweites Opfer geworden.«

»Es scheint bei dem Prozess letztlich nur darum zu gehen, ob die Frau in den Strafvollzug oder in die Psychiatrie kommt.« Sie wichen einer Gruppe Touristen aus, die einer gestikulierend erzählenden Stadtführerin folgten. »Was wollen die Koblenzer?«

»Ungeklärter Todesfall in einem Altenheim in Güls. Ein Mann, 73, ehemals Berufssoldat, kaum Kontakte zur Familie, eigentlich ist er an Herzversagen gestorben, aber man hat dieses Zeug in seinem Mund gefunden ... Blei.«

»Wie bitte?« Walde schaute zu seinem Kollegen hinüber.

»Mehr weiß ich auch nicht.« Grabbe umkurvte einen Hundehaufen. »Er war Berufssoldat und hat später einer Reservistengemeinschaft angehört, einer seiner Kameraden wohnt hier.«

Als sie an einer zur Straße offenen Theke vorbei in die Glockenstraße einbogen, wehte Walde der Duft von frischen Backwaren in die Nase. Ein paar Häuser weiter las er im

Vorbeigehen die Tageskarte eines Restaurants.

»Hier müsste es sein.« Grabbe betrat eine Haustürnische. Nachdem er geklingelt hatte, dauerte es eine Weile, bis der Summer betätigt wurde. Walde betrachtete die zwei jungen Männer, die ihnen im Flur entgegenkamen und ihren Gruß nicht erwiderten. Er fragte sich, ob man Grabbe und ihm ansah, dass sie Polizisten waren. Der blassgrüne Teppichbelag auf der knarrenden Treppe war verschlissen und schmutzig. Hier schien schon seit langer Zeit nicht mehr sauber gemacht worden zu sein. Im dritten Stock stand die Korridortür einen Spalt weit offen. Niemand war zu sehen.

»Hallo?« Grabbe drückte die Tür weiter auf und betrat die Diele. Es wurde etwas gebraten, aber es roch nicht nach Fleisch, dazu war ein leises Zischen und das Abklopfen eines Rührlöffels zu hören.

Immer noch gab es keine Reaktion auf ihr Rufen. Geradeaus sah Walde durch einen Vorhang aus an Schnüren aufgereihten Glasperlen einen Mann mit dem Rücken zu ihnen an einem Tisch sitzen. Er trug ein Hemd, das sich über seinen massigen Körper spannte. Das gewellte, nach hinten gekämmte weiße Haar fiel über den Hemdkragen. Auf dem von einer starken Lampe erleuchteten Tisch lagen diverse Werkzeuge, weitere steckten in runden Behältern. Darüber befand sich ein dunkles Holzregal mit Wanduhren, Weckern, weiteren Werkzeugen und Kleinteilen, darunter Zahnräder in verschiedenen Größen. Überall tickte es.

Grabbe klopfte an den Türrahmen, bevor er, den Glasperlenvorhang mit zwei Händen teilend, eintrat. Der Mann zeigte keine Reaktion. Als Walde folgte, klopfte er ebenfalls an den Türrahmen.

Der Mann legte einen feinen Schraubenzieher neben das offene Uhrgehäuse und wandte sich, ohne Oberkörper oder Hals zu bewegen, im Drehstuhl um. Vor das rechte Glas seiner Brille hatte er eine Lupe geklemmt.

»Grabbe, wir haben telefoniert.« Grabbe reichte ihm die Hand. »Das ist mein Kollege, Hauptkommissar Bock.«

Als Walde sich dem Mann näherte, glitten die letzten Schnüre des Vorhangs von seinen Schultern. Eine fleischige Hand erwiderte schwach den Druck. Der Uhrmacher blieb dabei in seinem Stuhl sitzen. Auf den ersten Blick wirkten die dunklen Stellen um die Augen, als habe der Mann Schläge bezogen.

»Danke, dass wir Sie gleich sprechen durften, Herr Ziegler«, sagte Grabbe.

»Keine Ursache.« Ziegler sprach kurzatmig, mit leiser Stimme. »Worum geht es?“

»Sie bauen oder reparieren Uhren?«, fragte Grabbe.

»Ich habe Uhrmacher gelernt und bin dann zum Bund gegangen und da geblieben. Repariert habe ich nebenbei immer ein bisschen … heute sind es fast nur noch Wanduhren … bei Armbanduhren wollen meine Augen nicht mehr so recht … Ich geh ja auch schon auf die achtzig zu.«

»Sie kennen Josef Pawelka?«

»Was ist mit ihm?«

»Er ist gestorben.«

»Der Jupp …« Der Mann nahm die Brille ab.

Grabbe wartete respektvoll. Als keine weitere Reaktion folgte, fuhr er fort: »Wann haben Sie ihn zum letzten Mal gesehen?«

»Das ist schon eine Zeitlang her.«

»Können Sie das etwas genauer ausführen?«

»Der Jupp war ja zuletzt durcheinander im Kopf. Und ich war schon länger nicht mehr bei den Treffen der Kameradschaft, kein einziges Mal in den letzten zwei Jahren.«

Der Geruch nach Angebranntem wehte aus der Diele herein.

»Beim Jupp war ich … das ist jetzt auch schon fast zwei Jahre her, da war er schon ganz wirr, hat mich kaum erkannt … traurig.« Seine Stimme wurde immer leiser. Er drehte sich wieder um, stützte beide Arme auf den Tisch und atmete schwer. »Ich bin auch schon seit Monaten nicht mehr … vor der Tür gewesen … ich dachte schon, es wäre Lungenkrebs, aber so langsam geht es mir wieder besser.«

»Entschuldigung … ich gehe schon mal.« Grabbe eilte unvermittelt durch die Diele zur Korridortür hinaus.

Walde verabschiedete sich ebenfalls und fand seinen Kollegen auf der untersten Stufe der Treppe sitzend.

»Nur einen Moment.« Schweißperlen standen auf Grabbes Stirn.

»Ist es der Geruch?«

»Verbranntes kann ich einfach nicht mehr ertragen.« Grabbe zog sich am Treppengeländer hoch. »Es geht schon wieder.«

Während Grabbe im Präsidium gleich den Bericht an die Koblenzer Kollegen verfasste, setzte sich Walde nebenan an Gabis Rechner und scrollte durch die Unterlagen, die von der Kripo Koblenz übermittelt worden waren. »Wenn ich das richtig verstehe, suchen die Koblenzer Kollegen nach jemandem, der ein Motiv und die Gelegenheit hatte, Josef Pawelka umzubringen.«

»Ich schreibe ihnen, dass nach unserer Einschätzung der Uhrmacher schon allein körperlich nicht dazu in der Lage gewesen wäre«, sagte Grabbe. »Oder siehst du das anders?«

»Ein seltsamer Fall.« Walde biss in ein Käsebrötchen, das er sich vorhin gekauft hatte, und hielt sich dabei die Bäckertüte unter das Kinn. »Als Todesursache wird Herzinsuffizienz angegeben. Der Notarzt hatte bereits Leichenflecken gefunden. Da muss Pawelka schon eine Zeitlang tot gewesen sein. Der Totenschein wurde aber vom Hausarzt ausgestellt.« Krümel fielen auf die Tastatur, als Walde weiterscrollte. »Der hat wohl von der Herzschwäche auf die Todesursache geschlossen. Das Blei haben erst die Bestatter entdeckt. Es wurde dem Opfer flüssig verabreicht.«

»Wie kann denn so was passieren?«, fragte Grabbe.

»Vielleicht wollte der Täter die Tat nicht vertuschen, sondern ganz im Gegenteil mit dem Blei ein Zeichen setzen?«

»Um ein Haar wäre er trotzdem davongekommen. Durch eine Riesenschlamperei des Hausarztes! Der hat das nicht bemerkt, als er den Totenschein ausgestellt hat. Dem gehört die Approbation entzogen!« Grabbe seufzte. »Zum Glück ist das nicht unser Problem.«

Dienstag

Walde hatte gerade beim Stöbern in der Online-Ausgabe der *Rhein-Zeitung* den Artikel vom Todesfall im Koblenzer Altenheim gefunden, als sein Telefon klingelte.

»Toter an der Staustufe.« Grabbes Stimme klang aufgeregt.

»Ebenfalls einen guten Morgen.« Walde begann den kurzen Artikel zu lesen.

»Entschuldige, Morgen! Kommst du mit?«

»Ich komme zu dir rüber.« Walde überflog nochmals die Meldung. Von dem Blei im Mund des Toten war keine Rede. Die Koblenzer Kollegen schienen diese Information gegenüber der Presse zurückgehalten zu haben.

Gabi saß an ihrem Rechner und löffelte etwas aus einem Becher, das wie Reisbrei aussah.

Grabbe kam Walde entgegen. Er trug bereits Stiefel und eine Regenjacke. »Können wir dann mal?«

»Ich habe eigentlich keine Lust auf einen Suizid«, sagte Walde. »Und erst recht nicht auf eine Wasserleiche.«

»Kein Suizid, die Kollegen sind sich ganz sicher.«

»Bei einem Leichenfund durch die Wasserschutzpolizei könnte man schon annehmen …«

»Nein, klar«, unterbrach ihn Grabbe. »Der Tote trieb in

der Mosel, aber die Auffindesituation ist … also hochverdächtig. Die KT habe ich schon losgeschickt.«

Grabbe hatte das Blaulicht eingeschaltet. Während Walde sich fragte, ob es erforderlich war, mit über hundert Stundenkilometern über die Uferstraße zu rasen, sagte Grabbe: »Alle gesund zu Hause? Zahnt die Kleine?«

»Sehe ich übernächtigt aus?« Walde klappte die Sonnenblende herunter. An der Innenseite war kein Spiegel. Mit den Händen stützte er sich am Armaturenbrett ab, als Grabbe bei Gelb an der Ampel bremste. Wenig später überholten sie in hohem Tempo eine Kolonne Pkws, um knapp davor im letzten Moment nach rechts auf die Abbiegespur Richtung Konrad-Adenauer-Brücke zu wechseln. Nach einer heftigen Bremsung gab Grabbe ausgangs der Kurve wieder Vollgas, um am Stoppschild vor dem Messegelände anzuhalten, obwohl weit und breit kein anderer Wagen zu sehen war. Ein paar hundert Meter weiter lenkte er den Wagen zwischen einem geparkten Wohnmobil und einer Reihe Sandsteinquader auf den Moselradweg.

»Das ist unser erster richtiger Fall in diesem Jahr«, rief Grabbe über das Heulen des auf Hochtouren schuftenden Motors.

»Wenn du nicht aufpasst, haben wir gleich noch einen.« Walde beobachtete, wie vor ihnen ein wetterresistentes Radwanderpaar seine mit schweren Satteltaschen beladenen Räder anhielt und hektisch zur Seite schob.

»Wenn hier einer entgegenkommt, kann er uns nicht

sehen!«, warnte Walde, als Grabbe mit hoher Geschwindigkeit in die unübersichtliche Kurve an der Staustufe einfuhr.

»Aber hören kann er uns!« Grabbe verlangsamte den Wagen erst, als es durch die Schranke in das Gelände des Betriebshofs hinter der Staustufe ging. Am Steg lag das Schiff der Wasserschutzpolizei. Mit Schwung parkte Grabbe in einer so engen Lücke ein, dass Walde seine Autotür nur einen kleinen Spalt weit öffnen konnte; mühsam quälte er sich zum Aussteigen über Handbremse und Schaltknüppel auf die Fahrerseite.

Auf dem Grünstreifen war ein garagengroßes Karree mit Absperrband eingezäunt, in das Kollegen der Kriminaltechnik ihre Gerätschaften trugen. Drinnen umkreiste ein Fotograf die in der Mitte stehende große Tasche, die nach außen gewölbt aus der Form geraten schien. Die austretende Flüssigkeit ließ den von Moos bedeckten Untergrund, durch den wenige kurze Grashalme drangen, unter den Schuhen des Technikers schmatzen. Die Tasche erinnerte Walde an eine ähnliche bei ihm zuhause, in der die Auflagen der Terrassenstühle überwinterten.

»Morgen, Herr Bock.« Wasserschutzpolizist Stadler kam, gefolgt von Gerichtsmediziner Dr. Hoffmann, ins Zelt. »Genauso haben wir das Ding gefunden.«

»Morgen.« Walde hatte schon Handschuhe übergezogen und nickte den beiden zu, bevor er sich widerwillig über die Tasche beugte, durch deren transparente Folie ein menschlicher Körper zu erkennen war.

»Wo ist der Fundort?«, fragte Grabbe.

»Keinen Kilometer stromaufwärts ist sie gedümpelt. Die Tasche hat sich noch über Wasser gehalten.« Stadler patschte mit seiner Schuhspitze auf den nassen Boden. »Und nun läuft die Brühe wahrscheinlich genauso schnell oder langsam hinaus, wie sie hineingelaufen ist.«

»Dann wollen wir mal.« Sattler, der Leiter der Kriminaltechnik, zog seufzend den Reißverschluss ein Stück auf. Dies hatte zur Folge, dass das Wasser die Seitenwände an dieser Stelle weiter auseinanderdrückte. Walde sah zwei weiße Socken, darüber ein Klebeband, mit dem beide Beine unterhalb der muskulösen Waden aneinandergefesselt waren. Dunkle Tights reichten bis über die Knie.

»Radler oder Jogger, an den Füßen gefesselt.« Sattler blickte sich um. »Kann mal jemand festhalten?«

Walde, Grabbe und der Gerichtsmediziner kamen heran und hielten die Plastiktasche an drei oberen Enden fest, während Sattler den Reißverschluss weiter aufzog. Ebenfalls mit Klebeband gefesselte Hände und ein langarmiges Shirt kamen zum Vorschein. Schließlich der Kopf des Toten.

»Eine Schlange!« Sattler ließ die Tasche los, was ihm einen Schwall Moselwasser bescherte, der sich über seine Schuhe ergoss.

»Die ist tot«, sagte Grabbe, »scheint ein Aal zu sein.«

»Mit Verlaub, mir ist noch kein ertrunkener Aal untergekommen.« Der Wasserschutzpolizist kam näher. »Aale sind zu vielem in der Lage, wenn es sein muss, auch an Land zu kriechen, zumindest kurzfristig, die können Süßwasser und auch Salzwasser vertragen.« Er nahm eine kleine Kamera aus seiner Tasche und fotografierte. Alle wussten, dass es nicht das Tier war, das Stadlers Aufmerksamkeit erregte. Er nutzte jede Gelegenheit, um seinem skurrilen Album ein weiteres Foto eines Ertrunkenen hinzuzufügen.

»Da ist noch eine.« Sattler, der inzwischen wieder ein Ende der Plastiktasche in der Hand hielt, zeigte zum Brustbereich der Leiche, neben der eine weitere Schlange in der noch höchstens zwanzig Zentimeter tiefen Flüssigkeit trieb.

»Eine Natterart, denke ich mal«, sagte Hoffmann. »Darf ich?« Der Gerichtsmediziner ließ sein Ende der Tasche los und krempelte den rechten Ärmel seiner Jacke hoch. Seine behandschuhte Hand verschwand im Wasser. Er tastete über Hals und Nacken am Oberkörper entlang und hielt bei den Händen inne.

»Die Leichenstarre hat komplett eingesetzt«, sagte er. »Wie hoch ist die Temperatur der Mosel?«

»Um die sieben Grad«, antwortete ihm Stadler.

»Dann müsste der Tod vor ein bis zwei Tagen eingetreten sein.« Er stand auf und krempelte den Ärmel wieder hinunter. »Wobei zu bedenken wäre, dass eine höhere Belastung der Muskeln kurz vor Eintreten des Todes das Einsetzen der Totenstarre beschleunigt haben könnte. Ich möchte mich da vor der Obduktion nicht festlegen.«

»Das würde zwischen Sonntag- und Montagabend bedeuten«, sagte Grabbe. Er schaute zu seinen gelben Stiefeln hinunter, von denen einer etwas dunkler schien als der andere.

»Kann das eine Bisswunde sein?«, Sattler zeigte auf den Unterschenkel des Toten.

Walde beugte sich ebenfalls vor, während Hoffmann eine dunkle Stelle von der Größe eines Ein-Euro-Stückes in Augenschein nahm.

»Sieht mir eher nach einer Verbrennung aus.« Der Mediziner richtete sich wieder auf. »Das sehe ich mir nachher genauer an.«

Bereits seit Monaten liefen die Verhandlungen zwischen Walde und dem Polizeipräsidenten über eine personelle Aufstockung des Morddezernates. Grabbes noch nicht ganz überwundenes Trauma und Gabis Schwangerschaft gaben Walde Gründe genug für seine Forderung. Da in letzter Zeit kein dringender Handlungsbedarf bestand, war es Stiermann gelungen, eine konkrete Entscheidung hinauszuzögern.

Gleich nach der Rückkehr ins Präsidium hatte Walde mit der Gewissheit, dass es nun keine Ausflüchte mehr gab, den Präsidenten aufgesucht.

Gabi hatte inzwischen die Vermisstendatei durchgesehen, aber keine Person gefunden, die mit Grabbes telefonisch durchgegebener Beschreibung des Toten aus der Mosel übereinstimmte.

»Der ist wahrscheinlich noch gar nicht in der Datei«, kommentierte Grabbe die Information seiner Kollegin. »Dr. Hoffmann vermutet, dass der Mord frühestens am Sonntagabend geschehen ist. Der Tote dürfte also noch nicht in der Vermisstendatei registriert sein.«

Er trat hinter Gabi. Auf ihrem Bildschirm lugte ein Baby aus einem Tragetuch. »Süß!«, sagte er, ohne überzeugt zu klingen. »Kannst du mal Schlangen googeln?«

»Wie bitte?«, fragte sie.

»Hab' ich dir nicht gesagt, dass da zwei Schlangen neben der Leiche gefunden wurden?«

»Nein.«

»Zuerst dachte ich, es wären Aale, die da in dem Sack zusammen mit der Leiche dümpelten. Aber es waren tatsächlich Schlangen.«

»Hat das Opfer noch gelebt ... ich meine, als die Viecher in den Sack gesteckt wurden?«

»Keine Ahnung, das wird Hoffmann herausfinden. Wie es sich auf den ersten Blick darstellt, kann der Mann ertrunken, erstickt oder an Schlangengift gestorben sein.«

»Oder an einem Herzinfarkt. Totaler Horror, zusammen mit Schlangen eingesperrt zu sein und dabei womöglich noch in der Mosel zu treiben.« Auf Gabis Bildschirm reihten sich Fotos von Schlangen aneinander. »Wie sahen sie denn aus?«

»Gestreift, der Kopf etwas kleiner als der Körper. Ich glaube, es waren Querstreifen. Nicht allzu groß.«

Gabi rief eine neue Seite auf. »Über zweitausend Arten«, las sie vor. »Nattern sind die größte Familie unter den Schlangen. Geht es etwas genauer?«

»Hoffmann meint, es seien Kornnattern.«

»Ich kannte mal jemanden ...«

Grabbe seufzte: »Du kennst wirklich einen Haufen seltsame Leute.«

»Was soll denn der Spruch?«

»Der hat doch bestimmt Schlangen gehalten!«

»Wenn ich ausreden dürfte, wüsstest du es schon.«

Nach kurzem Klopfen kam Walde zur Tür herein. »Störe ich?«

»Was sagt Stiermann?«, fragte Grabbe, der insgeheim der neuen Personalie mit gemischten Gefühlen entgegensah.

»Stiermann ist in einer Besprechung.«

»Solange wir nicht wissen, wer der Tote ist, könnte ich

mal versuchen herauszufinden, wo man diese Kornnattern kaufen kann«, sagte Grabbe.

»Dieser Sack, in dem der Tote steckte, ist wahrscheinlich ein hundsgewöhnlicher Schutzbezug für Liegepolster«, sagte Walde. »Wenn Sattler daran keine Spuren findet, kommen wir damit nicht weiter.«

Gabis Telefon klingelte. »Stiermanns Besprechung ist zu Ende, er erwartet dich!«, sagte sie, nachdem sie aufgelegt hatte. »Ach, bevor ich es vergesse, die Koblenzer Kollegen haben in dem Fall des Toten aus dem Altenheim wieder eine Bitte um Amtshilfe gestellt.«

»Das muss warten«, sagten Walde und Grabbe im Chor.

Im Unterschied zum letzten Treffen, wo dem Polizeipräsidenten das Leiden über den geringen Spielraum, der ihm angeblich wegen der knappen Haushaltsmittel im Personalbereich blieb, ins Gesicht geschrieben stand, schien Stiermann heute Morgen bei bester Laune zu sein. Sein Schreibtisch, hinter dem er hervorkam, war aufgeräumt wie im Möbelkatalog.

»Sie mögen doch sicher einen guten Kaffee?« Als sie am Besprechungstisch Platz genommen hatten, schenkte Stiermann in die beiden Tassen ein. »Nach diesem Anblick können Sie sicher eine Stärkung gebrauchen.«

Walde nickte. »Stärkung, womit wir gleich beim Thema wären.«

»Sie wissen, wie sehr ich Ihre Arbeit schätze, und wenn wir auch nicht immer einer Meinung sind, so haben wir doch meistens einen Konsens gefunden.« Stiermann lächelte. »Und die personelle Aufstockung ist natürlich beschlossene Sache.«

Die gleiche mündliche Zusage hatte ihm der Polizeipräsident bereits vor Monaten gegeben, aber konkret getan hatte sich bisher nichts.

»Der Fall verheißt bereits auf den ersten Blick viel Aufwand.« Walde nahm einen Schluck aus der Tasse. Der Kaffee war nur noch lauwarm. Wahrscheinlich war er vom letzten Termin übrig geblieben. »Und Sie wissen ja, wie es personell bei uns aussieht.«

»Nach dem, was mir zugetragen wurde, denke ich auch, dass es sich hier keinesfalls um eine, ich sage mal, vergleichsweise unkompliziert aufzuklärende Beziehungstat handelt.« Stiermann lächelte wieder. »Da bin ich ganz Ihrer Meinung. Wir sollten uns zeitnah mit dem Betriebsrat ins Benehmen setzen.«

Irgendwas stimmte hier nicht, Waldes Misstrauen war geweckt. Was führte der Chef im Schilde und woher kannte er die Details des neuen Falls?

»Bald werden Sattler und Dr. Hoffmann erste Ergebnisse haben.«

»Wir haben da eine Anfrage.« Stiermann ließ die Worte stehen. Sein Gesichtsausdruck war für Walde schwer zu deuten.

»Ja?«

»Die Luxemburger Polizei hat sich gemeldet.«

»Warum haben die sich nicht an uns gewandt?«, fragte Walde.

»Die Anfrage kommt von höchster Ebene. Nicht, dass ich

Ihre Stellung infrage stellen würde und es ist keineswegs despektierlich gemeint, aber ein kleiner Polizist ruft nicht mal gerade über die Grenze an, um die Herausgabe eines Leichnams und aller damit verbundenen Ermittlungsergebnisse zu erbitten. Die Anfrage kommt von höchster Stelle.«

»Und worum geht es genau?«

»Unsere Wasserschutzpolizei, Sie wissen ja, es besteht ein Kondominium«, das Wort kam ohne Verhaspeln über Stiermanns Lippen, »über die deutsch-luxemburgische Mosel. Und da werden routinemäßig auch die Luxemburger Kollegen informiert.« Stiermann stand auf und holte einen kleinen Notizblock von seinem Schreibtisch. »Rudolf Knauer, wohnhaft in Grevenmacher, leitet eine soziale Einrichtung in Wasserbillig. Er ist am Sonntagabend nicht vom Sport zurückgekommen. Seine Frau ist die möglichen Strecken mit dem Rad abgefahren, hat aber lediglich seine Kappe neben einem Weg an der Mosel gefunden. Sie hat daraufhin die Polizei verständigt. Die Personenbeschreibung und auch die der Kleidung stimmen mit der des Toten überein.«

»Wir könnten zumindest noch die Obduktion durchführen.«

»Tut mir leid. Die Leiche müsste bereits nach Luxemburg unterwegs sein.«

»Aber warum haben Sie das nicht mit mir abgestimmt?«

»Das Opfer ist Luxemburger Staatsbürger, der Tatort liegt in Luxemburg, was hat da noch die deutsche Polizei mit zu tun? Der Fall ist ja wohl eindeutig.«

»Was macht ihr da?«, fragte Walde, nachdem er in Gabi und Grabbes Büro zurückgekehrt war, wo seine Kollegen konzentriert vor ihren Rechnern saßen.

»Die Kornnattern sind ungiftig, stammen aus Nordamerika und können hier praktisch von jedermann problemlos gekauft werden.« Während er antwortete, blickte Grabbe nicht auf. »Ich dachte, solange Sattler und Dr. Hoffmann nichts von sich hören lassen, durchstöbern wir schon mal die einschlägigen Börsen für Reptilien im Internet.« Er lehnte sich zurück und beobachtete, wie der Drucker Papier auszuwerfen begann. »Wir halten, soweit wie möglich, alle Kaufaktivitäten der letzten Wochen fest, bevor wir den Tierhandel …« Grabbe stutzte. »Was guckst du so?«

»Falls wir danach gefragt werden«, sagte Walde.

»Wie bitte?«

»Falls die Kollegen aus Grevenmacher das wollen. Wir sind raus aus dem Fall.« Walde berichtete, was er vom Polizeipräsidenten erfahren hatte.

»Und was ist mit dem oder den neuen Kollegen?«

»Sind zugesichert, aber konkret ist nichts«, antwortete Walde.

»Na toll. Und jetzt?« Gabi lehnte sich in ihrem Stuhl zurück und legte beide Hände auf den gewölbten Bauch.

»Was wollten die Koblenzer?«

»Sie bitten um Zeugenbefragung bei Andrea Pawelka. Ich habe die Mail ausgedruckt.« Gabi fischte ein Papier aus der Ablage und reichte es Walde. »Sie ist die jüngste Tochter des Toten aus dem Altenheim in Koblenz.«

»Mülheim«, las Walde vor. »Das liegt gleich bei Bernkastel-Kues, da frage ich mich, warum die Koblenzer nicht selbst hinfahren.«

»Vielleicht hat ihnen der Bericht von dem Uhrmacher so gut gefallen, den ihr geschickt habt.« Gabi zuckte mit den Schultern. »Die sollen ziemlichen Stress haben.«

»Ich fahre hin.« Walde stand auf.

»Allein?«, fragte Grabbe.

»Warum nicht?«

»Hatten wir nicht ausgemacht, dass wir nur noch zu zweit rausfahren?«

»Aber das ist eine harmlose Befragung einer jungen Frau.«

»War es bei mir nicht auch so?«, fragte Grabbe.

»Und wenn sie nicht zu Hause ist?«, nörgelte Grabbe auf dem Beifahrersitz, während Walde bei Salmtal die Ausfahrt Richtung Bernkastel-Kues nahm.

»Erstens kann ich nichts dafür, dass sie nicht ans Telefon geht, zweitens wolltest du ja aus eigenen Stücken mitkommen.«

»Die Chance, sie anzutreffen, ist nicht sehr groß.«

»Dann hinterlassen wir ihr eine Nachricht und fahren halt wieder zurück.«

»Das hört sich leicht gefrustet an.«

»Bin ich nicht, nur pragmatisch.« Walde versuchte, das kleine Fässchen unter der Spitze des Turms der Wallfahrtskirche in Klausen zu erkennen.

»So etwas Spektakuläres hat es bei uns noch nicht ansatzweise gegeben. Das hätte eine ganz große Sache, ein ganz großer Fall … was sage ich, der Jahrhundertfall sein können, und nun funken uns die Luxemburger dazwischen.« Grabbe stieß laut die Luft aus seinen Lungen. »Und nun gurken wir hier als Wasserträger für die Koblenzer durch die Pampa.«

Während sie zwischen den bis zu den Kämmen der Berge reichenden Weinbergen hinunter ins Moseltal fuhren, sagten beide nichts. Hinter der Brücke über den Fluss ließ sich Walde vom Navigationsgerät durch den Ort zu einer kleinen Straße leiten, die zu einem Tal in Richtung Hunsrück führte. Am diesigen Himmel setzte sich allmählich die Sonne durch.

»Sie haben ihr Ziel erreicht!«, tönte es aus dem Navi.

»So viele Möglichkeiten gibt es nicht«, sagte Walde, als er in der kleinen Straße parkte und ausstieg. »Du links, ich rechts?« Ohne eine Antwort abzuwarten, steuerte er das nächstliegende Haus an. Bratenduft wehte ihm entgegen, als er über einen von niedrigem Buchs gesäumten Pfad zur Haustür ging. Auf dem Klingelschild stand nicht der gesuchte Name. Während er auf Grabbe wartete, blieb er in der wärmenden Mittagssonne neben dem Auto stehen und beobachtete einen Trecker, der mit hüpfendem Anhänger zu den Weinbergen hochfuhr.

Grabbe kam zurück. »Sie wohnt weiter draußen im Tal.« Wo er hinzeigte, war kein Haus zu sehen.

»Es soll ein ehemaliges Forsthaus sein«, erklärte Grabbe, der nun wie selbstverständlich hinter dem Steuer saß. Auf dem ungeteerten Weg waren die Vertiefungen mit Bauschutt und Schlacke gefüllt. Es ging an Weiden vorbei, an deren faulenden Pfosten rostiger Draht baumelte. Die altersschwachen Obstbäume waren über und über mit Mispeln bewachsen. Der Weg näherte sich einem Wäldchen und verlief weiter daran entlang.

»Sind wir hier überhaupt richtig?« Grabbe fuhr langsamer, während er den tiefer gewordenen Kratern im Weg auswich. Kaum hatte er gefragt, gelangten sie zu einer weitläufigen Wiese, an deren Ende vor dem Wald ein Haus stand. Da es in den letzten Wochen trocken gewesen war, konnte Grabbe den Wagen bedenkenlos in den beiden Spuren fahren, die über das große Grundstück führten. Das Haus war klein und so geschnitten, als wäre es einer Kinderzeichnung entsprungen. Davor stand ein Ford Fiesta, dessen rote Farbe ihren Glanz verloren hatte.

Während Grabbe am Wagen blieb, ging Walde über einen Schotterweg zu dem aus Schiefer gemauerten Haus. Urplötzlich donnerten zwei Düsenjäger im Tiefflug über das Tal. Walde betrachtete die Hausfassade aus bläulichen und grauen Steinen, zwischen denen hin und wieder gelbe und rötliche Töne eingesprenkelt waren. Als der Lärm vorbei war, betätigte er den Klopfer an der alten Holztür. Nach dem zweiten Klopfen rief eine weibliche Stimme etwas, das er nicht verstand. Er trat zurück und schaute hoch zum Fenster im ersten Stock. Es war geschlossen. Er drehte sich zum Wagen um, wo ihm Grabbe mit einer Handbewegung zeigte, er solle hinter das Haus gehen.

Dort lag gleich einer Oase, mitten in einer vermoosten Wiese, ein von einem halbhohen Staketenzaun umgebener Garten. Unter dem Pflanzenbogen der Gartentür stand eine junge Frau in Latzhose und Gummistiefeln. Die Ärmel ihres Pullis waren hochgekrempelt, die Haare mit einem Tuch nach hinten gebunden. Walde ging auf sie zu.

»Mein Name ist Bock, von der Trierer Polizei.« Er nahm seinen Ausweis aus der Brusttasche seiner Jacke. »Ich habe mich leider nicht telefonisch anmelden können.«

Während er näher kam, schaute die Frau ihm ins Gesicht. Der Dienstausweis schien sie nicht zu interessieren.

»Sind Sie Andrea Pawelka?«

»Ja.«

Er konnte das Alter der Frau schwer einschätzen, sie konnte dreißig, vielleicht auch jünger sein.

»Mein Beileid«, sagte Walde.

Sie legte die Heckenschere neben sich auf den Korb mit Grünschnitt, zog einen Handschuh aus und ergriff die ihr entgegengestreckte Hand.

»Ich komme im Auftrag der Kollegen aus Koblenz. Darf ich Ihnen ein paar Fragen stellen?«

»Sollen wir uns setzen?«

Als er nickte, stiefelte sie durch den Bogen in den Garten hinein. Die langen, gelockten Haare, die ihr über den Rücken fielen, changierten von mittlerem bis zu hellem Braun. Walde folgte ihr zu einer grob gezimmerten Bank, die dicht am Zaun neben dem Tor stand. Sie wischte mit der flachen Hand Rosenstiele von der Sitzfläche, bevor sie Platz nahmen.

»Möchten Sie Wasser oder Tee? Der ist fertig.«

»Gern.« Walde spürte, wie die Sonnenstrahlen sein Gesicht wärmten.

Sie zog eine Thermoskanne aus einem Korb, der im Schatten zwischen Bank und Zaun stand, schenkte den gelblichen Tee in eine große Tasse und in ein Glas ein. »Es ist schon ein wenig Kandis drin.« Sie reichte ihm die Tasse.

Walde trank einen Schluck und war versucht, ihn sofort wieder auszuspucken.

»Wie schmeckt er?«, fragte sie.

»Interessant!« Er hatte ganz vergessen, Grabbe zu erwähnen. Andererseits blieb diesem damit das ungenießbare Gebräu erspart.

»Ich hatte schon die Sachen meines Vaters durchgesehen und die Formalitäten mit dem Heim geklärt, als die Polizei kam und …« Sie wischte sich mit dem Ärmel unter dem Auge. Ihre große Nase verlieh ihr ein griechisch anmutendes Profil. »Die haben mir erzählt, was geschehen ist. Sein Zimmer war ja schon wieder belegt.« Sie trank aus ihrem Glas, schnitt eine Grimasse und stöhnte kurz auf. »Sind Sie immer so höflich?«

Nachdem sie ihr Glas neben sich unter einen blühenden Forsythienstrauch ausgeleert hatte, nahm sie ihm die Tasse aus der Hand. »Entschuldigung, ich habe den Schafgarbentee zu lange ziehen lassen, er wird schnell bitter.«

»Es hat einige Tage gedauert, bis Sie vom Tod Ihres Vaters erfahren haben?«

»Man hat mich angeschrieben, obwohl ich für Notfälle meine Handynummer im Heim hinterlassen hatte.«

»Könnte ich die auch haben?« Walde reichte ihr eine Visitenkarte aus seinem Portemonnaie und verglich ihre Nummer mit der in seinem Notizbuch. »Wie lange leben Sie schon hier?«

»Drei Jahre.«

»Und was machen Sie beruflich?« Er sah, wie eine winzige Maus im Komposthaufen verschwand. Außer einem Feld mit Kräutern, einem mit Erdbeerpflanzen, zwischen denen bereits die Erde aufgelockert worden war, und einem kleinen Blumenbeet lagen die anderen Flächen noch brach.

»Ich habe als Erzieherin in einem Waldkindergarten gearbeitet und möchte nun was anderes ausprobieren. Ich mache gerade ein Praktikum in einer Förderschule in Bernkastel. Da habe ich mir nun ein paar Tage freigenommen.«

»Haben Sie irgendeine Vorstellung, wer Ihrem Vater das angetan haben könnte?«

»Nein.« Sie schüttelte den Kopf, wobei Haarsträhnen über ihre Schulter fielen. »An dem Tag, als er beerdigt werden sollte, habe ich ... also ich habe seine Sachen, eigentlich nur die Papiere, im Altenheim durchgesehen, und da kam die Kriminalpolizei mit der Nachricht ... von dem Blei. Ich wüsste nicht, warum ihm jemand etwas antun wollte. Er litt seit Längerem an fortgeschrittener Demenz.«

Als Walde den Karton auf seinem Schreibtisch im Präsidium abstellte, schepperte es metallisch in dem grauen Jutesack, der oben auf den Papieren lag. Grabbe folgte ihm mit einem Setzkasten, den er umständlich mit beiden Händen vor sich hielt und nun an den Schreibtisch lehnte.

»Kommt ihr vom Flohmarkt?«, fragte Gabi.

»Hahaha.« Grabbe verzog das Gesicht. »Möchtest du hören, was wir, also, was Walde herausgefunden hat?"»

»Wenn ihr euch beeilt. Ich wollte schon längst Feierabend machen und habe hier nur die Stellung gehalten, bis ihr zurück seid.«

»Als die Koblenzer Kollegen zu ermitteln begannen, soll das Zimmer von Josef Pawelka schon wieder belegt gewesen sein«, berichtete Grabbe. »Und das Inventar hatte seine

Tochter Andrea bereits mitgenommen.«

»Inventar ist übertrieben«, Walde hob den Beutel aus der Kiste. »Nur diese alten Lettern, mit denen früher gedruckt wurde, und den Setzkasten hat seine Tochter mitgenommen, die Papiere waren in der Verwaltung.«

»Wenn ich das richtig verstanden habe, soll der Mann erstickt worden sein«, Gabi schaltete den Monitor aus und rückte ihren Stuhl zurück.

»Mit dem Blei?«

»Weiß ich nicht, kann auch mit dem Kopfkissen gewesen sein. Oder es war ein Unfall«, antwortete Grabbe für seine Kollegin. »Er hat, bevor er Berufssoldat wurde, Schriftsetzer gelernt. Blei hat einen niedrigen Schmelzpunkt, da reicht schon eine Kerze zum Erhitzen.«

»Um das herauszufinden, hättet ihr nicht den gesamten Inhalt des Setzkastens mitbringen müssen.« Gabi stand auf. »Ein paar von diesen Lettern genügen den Koblenzern vollkommen.«

Annika hatte schon ein Buch neben ihr Kopfkissen gelegt.

»Schon wieder die drei?«, kommentierte Walde leicht griesgrämig, als er den Titel erkannte.

»Das sind richtige Freunde«, rief sie enthusiastisch. Fehlte nur noch, dass sie das Lied von den *Drei von der Tankstelle* anstimmte, dachte Walde und ließ sich auf dem Bett nieder.

Seine miese Stimmung war augenblicklich verschwunden, als er das Buch aufschlug und Annika sich an ihn kuschelte. Zuerst wurde in der Geschichte von Jonny Mauser und

Franz von Hahn erzählt. Es folgte ein Bild, das Annika als Poster an der Wand hängen hatte, auf dem die drei Freunde zusammen auf einem alten Fahrrad über den Bauernhof düsen. Er las weiter: »Und der dicke Adebar …«

»So heißt der nicht!«, rief Annika.

»Oh«, Walde tat überrascht. »Da habe ich mich wohl verlesen, aber so ähnlich heißt das Schwein schon … wie Adebar.«

»Das ist der dicke Waldemar!«

Er legte den Finger an die Textstelle. »Also, der dicke Waldemar …«

»Genau!«, rief sie. »So heißt die Sau, genau wie du!«

»Erstens ist Waldemar ein Schwein und zweitens: ich bin nicht dick.«

Annika zog sich die Decke über den Kopf und kicherte.

Walde las weiter von den Abenteuern der drei Freunde auf dem Bauernhof Mullewapp. Als im Folgenden wieder von Waldemar die Rede war, blieb das erwartete Gekicher aus. Sie schien müde zu sein. Oder sie wollte ihn nicht verärgern.

»Schlaf gut und träum was Schönes.« Er klappte das Buch zu und küsste sie auf die Stirn.

»Ich bin jetzt ein Vorschulkind«, murmelte sie, während sie sich auf die Seite rollte.

»Hast du schon eine Vorschulmappe gekriegt?«

»Nee, ich bin im Knipsclub«, nuschelte sie ins Kopfkissen.

»Im Gripsclub?«

»Steht an der Tafel in der Küche.«

»Was?«

Sie drehte sich auf die Seite und zog sich die Decke bis

zum Ohr. »Musst du lesen.«

Doris saß strickend auf der Couch. Mathilda schlummerte neben ihr zwischen einem großen Kissen und der Lehne. Weil an Doris' anderer Seite Wollknäuel und eine flache Holzschale mit Stricknadeln lagen, ließ Walde sich im Sessel nieder und griff nach der Programmzeitschrift. Im Fernseher lief eine Tiersendung mit so leisem Ton, dass Walde kaum den Kommentar verstehen konnte.

»Wie war dein Tag?«, flüsterte er.

»Du kannst ruhig lauter sprechen«, sagte sie. »Ich warte auf die Sendung danach.«

»Was kommt denn?« Er nahm die Fernbedienung vom Tisch und stellte den Ton lauter.

»Eine Talksendung«, sagte sie. »Warum fragst du?«

»Aus Interesse.«

»Du hast doch gar keine Zeit.«

»Warum?«, tat er ahnungslos.

»Ich habe die Kiste gesehen.«

Zwei Wochen zuvor

Elke zog den ruckelnden Reisekoffer über den Asphalt des Bahnhofsvorplatzes an dem großen Brunnen vorbei. Nach der Landung in Lüttich hatte sie den Zug um 0.25 Uhr nach Verviers genommen und war ausgerechnet während der knappen halben Stunde eingeschlafen.

Sie blieb stehen, zog sich den Gurt der von der Schulter rutschenden Tasche über den Kopf. Es war kalt in Belgien und hier in den Ardennen obendrein noch neblig. Sollte sie sich ein Taxi nehmen und riskieren, von dem Fahrer wegen der kurzen Strecke angeschnauzt zu werden?

In der leicht ansteigenden Straße hallte das Ruckeln der Räder von den Backsteinwänden wider. In der Nacht hatte dieser Teil der Stadt die Tristesse alter englischer Industriestädte. Und wie diese hatte auch Verviers seine Blütezeit längst hinter sich. Das Graffito neben ihrer Haustür war vor der Reise noch nicht da gewesen.

Die Post aus dem Briefkasten warf sie oben auf die Kommode in der Diele, bevor sie sich ihrer Schuhe entledigte, die Tasche über einen Stuhl warf und den Mantel an die Garderobe hing. Einer der Briefe kam aus Deutschland. Auch der musste bis morgen warten. Eigentlich wollte sie nur noch ins Bett, aber es wäre auch schön, morgen früh nicht gleich mit dem Aufräumen beginnen zu müssen. Sie zog den Rollkoffer ins Bad, warf die schmutzige Wäsche neben die Maschine, packte den Kulturbeutel auf die Ablage neben dem Waschbecken. Dann setzte sie sich aufs Klo und schloss für einen Moment die müden Augen.

Sie zog weiter ins Schlafzimmer, wuchtete den leichter gewordenen Koffer auf das Bett und öffnete die Balkontür. Zurück am Bett klappte sie den Koffer auf und nahm einen Stapel nicht getragener und noch halbwegs ordentlich gefalteter Pullis und Blusen heraus. Sie spürte den kühlen Wind, der den muffigen Geruch aus dem Zimmer vertrieb.

Hinter ihr knackte der Schrank, wie er es nachts manchmal tat. Zuerst hatten sie die Geräusche in Panik versetzt. Aber nicht einmal im miesesten Horrorfilm versteckte sich der böse Mann im Schrank. Sie war knapp eine Woche lang unterwegs gewesen. Der arme Schurke hätte sich längst ein anderes Opfer gesucht. Mit dem Kleiderstapel zwischen den gespreizten Fingern richtete sie sich auf.

Der Schlag auf den Rücken ließ Elke nach vorne bis zum Bett taumeln, wo ihre Schienbeine hart gegen das Fußteil schlugen. Die Brille flog auf die Bettdecke. Sie schwankte unter der Last, hörte ein Keuchen im Nacken, spürte zwei Arme, die sie um die Brust fassten. Sie griff danach, fühlte Fell unter ihren Fingern. Das Brennen in ihrem Nacken ließ sie vor Schmerz aufheulen. Unter der Last auf ihrem Rücken wankte sie rückwärts, schlug den Angreifer gegen den Schrank. Die Arme, die sie umklammerten, zerrten an ihrer Bluse.

Der wieder aufkommende Schmerz in ihrem Nacken ließ sie ihre Ellbogen nach hinten stoßen. Was sie spürte, war eindeutig ein Tier, das sich an ihren Rücken klammerte. Sie sank auf die Knie und fiel nach hinten. Das Tier wand sich unter ihr heraus. Sie sah, wie es zur offenen Balkontür huschte, dort kurz verharrte und dann in die Dunkelheit hinausglitt.

In ihrem Hals pochte es, als sie sich auf Händen und Knien zur Balkontür kämpfte, um sie zuzuschlagen und sich nach dem Gurt zu recken, um die Rollläden hastig herunterzulassen. Sie musste die Polizei rufen. Ein stechender Schmerz im Oberbauch verschlug ihr den Atem. Sie fasste mit der Hand an die nackte Haut unter ihrer offenen Bluse. Der Schmerz konnte unmöglich von dem Kratzer kommen, den sie kaum fühlen konnte. Eine Hitzewallung trieb ihr den Schweiß aus den Poren. Sie konnte nur noch flach atmen, schnappte panisch nach Luft. Es war ihr nicht einmal mehr möglich, sich auf den Knien zu halten. Sie klammerte sich ans Bett und glitt schließlich zu Boden.

Das Telefon befand sich in der Diele, dort steckte auch das Handy in der Handtasche. Während sie sich auf die Holzdielen übergab, pochte es erneut in ihrem Hals. Dort schienen sich die Adern so erweitert zu haben, dass die Luftröhre verengt war. Sie hörte sich fiepen, fuchtelte mit den Armen, bekam das Betttuch zu fassen, krallte sich daran fest, bis der Krampf sich löste.

Den Rauch der frisch angezündeten Zigarre auf dem Balkon konnte sie nicht mehr sehen.

Mittwoch

Als Walde auf dem Weg zu seinem Büro bei Grabbe und Gabi hereinschauen wollte, saß Sattler, der Leiter der Kriminaltechnik, vor Gabis Schreibtisch und schaute sich interessiert die Bleilettern an. »Eine klassische Antiqua Bodoni, ich schätze mal von der Größe her Doppelcicero 24 Punkt mager.«

»Du kannst mir viel erzählen«, kommentierte Gabi seine Ausführungen.

»Nee, ich kenne mich ein wenig mit Schriften aus. Ich habe mich mal in einem Seminar sehr intensiv mit anonymen Schreiben auseinandergesetzt, Erpresserbriefen und so. Da spielte die Schriftanalyse eine wichtige Rolle, um ausgeschnittene Wörter und Buchstaben den Medien zuzuordnen, aus denen sie stammen.«

»Kommst du nun rein oder gehst du wieder?«, fragte Gabi Walde, der immer noch in der offenen Tür verharrte.

»Ich denke, in unserem Fall geht es eher um die Zusammensetzung des Materials als um die Schriftart.« Walde kam ins Zimmer und schloss die Tür. »Habt ihr ein paar Proben von den Lettern schon nach Koblenz geschickt?«

»Gingen gestern per Express raus«, antwortete Grabbe. Er wandte sich an Sattler. »Hast du schon was von den Luxemburgern gehört?«

»Stadler sagt, die Kollegen hätten im Hafen von Mertert, wo die Kappe des Opfers lag, weitere Spuren gefunden. Einen Chip, den der Mann am Schnürsenkel des Inliners hatte, und Schleifspuren von der Straße zur Mosel.« Sattler fuhr sich mit dem Finger über den Nasenrücken, eine Handbewegung, die er sich noch nicht hatte abgewöhnen können, obwohl er seit Monaten Kontaktlinsen trug. »Ich habe denen unsere Ergebnisse geschickt.«

»War denn was Brauchbares dabei?«

»Außer Wasserproben waren es hauptsächlich Fotos. Mehr war es nicht, der Rest wird drüben untersucht.« Er zuckte mit den Schultern. »Schade, der Fall hätte mich interessiert.«

»Meine Rede.« Grabbe nickte zustimmend.

Walde stellte den Karton mit Papieren, den er von Andrea Pawelka mitgebracht hatte, auf einem Stapel Akten ab, die er schon seit Wochen ins Archiv schaffen wollte. Dabei geriet der Karton in Schieflage. Aus dem Jutesack rutschten ein paar Bleilettern heraus und verschwanden zwischen den Papieren.

Jetzt reicht es, dachte Walde, während er den Karton, ohne Rücksicht darauf, dass weitere Lettern zwischen die Blätter gerieten, auf den Boden legte. Er schaute Akte für Akte durch, bevor er sie neben den Papierkorb auf den Boden stellte. Über seinem plötzlichen Ordnungsfimmel vergaß er das zweite Frühstück und wurde erst gegen Mittag gestört, als Gabi den Kopf zur Tür hereinsteckte, um sich zu verabschieden. Ihr Überstundenkonto sollte weiter abgebaut werden.

Sie erfasste mit einem Blick, warum sie ihren Kollegen den ganzen Vormittag nicht zu Gesicht bekommen hatte. »Soll ich dir jemanden raufschicken, der den Kram abholt?«, bot sie ihm an.

»Danke, gute Idee.«

Das Durchsehen der Akten war fast so lästig gewesen wie das Ausfüllen einer Steuererklärung. Umso erleichterter fühlte er sich, als kurze Zeit später der Aktenberg auf einen Rollwagen verladen wurde und hoffentlich auf Nimmerwiedersehen durch die Tür verschwand.

Er blickte auf die Uhr. Schon nach zwei. Er überlegte, ob er etwas essen gehen sollte. Unschlüssig nahm er die Kiste vom Boden und stellte sie auf den frei gewordenen Platz. Vom Aktendurchsehen hatte er mehr als genug. Stattdessen klaubte er die Bleilettern zwischen den teils vergilbten Schriftstücken hervor, bei denen es sich überwiegend um Versicherungs-, Rentenpapiere und zum Teil uralten Zusatzqualifikationen des alten Pawelka handelte. Zuunterst in der Kiste lag ein Familienstammbuch. Vielleicht war es auch die Neugier zu erfahren, wie alt die sympathische Frau war, die in dem einsamen Haus bei Mülheim lebte, als er es herausnahm und durchblätterte. Umso überraschter war er, als dort Elke, eine zweite Tochter, auftauchte, die deutlich älter war als ihre Schwester Andrea, die er besucht hatte.

Auf den letzten Kilometern, nachdem er bereits das Dorf durchquert hatte und in das Tal hinausfuhr, kamen ihm Zweifel, ob er hätte anrufen und seinen Besuch ankündigen sollen. Falls sie nicht zu Hause war, würde er den Karton mit den Papieren nicht einfach an der Haustür abstellen können. Das kleine Auto mit dem stumpfen Lack stand am Haus. Nach dem Aussteigen wischte sich Walde die Krümel von Hemd und Hose, die von dem Brötchen stammten, das er unterwegs gegessen hatte. Es war warm geworden. Hier unten zwischen den Hängen der Weinberge schien es wärmer zu sein als in Trier. Nach dem Klopfen an der Eingangstür wartete er nicht lange und ging hinter das Haus. Andrea Pawelka saß auf der Bank und blickte in seine Richtung. Beim Näherkommen sah er das zugeklappte Buch, in das sie eine Hand geschoben hatte. Sie lächelte.

»Entschuldigung, ich hätte anrufen sollen. Darf ich?« Er schob das kleine Gartentor auf. »Ich bringe die Papiere und die Lettern zurück.« Mist, er hatte den Setzkasten im Präsidium vergessen.

Sie schob eine Klappe des Umschlags ins Buch. Er konnte weder den Namen des Autors noch den Titel erkennen.

»Sitzt ihr Kollege wieder draußen?« Beim letzten Besuch hatte sie ihm Vorwürfe gemacht, dass er Grabbe am Auto hatte warten lassen. Sie räumte einen Teller neben ihr von der Bank und wies ihm mit der Hand, dass er sich setzen könne.

»Nein, ich bin heute allein und möchte Sie auch nicht lange vom Lesen abhalten. Sie haben eine Schwester?« Er hielt inne. »Blöde Frage, aus den Papieren geht hervor, dass Sie eine Schwester haben.«

»Elke«, sie nickte. »Ich war sechs Jahre alt, als sie ins Ausland gegangen ist. Sie war damals gerade achtzehn Jahre alt. Vorher hatte Elke eine Ausbildung in einem Hotel in

Trier gemacht. Wir hatten danach leider kaum mehr Kontakt. Irgendwie waren meine Eltern nicht mit ihrem Lebensstil und ihren Ansichten einverstanden.«

Walde rechnete vom Geburtsjahr hoch. »Das war Ende der Siebziger Jahre?«

»Ja. Manchmal kamen Karten. Ich kann mich entsinnen, die Briefmarken bestaunt zu haben, besonders die dreieckigen mit Tieren drauf, die waren aus Afrika. Dort hat sie auch geheiratet, in Marokko, ihr Mann hieß Meloudi, schöner Name.«

»Haben Sie ihn kennengelernt?«

»Nein, ich habe meine Schwester erst viele Jahre später bei der Beerdigung unserer Mutter wiedergesehen und kaum erkannt. Hätte es nicht die Fotos von ihr gegeben … Und nach der Beerdigung, als wir zum Kaffee gegangen sind, war sie schon wieder weg.«

»Wo wohnt sie heute?« Walde krempelte die Ärmel seines Hemdes hoch. Obwohl es schon später als drei Uhr am Nachmittag war, brachte ihn die Märzsonne ins Schwitzen.

»Keine Ahnung. Im Altenheim hatten sie auch keine Adresse von ihr. Sie hatte seit der Hochzeit den Doppelnamen Minar-Pawelka. Ich glaube, sie hat öfter den Arbeitgeber gewechselt und war in der ganzen Welt unterwegs. Jedenfalls kamen die Karten von überall her.«

Walde notierte sich den Namen. »Und jetzt?«, fragte er, während er sie anschaute. Ihr schien die Hitze nichts auszumachen.

»Wie jetzt? Ach so, keine Ahnung. Sie hat bestimmt seit zehn Jahren nichts mehr von sich hören lassen. Vielleicht sucht die Koblenzer Polizei nach ihr.« Sie griff nach der

Tasse, die sie mit dem Etui ihrer Sonnenbrille abgedeckt hatte. »Darf ich Ihnen was zu trinken anbieten?«

»Wenn Sie ein Glas Wasser hätten?«

»Dann sollten wir hineingehen. Ich war heute schon lange genug in der Sonne.«

Auf dem Weg zur Haustür gingen sie an der anderen Seite des Hauses vorbei, wo ein altes Klohäuschen mit einem Herzchen in der Tür stand. Ein paar Schritte weiter schaute Walde neugierig über einen etwa einen Meter achtzig hohen Zaun aus Bambus. Auf einem Karree mit einem Durchmesser von kaum zwei Metern entdeckte er ein großes Holzfass, dessen Dauben aufgeschnitten waren.

»Da war früher mal Wein drin, jetzt ist es meine Sommer-Badewanne«, kommentierte sie seinen Blick.

Im Inneren des Hauses war es deutlich kühler als im Garten. Hinter der Eingangstür lag eine Küche mit einem großen, viereckigen Stangenherd. Daneben stand ein verzinkter runder Kessel auf drei Beinen. Darunter befand sich eine Feuerstelle mit einer Schublade für die Asche.

»In so einem Gerät hat meine Oma das Fressen für die Schweine gekocht.« Walde zeigte auf den Kessel.

»Meine hatte zwei, einen für die Wäsche und einen für das Schweinefressen«, sie lächelte. »Von dem Essen für die Schweine wollte ich immer probieren, durfte es aber nicht, weil da angeblich auch angefaulte Sachen reinkamen.«

»Ich erinnere mich noch gut an den Geruch. Ich glaube, ich habe das Zeug mal probiert.«

»Das ist der Unterschied, Mädchen fragen einfach zu viel. Weißt du … wissen Sie noch, wie es geschmeckt hat?« Sie drehte den Hahn über dem alten steinernen Spülbecken auf.

Er beobachtete, wie das Wasser mit wenig Druck in das Glas lief.

»Nein, wahrscheinlich längst nicht so gut, wie es gerochen hat.«

»Das ist bestes Quellwasser von weiter oben im Tal. Da, wo kein Wein mehr wächst und auch kein Spritzmittel ausgebracht wird.« Sie reichte ihm das Glas. Ihre schmalen Hände und nackten Arme wirkten hier in der Küche viel gebräunter als draußen im hellen Licht.

Das Wasser schmeckte frisch und war angenehm kühl. Walde trank das Glas in einem Zug leer. Neben dem Esstisch stand ein breiter Küchenschrank mit gehäkelten Gardinen hinter den Glastüren des Oberteils. Darunter steckten große Schütten aus milchig geriffeltem Glas, in denen sich vermutlich Mehl, Zucker und dergleichen befanden. Auf der Platte des Unterschranks stand eine hölzerne Kaffeemühle.

»Hier meint man, die Zeit wäre stehen geblieben«, sagte Walde verwundert. »Kommen Sie eigentlich ganz ohne moderne Küchengeräte aus?«

»Strom habe ich schon. Sonst würde der Kühlschrank auch nicht funktionieren.«

Warum war ihm das mächtige rote Gerät nicht aufgefallen? Mit seinem kriminalistischen Spürsinn schien es heute nicht weit her zu sein.

»Möchten Sie noch den Rest vom Haus sehen?«

»Gerne.«

»Das Haus soll in den 20er Jahren von der Witwe eines Försters gebaut worden sein. Nach dem Tod ihres Mannes musste sie innerhalb eines Jahres aus dem Forsthaus ausziehen. Angeblich hat sie alles allein aus Bruchsteinen und

Schiefer gebaut.« Walde folgte der jungen Frau durch eine weiß gestrichene Tür.

»Wissen Sie, woran der Förster gestorben ist?«

»Sie können mich gerne duzen, oder ist das noch ein formelles Gespräch?«

»Nein.« Walde fragte sich, ob Leute, die keine Polizisten waren, sich für die Todesursache eines Mannes interessierten, der vor fast hundert Jahren gestorben war.

»Ich denke, der formelle Teil unseres Gesprächs ist beendet«, sagte er. »Und gegen das Du habe ich nichts einzuwenden.«

»Aber ich weiß trotzdem nicht, woran er gestorben ist.«

Im nächsten Zimmer wurden die Fliesen von dunklem Holzfußboden abgelöst. Vor der mit rotem Stoff bezogenen Couch stand auf einem Wollteppich ein ovaler, niedriger Holztisch. Für mehr als eine Anrichte, zwei Sessel und einen schmalen Ofen bot der Raum keinen Platz.

»Hier soll früher ein Heiligtum der Treverer gestanden haben, ein Ort der Kraft, das spüre ich heute noch.« Sie atmete tief ein, als würde sie die Kraft durch die Nase einziehen. »Über den Tod des Försters habe ich mir auch schon Gedanken gemacht. Vielleicht ist er von Wilderern umgebracht worden. Möglich wäre es.« Sie lächelte und öffnete die nächste Tür. »Das waren schon die Räume hier unten, möchtest du auch noch das Dachgeschoss sehen?«

Er folgte ihr zu einer Treppe, die, je höher sie kamen, immer weniger Abstand zu den Deckensparren ließ.

»Stoß dir nicht den Kopf! Die Erbauerin hat sich hier wohl ein wenig verrechnet«, warnte Andrea, während sie sich oben in dem Mansardenraum aufrichtete, um gleich wieder umzukehren. »Nebenan ist noch ein Zimmer, aber da hat es mal reingeregnet. Es müsste einiges renoviert werden, unter anderem der komplette Fußboden.«

Auf einer der letzten Stufen stehend sah Walde über sich Dachbalken aus roh behauenen Stämmen und Latten mit Schiefer darüber. Neben der kleinen Gaube, durch deren Fenster die Sonnenstrahlen dem flirrenden Staub einen silbrigen Glanz verliehen, stand ein Kleiderschrank mit ovalem Spiegel in einer der beiden Türen.

»Zwei, drei Monate im Winter ist es hier oben zu kalt, dann ziehe ich runter ins Wohnzimmer.«

Walde wurde auf ein knapp dreißig Zentimeter langes Vierkantholz neben dem Bett aufmerksam.

Sie war seinem Blick gefolgt. »Das ist außer den Küchenmessern meine einzige Waffe im Haus. Notfalls kann ich aus dem Fenster und über das Dach flüchten.«

Den Gedanken, dass ein Eindringling möglicherweise nicht zur Haustür hereinspazierte und den Weg von der Rückseite über dieses Fenster nähme, behielt Walde für sich.

Donnerstag

Gabi wies auf den neben der Tür an die Wand gelehnten Setzkasten. »Warst du nicht nach Mülheim?«

»Doch, aber den habe ich vergessen«, antwortete Walde.

»Und wie soll er jetzt dahin kommen?«

»Sehen wir mal.«

»Dann bringe ihn bitte solange in die Asservatenkammer oder in dein Büro. Ich kann dieses Ding nicht mehr sehen.«

Ihr Telefon klingelte. Gabi nahm ab.

»Wo?«, fragte sie

»...«

»Wer?«

»...«

»Wann?«

»...«

»Absperren, nichts anrühren, wir kommen.«

»...«

»Ja, ist klar.« Sie legte auf und sagte in den Raum: »Weibliche Person ertrunken, in Saarburg.«

»Hat Stadler angerufen?«, fragte Grabbe.

»Nee, für Badewannen ist die Wasserschutzpolizei noch nicht zuständig. Irgendwas stimmt nicht. Der Hausarzt hat Verdacht geschöpft ... Verbrennungen oder so.«

»Wie soll das zur Todesursache passen?«

»Fahren wir hin oder sollen wir weiter spekulieren?« Sie nahm das Telefon hoch. »Sattler, wir haben eine Tote in

Saarburg, am Markt, Bäckerei oder Café, soll gleich am Wasserfall sein.« Beim Aufstehen schob sie sich eine Hand unter den Bauch.

Die schmale Gasse, die zum Saarburger Markt führte, war mit Fahrzeugen zugestellt. Grabbe parkte dahinter. Auf dem Weg zu dem von einem dunklen Geländer gesäumten Kanal passierten sie die Wagen der Kriminaltechnik, weitere Streifenwagen und den schwarzen Kombi eines Bestattungsinstitutes. Der Weg wurde schmaler, wozu die Tische und Stühle beitrugen, die rechts am Geländer mit Blick auf das Wasser standen. Außerdem waren an den Schaufenstern der Geschäfte die Markisen ausgefahren und neigten sich am Ende so weit nach unten, dass nur noch ein enger Pfad bis zu den Tischen frei blieb, wo kaum mehr als zwei Personen aneinander vorbeikamen. Das stärker werdende Rauschen kündigte den Wasserfall an.

»Polizei, lassen Sie uns bitte durch!«, forderte Grabbe die Schaulustigen auf, die am Absperrband die gesamte Breite der Gasse einnahmen.

»Hauptwachtmeister Knopp!« Ein älterer Polizist in Uniform hob das Band an und ließ die drei hindurchschlüpfen. Trotz des Getöses des nahen Wasserfalls sprach er für Waldes Empfinden zu laut. »Die Tochter hat sie gefunden. Sie ist oben in ihrer Wohnung im vierten Stock, Herr Dr. Herwegen ist bei ihr. Herr Sattler ist mit seinen Leuten bereits oben. Dritter Stock.« Er wandte den Kopf in Richtung Wasser. »Herr Dr. Hoffmann wollte auf Sie warten.« Der Gerichtsmediziner lehnte allein am Geländer und schaute auf den Wasserfall. Zwei weitere Polizisten standen an der anderen Seite der Absperrung, wo sich eine deutlich größere Schar von Gaffern eingefunden hatte.

Noch während sich Walde fragte, wie Hoffmann so schnell hierher gekommen war, rief Gabi: »Bist du mit dem Rettungshubschrauber gekommen?«

»So etwa«, Hoffmann drehte sich kauend um und blinzelte ins Sonnenlicht. Er hielt eine Porzellantasse in der Hand. »Als der erste Wagen von der KT mich überholt hat, habe ich mich einfach drangehängt.« Die Tasse war leer und beschwerte eine Hülle, in der ein Keks gesteckt hatte.

»Ich bringe Sie zurück, Herr Dr. Hoffmann.« Der Polizist nahm die Tasse entgegen.

»So stelle ich mir eine vernünftige Arbeit vor«, sagte Hoffmann, während er sich die Lippen abtupfte und hinter Gabi, Grabbe und Walde die Treppe hinaufstieg. »Ruhiger Tagesbeginn, zweites Frühstück an einer Sehenswürdigkeit, dann ein bisschen Tatortinspektion und anschließend Mittagessen in der Cafeteria.«

Im dritten Stock stand ein Polizist an der Tür. »Herr Sattler lässt ausrichten, Herr Dr. Hoffmann?«, er blickte fragend zu den auf dem Treppenabsatz Ankommenden, »soll bitte zuerst reinkommen. Herr Bock und seine Leute mögen sich noch ein wenig gedulden.«

Gabi drehte sich zu Walde und Grabbe um. »Jetzt bereue ich, dass ich nicht mehr rauche«, zischte sie und äffte den Polizisten nach. »Die Leute von Herrn Bock mögen sich doch bitte …«

»Da drin wird es sicher eng werden und wir wollen doch

alle das Gleiche«, versuchte Grabbe sie zu beruhigen. »Möchtest du dir das wirklich … ich meine, du musst da gar nicht reingehen … hatten wir eigentlich schon einen Mord, seitdem du schwanger bist?«

»Ich würde an deiner Stelle jedes weitere Wort auf die Goldwaage legen. Es gibt, soviel ich weiß, Urteile, die Schwangere aufgrund extremer Hormonschwankungen auch bei vermeintlich fiesesten Vergehen für vorübergehend nicht zurechnungsfähig …« So leise hatte Walde seine Kollegin noch nicht sprechen hören.

Sattler, der aus der Tür kam, entspannte die Situation. »Wenn ihr die anzieht, könnt ihr rein.« Er reichte Walde drei Tüten mit blauen Plastiküberzügen für die Schuhe.

In der Diele wies er ihnen den Weg zum Bad, wo sie in der Tür stehen blieben. Feuchte Luft schlug ihnen entgegen. Der Geruch konnte nicht von Badezusätzen stammen. In der die gesamte linke Seite des kleinen Raumes einnehmenden Wanne lag eine nackte alte Frau. An Wange und Mund klebten die bis zum Hals reichenden rötlichen Haare, deren grauer Ansatz am Scheitel die natürliche Farbe zeigte.

Der auf den nassen Fliesen zwischen Toilette und Waschbecken kniende Gerichtsmediziner hatte sich seiner Jacke entledigt und sein Hemd am rechten Arm hochgekrempelt.

»Verbrennung des Grades 2b an Rücken, Bauch und Gesäß«, sprach er in sein Diktiergerät. »Haut dunkelbraun verfärbt mit deutlicher Blasenbildung, Druckspuren an den Schultern, kreisrunde Verbrennung an der rechten Wade, vermutlich Fraktur der rechten Elle.«

Er stützte sich beim Aufstehen auf dem Wannenrand ab. »Ich denke mal, die alte Dame war stark sediert, sonst wäre das, was man ihr angetan hat, nicht möglich gewesen, jedenfalls hätte es nicht genügt, sie an den Schultern niederzuhalten.« Er wischte mit der Hand über den in Kniehöhe feucht gewordenen Stoff seiner Hose. »Sie muss buchstäblich gekocht worden sein.«

Sobald der Mediziner das Bad verlassen hatte, schlüpfte ein Techniker mit dem Fotoapparat hinein. Walde fragte sich, ob ihm bewusst war, in welch würdelosem Zustand sich sein Fotoobjekt befand. Als der Mann seine Position veränderte, fiel Walde das Kabel auf, das aus der Badewanne über die Fliesen zu einer dreipoligen Steckdose führte. Er ging einen Schritt in das Bad hinein. Ein Tauchsieder hing im Wasser.

Sattler war ihm in den Raum gefolgt. »Die Temperatur des Durchlauferhitzers ist auf fünfundfünfzig Grad eingestellt. Das schien dem oder den Tätern nicht heiß genug gewesen zu sein. Da wurde mit dem Tauchsieder nachgeholfen.« Sattler beugte sich hinunter und zeigte auf den Griff des Gerätes. »Hier, knapp über der Wasserlinie. Es wurde sogar die Wasserverdrängung des Opfers berücksichtigt. Etwas tiefer und das Wasser hätte die elektrischen Anschlüsse im Griff erreicht, dann wäre die Frau an einem Stromschlag gestorben.«

Walde schaute unwillkürlich zur Steckdose. Wie er feststellte, war die Verlängerungsschnur nicht mehr eingestöpselt. »Man wollte sie nicht einfach umbringen, sie sollte verbrüht werden.«

»Die Frau muss geschrien haben wie am Spieß«, sagte Sattler. »Hat das denn niemand gehört?«

»Das werden wir herausfinden«, sagte Grabbe. »Ich spreche mal mit Knopp. Weiß jemand, wie die Tote heißt?«

Das Rauschen des Wasserfalls, das die ganze Zeit als dauerndes Hintergrundgeräusch präsent gewesen war, schwoll plötzlich an. Irgendwo in der Wohnung musste ein Fenster geöffnet worden sein.

»Hertha Becker, lebte allein hier, seit ihr Mann gestorben ist. Falls ihr euch umsehen möchtet.« Sattler zeigte auf eine große Tüte in einem offenen Metallkoffer. »Sollte es Spuren geben, dann müsste sich allein im Badewannenvorleger genügend DNA vom Täter finden. Außerdem haben wir noch das gefunden.« Er öffnete eine Tür, die in ein geräumiges Wohnzimmer führte, in das Walde, gefolgt von Gabi und Grabbe, eintrat. Ölbilder mit Darstellungen von Saarburg hingen an den Wänden, an der Längswand stand ein rustikaler Schrank, schwere Polstermöbel vervollständigten die Einrichtung. Auf dem Tisch in passendem Holz standen zwei Cognacschwenker.

»Wir haben sie natürlich nicht angerührt.« Sattler war in der Tür stehen geblieben.

Gabi beugte sich über den Tisch und schnupperte an einem der Gläser. »Vielleicht wurde ihr da was reingetan.« Sie richtete sich wieder auf. »Jedenfalls scheint der Täter ihr bekannt gewesen zu sein, zumindest hat er oder sie ihr Vertrauen so weit gewonnen, dass sie ihn bewirtet hat.«

»Wart ihr schon in den anderen Räumen?«

»Wir waren zwar schneller als ihr, aber so viel Vorsprung hatten wir dann doch wieder nicht.« Sattler ging zurück ins Bad, wo der Gerichtsmediziner mit dem Fotografen Detailaufnahmen absprach.

Hinter der Tür, die Walde als nächste öffnete, fand er das

Schlafzimmer. Das Bett war nicht benutzt. Am Schreibtisch vor dem Regal mit Aktenordnern schien schon lange niemand mehr Platz genommen zu haben. Daneben standen ein Korb mit gefalteter Wäsche und ein Bügelbrett. Aus dem Fenster, das wie das nach vorne zum Markt führende dreifach verglast war, sah er in einen gepflasterten Innenhof, auf dem sich zwischen zwei mit trockenem Gestrüpp bewachsenen Blumenkübeln ein Kindertraktor mit Anhänger festgefahren hatte. Das nächste Zimmer war eine Rumpelkammer, in der genauso wie in der aufgeräumt wirkenden Küche, an der Walde als nächstes vorbeikam, die Kollegen von der Kriminaltechnik zugange waren. An der Wohnungstür sprach Grabbe mit dem älteren Polizisten, der vorhin auf der Straße vor dem Haus gewesen war.

»Kollege Knopp«, fasste Grabbe für Walde zusammen, »er sagt, die Tochter der Toten habe ihre Mutter in der Wohnung aufgesucht, nachdem diese die Tüte mit den beiden Brötchen, die sie ihr jeden Morgen an die Tür hängte, bis um zehn Uhr nicht reingeholt hatte.«

»Die Elli, also Elisabeth Becker, ist oben in ihrer Wohnung«, berichtete der Wachtmeister mit lauter Stimme. »Herr Dr. Herwegen musste kommen. Er ist noch oben bei ihr.«

»Wie heißt die Tochter mit Nachnamen?«, fragte Walde.

»Becker, Elisabeth Becker«, schnarrte Knopp und nahm dabei eine gerade Haltung an, als würde er Meldung beim Militär machen.

»Unverheiratet?«

»Nein, sie hat einen Herrn Becker mit e geheiratet, der Bäcker mit ä war und nun als Vertreter für Molkereiprodukte tätig ist. Er ist die Woche über meistens unterwegs.«

»Sie kennen sich aber bestens aus«, bemerkte Gabi.

»Ich bin seit über 30 Jahren hier. Viele Saarburger waren schon als Kind bei mir in der Verkehrsschule. In so langer Zeit bleibt es nicht aus, dass man dazugehört und auch einiges erfährt.«

»Dann können Sie uns vielleicht auch sagen, wer die Hertha Becker nicht leiden konnte.«

»Naja, die Hertha«, er sprach auf einmal deutlich leiser. »Sie hatte ihren eigenen Kopf und ihre eigene Meinung. Daraus hat sie keinen Hehl gemacht. Vielleicht ist der Herbert, ihr Schwiegersohn, auch deshalb Vertreter geworden.«

»Hatte sie Feinde?«

»Nein, von Feinden kann man nicht direkt sprechen. Jedenfalls ist mir in dieser Richtung nichts zu Ohren gekommen.«

»Ich höre mich mal in der Nachbarschaft um.« Grabbe ging die Treppe hinunter, während Gabi und Walde nach oben gingen.

Der Hausarzt öffnete ihnen eine Etage höher die Tür. »Ich muss leider in die Praxis zurück«, er hielt ihnen eine Visitenkarte entgegen. »Rufen Sie mich an, wenn etwas sein sollte. Ihr Mann müsste bald hier sein.« Während er seine Arzttasche von der Anrichte in der Diele nahm, wies er zur offenen Tür. Die Wohnung war genauso geschnitten wie die darunter liegende. Selbst die Möbel in dem Wohnzimmer, wo eine etwa fünfzigjährige Frau auf dem Sofa saß, waren ähnlich angeordnet wie unten.

»Mein Beileid«, sagte Walde und gab der Frau die Hand.

»Mein Name ist Bock, ich bin Hauptkommissar bei der Kriminalpolizei, das ist meine Kollegin, Hauptkommissarin Gabi Wagner.« Die Erfahrung hatte ihn gelehrt, dass es die Zuverlässigkeit und die Genauigkeit der Antworten seiner Gesprächspartner förderte, wenn er seinen Dienstgrad nannte.

»Elisabeth Becker.« Ihr Händedruck war fest, die Hand fühlte sich kalt an. »Nehmen Sie Platz, möchten Sie einen Kaffee?«

Gabi und Walde winkten ab und setzten sich in die beiden Sessel gegenüber der Couch.

»Was soll ich Ihnen sagen?« Sie schien zu lallen, was wahrscheinlich von den Beruhigungsmitteln kam, die ihr der Hausarzt verabreicht hatte. »Ich hab' ... als die Brötchen noch um zehn an der Tür hingen, bin ich reingegangen.« Sie atmete tief ein. »Ich weiß jetzt nicht, was schlimmer war ...«

»Wir können auch später reden«, sagte Walde.

»Sie sind ja jetzt da, was wollen Sie wissen?«

»Ist Ihnen etwas aufgefallen?«, fragte Gabi reflexhaft.

»Wenn ich was gehört hätte, wäre meine Mutter nicht ... oder ich wäre vielleicht auch ...«

»Ihre Mutter scheint gestern Abend oder heute Nacht Besuch gehabt zu haben. Es standen zwei Gläser auf dem Wohnzimmertisch.«

»Ich gehe früh schlafen, wie alle Bäckersfrauen, spätestens um neun. Auch wenn wir selbst nicht mehr backen, so muss doch alles aufgebacken werden, bevor wir um sieben aufmachen. Ich schlafe nicht immer besonders gut ein, aber wenn ich mal schlafe, dann kann man mich wegtragen.«

»Das wär's für den Moment.« Walde erhob sich aus seinem Sessel.

»Soll ich bei Ihnen bleiben, bis Ihr Mann da ist?«, bot Gabi an.

Zurück im Trierer Präsidium war es Walde diesmal zu blöd, gleich wieder den Polizeipräsidenten aufzusuchen, um die längst versprochene Verstärkung einzufordern.

Auf dem Flur, gegenüber Waldes Büro, hockte ein junger Mann auf einem Stuhl. Walde war gedanklich noch so sehr mit den Eindrücken vom Tatort beschäftigt, dass er ihn nur oberflächlich grüßte.

Die Tür zu seinem Büro war nicht abgesperrt. Er hatte es vorhin in der Eile vergessen.

»Herr Bock?«, wurde er von hinten angesprochen.

»Ja?«

»Burkhard Decker, Kripo Koblenz. Ich bin hier wegen der Sache Pawelka.« Er hatte seinen Stuhl an der Lehne gefasst. »Ich war so frei.«

Walde sah, dass es sich um einen seiner Besucherstühle handelte.

»Gibt es eigentlich sonst niemanden im Dezernat?«, sagte der Koblenzer Kollege, während er den Stuhl vor Waldes Schreibtisch zurückstellte und ihm mit festem Druck die Hand gab. Mit sehr festem Druck, wie Walde feststellte, als er seine rechte Hand zu lockern versuchte. Als Hobbymusiker sorgte er sich um das Wohl seiner Finger.

»Wir kommen gut klar. Jedenfalls bisher in diesem Jahr.«

Noch während Walde überlegte, ob er ihm den Stuhl erneut anbieten sollte, saß der untersetzte Mann bereits wieder.

»Aha.« Der Kollege stützte beide Hände auf die Armlehnen, als traue er der Belastbarkeit des Stuhls nicht so recht.

»Wie gesagt, ich ermittle hier im Fall Pawelka. Im Koblenzer Raum haben sich bisher keine vielversprechenden Ermittlungsansätze ergeben. Ich soll ...«, er hielt inne, weil das Telefon auf dem Schreibtisch läutete.

Hoffmann teilte mit, dass er am Nachmittag die Leiche aus Saarburg obduziere, und wies darauf hin, dass Gabi als Schwangere nichts in der Gerichtsmedizin zu suchen habe.

»Sie haben einen Mordfall?« Der Besucher aus Koblenz schien aus den Gesprächsfetzen herausgehört zu haben, um was es ging.

»Seit heute«, Walde nickte. »Der erste für dieses Jahr.«

»Dann habe ich wahrscheinlich keinen günstigen Zeitpunkt gewählt, um herzukommen. Ich hätte vorher anrufen sollen.«

»Nun sind Sie da! Was kann ich für Sie tun?« Walde hatte sich zurückziehen wollen, um in Ruhe alle Fakten zu überdenken. Nun hatte er den Faden verloren und musste sich später aufs Neue in den Fall hineinversetzen.

»Es gibt zwei Spuren, die wir verfolgen. Zum einen ist es möglich, dass der Täter aus dem Altenheim stammt. Es ist zwar kein ähnlicher Fall dokumentiert, aber die Möglichkeit besteht, dass ein dementer Mitbewohner für die Tat verantwortlich ist. Wobei von Verantwortung im wörtlichen Sinn nicht gesprochen werden kann. Das im Mund des Opfers gefundene Blei stammt vermutlich aus seinem Zimmer. Es weist, ebenso wie die Lettern aus dem Setzkasten, neben Blei einen ähnlichen Gehalt an Zinn und Antimon auf.«

»Also aus dem Setzkasten«, sagte Walde. Dabei schaute er zu dem hölzernen Kasten, der neben der Tür an der Wand lehnte.

»Die KT kann das mit letzter Sicherheit nicht sagen.« Decker hob die Hände. »Ein Teil unserer Leute geht nun die Veteranen aus der Reservistenkameradschaft von Pawelka durch, und mich haben sie hierher geschickt. Es sind schon über zwanzig Jahre her, dass Pawelka in Trier stationiert war und mit seiner Familie in Saarburg gewohnt hat. Man wollte Sie wohl nicht mit weiteren Ermittlungen strapazieren. Wir suchen auch immer noch nach der älteren Tochter.« Der Kollege hörte sich nicht sehr begeistert an. Als Decker Saarburg erwähnte, horchte Walde auf.

»Können Sie mir einen Tipp geben, wo ich übernachten kann? Beim letzten Mal war ich mit dem Rad hier, auf dem Campingplatz, ist schon eine Zeitlang her.«

Auf der Fahrt zur Gerichtsmedizin saß Walde am Steuer. Gabi war ohne Murren im Präsidium geblieben. Grabbe aß ein dick belegtes Baguette, während er von der Befragung der Anwohner am Saarburger Tatort berichtete.

»Außer einem Pickup, der in der letzten Nacht in der Nähe geparkt haben soll, haben wir nichts herausfinden können«, schloss er seine Zusammenfassung ab und wischte Krümel von Kleidung und Sitz.

»Und was ist mit dem Schwiegersohn, dem Vertreter?«

»Er soll frühmorgens, von Stuttgart aus, zu Kunden in die

Pfalz gefahren sein. Das prüft Gabi, auch die Pension. Ich kann dir gerne was abgeben«, bot Grabbe an.

»Danke.« In Erwartung einer sicher unangenehmen Obduktion war Walde nicht nach Essen zumute.

»Es gibt da noch ein kleines Problem. Wir haben für morgen den Kurztrip nach London gebucht. Einen Urlaubsantrag brauchte ich ja nicht zu stellen, weil Wochenende ist.«

»Was sagt Gabi dazu?«

»Ich wollte erst mal mit dir reden.«

»Du fliegst doch nicht gerne?«

»Ich bin noch nie geflogen!«, betonte Grabbe. »Und zum Thema Fähre brauche ich auch nix zu sagen. Du weißt ja, wie empfindlich mein Magen schon auf eine Fahrt mit dem Polizeiboot reagiert.«

»Und wie kommt es, dass du jetzt fliegen wirst?«

»Keine Ahnung, das kann ich nicht erklären und will es auch gar nicht. Seitdem ich aus dem Koma … du weißt. Ist halt so. Kannst du mal ein bisschen auf die Tube drücken?«

»Ich habe Frau und Kinder.«

»Dann heirate auch, damit sie wenigstens versorgt sind, wenn wir uns um einen Mast wickeln!«

Bis zum Einparken auf dem Parkdeck des Krankenhauses fiel Walde keine andere Situation ein, in der Grabbe es geschafft hatte, ihn sprachlos zu machen.

»Da sind Sie ja, meine Herren. Wir haben schon mal ein wenig vorgearbeitet.«

Dr. Hoffmann kam ihnen in dem bis zur Decke gefliesten

Flur des Kellers entgegen. »Eine Sekunde.«

Er schloss die Tür zu seinem Büro auf. Als er wieder herauskam, knöpfte er einen frischen weißen Kittel zu. »Übrigens, wissen Sie, welche Frau immer weiß, wo sich ihr Mann gerade aufhält?«

»Eine, die ihren Mann am Halsband führt?«, versuchte es Grabbe.

»Haben Sie eine Idee?«, wendete sich der Gerichtsmediziner an Walde.

Der schüttelte den Kopf.

Hoffmann hielt sich in vorauseilender Heiterkeit eine Hand vor den prustenden Mund. »Eine Witwe.«

»Oder die Frau eines Komapatienten«, murmelte Grabbe.

»Auch nicht schlecht.« Hoffmann stockte einen Moment, bevor er ihnen die Tür zum Obduktionsraum aufhielt. Sein am Untersuchungstisch beschäftigter Assistent Bruno wandte ihnen, wie meist, grußlos den Rücken zu. Nur das leise Schleifen des Fadens war zu hören, das beim Zusammennähen von Haut entstand. Weiter hinten lief ein Wasserhahn.

»Um es vorwegzunehmen, Todesursache ist eindeutig Herzversagen. Das wird dem Täter vielleicht gar nicht recht gewesen sein, wo er sich so viel Mühe damit gegeben hat, das Badewasser auf eine höllisch heiße Temperatur zu bringen. Die Adrenalinausschüttung liegt in einem Bereich, den vergleichbar ein Mensch erreicht, der aufgrund eines Unfalls oder in suizidaler Absicht aus dem Flugzeug fällt, ohne Fallschirm, versteht sich. Wenig später wäre sie an der Verbrühung gestorben. Das Eiweiß in den betroffenen Hautzellen ist geronnen.«

Walde beobachtete, wie Grabbe um den Tisch herumging, um vom Kopfende her die Leiche der alten Frau zu betrachten.

»Es kommt noch was hinzu …«, Hoffmann fasste sich mit der linken Hand ans Ohrläppchen. Er zupfte nervös daran, als prüfe er, ob es noch festsaß. »Das habe ich nicht bemerkt, weil ihr die Haare über das Gesicht hingen …« Er räusperte sich. »Also … ihr wurde die Zunge abgeschnitten. Das ist post mortem geschehen. Im lebenden Zustand hätte allein diese Verletzung einen tödlichen Blutverlust bewirkt. Wenn Sie mal schauen möchten?«

Grabbe beugte sich über die Leiche. »Nein!« Er blies die Luft aus.

»Der Mörder wollte einerseits sein Opfer grausam leiden lassen und andererseits ein Zeichen setzen.« Hoffmann machte eine Handbewegung, als wolle er seine Worte wie Kreide von der Tafel wischen. »Das ist nur meine ganz persönliche Meinung.«

»Wo könnte die Zunge abgeblieben sein?«, fragte Grabbe vollkommen unbeeindruckt von dem, was er gerade gesehen hatte. »Sattler scheint sie jedenfalls nicht gefunden zu haben.«

»Die Toilette runtergespült, vielleicht ist sie in der Leuk oder in der Saar gelandet«, mutmaßte Hoffmann. »Oder als Trophäe behalten – wie GIs die Ohren der Vietcong im Vietnamkrieg oder der Skalp bei den Indianern.« Der Mediziner ließ sein Ohrläppchen wieder los. »Bruno, hilf' mir mal bitte!«

Die beiden hoben die Leiche in eine sitzende Position.

»Das Wasser in der Wanne hatte eine Temperatur von

mindestens siebzig Grad. Am deutlichsten sind die Spuren am Rücken.« Hoffmann zeigte auf die dunkel verfärbten Hautpartien im Bereich der Hüfte und Taille. »Wie stark das Opfer sediert war, werden die toxikologischen Ergebnisse zeigen.«

Als die beiden die Tote wieder auf den Rücken gelegt hatten, quittierte Bruno den Dank seines Chefs mit einem knappen Kopfnicken. Während sein Blick Walde streifte, schien etwas wie ein Lächeln in seinen durch die dicken Brillengläser vergrößerten Augen zu erscheinen.

Freitag

Als Walde aufwachte, war Doris bereits aufgestanden. Hinter Mathildas leerem Bettchen dämmerte der Morgen. Die Vögel in den nahen Bäumen sangen so laut, wie sie es nur zu Frühlingsbeginn taten.

In der Küche war niemand. Das Radio lief. Auf dem Tisch stand die Müslidose, daneben lagen der Deckel und die offensichtlich bereits gelesene Zeitung. Während der Kaffee in die Tasse lief, füllte Walde eine Schale mit Müsli und Joghurt. Was war das für eine fette Überschrift auf der Titelseite? *SADISTISCHE GRÄUELTAT – Alte Frau grausam zu Tode gequält*.

Seufzend las er Details des Tatablaufs, die keinesfalls im Polizeibericht erwähnt sein konnten, falls überhaupt schon eine Pressemitteilung herausgegangen war.

Während er sich den ersten Löffel Müsli in den Mund schob, dachte er darüber nach, wer die Informationen an die Presse gegeben haben könnte. Würde es sich um einen seiner Kollegen aus dem Trierer Präsidium handeln, so wäre längst auch etwas über den Toten aus der Mosel veröffentlicht worden. Zuerst kam ihm Bruno, der Assistent aus der Gerichtsmedizin, in den Sinn, dann dachte er an Hauptwachtmeister Knopp, den recht mitteilsamen Saarburger Polizisten. Die Küchentür wurde aufgerissen. Annika stürmte herein. Sie hielt eine Fotokamera in der Hand, stützte ihm gegenüber die Ellenbogen auf den Tisch und drückte auf den Auslöser.

»Was soll das werden?« Wieder wurde er von einem Blitz geblendet.

Sie kicherte, während sie die Kamera über den Müsliteller hielt und noch einmal abdrückte. »Steht alles an der Tafel.«

Gestern Abend hatte er es vergessen. Nun nahm Walde das mit einem Magnet an die Küchentafel gepappte Papier des Kindergartens herunter. Unter der Überschrift ‚Knipsclub – Guten Appetit' las er, dass es sich um ein Fotoprojekt für Vorschulkinder handelte, an dem Annika sich mit offensichtlichem Eifer beteiligte. Die Teilnehmer sollten Fotos rund um das Thema *Ernährung* machen.

»Hast du schon gefrühstückt?«, fragte er, als er das Blatt wieder an der Tafel befestigte.

»Nein, der Knipsclub frühstückt heute im Kindergarten«, antwortete ihm Doris, die mit Mathilda auf dem Arm in die Küche kam. »Annika hat schon alles eingepackt, bringst du sie nachher zum Kindergarten?« Sie zeigte auf die Zeitung. »Ein gemeinsames Wochenende können wir wohl mal wieder vergessen.«

Nachdem er vergeblich versucht hatte, seine Kollegin Monika telefonisch zu erreichen, ging Walde die Treppe zu ihrem Büro hinunter.

»Wie gesagt, ich kann nur auf die PK um 12 Uhr verweisen.« Sie deutete stumm auf einen Stuhl. »Das können Sie dann alles fragen … ja … tut mir leid … ich kann Ihnen jetzt dazu … nein … ja … bis nachher.« Kaum hatte sie aufgelegt, klingelte ihr Telefon erneut. »Ich gehe mal davon aus, dass die Infos«, sie deutete auf die Tageszeitung auf ihrem Tisch, »nicht von euch stammen. Von mir sind sie jedenfalls nicht. Bei mir steht das Telefon nicht mehr still. Außer der ‚Bäckerblume', ‚Radio Vatikan' und der ‚Apothekenumschau' haben schon so ziemlich alle angerufen.«

Das Läuten des Telefons setzte für einen kurzen Moment aus, bevor es wieder von Neuem loslegte.

»Stiermann hat die Pressekonferenz auf 12 Uhr angesetzt.«

Lächelnd und in freundlichem Ton nahm sie das nächste Gespräch entgegen.

Entschieden ernster war Gabis Miene, als sie Walde auf dem Flur entgegenkam. »Sattler hat vorhin angerufen. Er hat seltsame Buchstaben in der Wohnung in Saarburg gefunden«, sie blieb stehen. »Ich würde mir das gerne mal ansehen. Kommst du mit? Und mit dem Schwiegersohn könnten wir dann auch noch sprechen.«

Walde schaute auf seine Uhr. »Spätestens um zwölf muss ich wieder zurück sein.«

Er hatte sich nicht einmal mit Namen anmelden und auch kein Mitgliedskärtchen ausfüllen müssen. Seinen Rucksack hatte Huck in einem der Schließfächer deponiert und nun saß er in diesem beeindruckenden Lesesaal. An drei Wänden waren vom Boden bis hoch oben unter die Decke jede Menge schlaue Bücher gestapelt. Und sicher waren da auch einige darunter, die ihn interessieren würden, vornehmlich die über die Römer, aber das musste bis ein andermal warten. Jetzt durchstöberte er an einem Rechner vor dem großen Panoramafenster mit Blick auf den Palastgarten eine Datei mit den Seiten des Trierischen Volksfreunds. Sobald die Seiten mit den Traueranzeigen auftauchten, vergrößerte er jedes Mal die Ansicht, um die Namen durchzugehen. So arbeitete er sich Tag für Tag und Woche für Woche vom aktuellen Datum zurück in die vergangenen Monate, ohne zu finden, wonach er suchte. Die Schwestern im Konvent schienen steinalt zu werden. Außerdem waren es nicht so viele wie in dem Altenheim in Koblenz. Hatte es nicht mal eine Regel gegeben, dass nicht mehr als 21 Schwestern in einem Konvent leben durften? Er wusste nicht, wie wenige es heute noch waren.

Da hatte er in Koblenz bessere Karten. Dort, in dem Gülser Altenheim, war er schnell fündig geworden, was eine Todesanzeige anging. Es war so einfach gewesen, als er, den Ahnungslosen spielend, vorgab, einen Bewohner zu suchen, der kurz vorher verstorben war. Er hatte sich als Patenkind ausgegeben und durfte sogar noch mal das Zimmer sehen. Man hatte ihn mit seinem vorgetäuschten Schmerz allein gelassen und er konnte ganz in Ruhe hinüber zu Pawelkas Zimmer gehen.

Nach einer Stunde wurde ihm leicht schwindlig. Das konzentrierte Arbeiten am Monitor war er nicht gewohnt. Ihm wurde übel. Er schloss für eine Weile die Augen, versuchte ruhig durchzuatmen, öffnete sie wieder und fixierte einen Punkt hinter der Glasscheibe. Es war eine Bank im Park. Da könnte er nachher seine belegten Brote essen.

Eine Stunde später gab Huck auf. In immer kürzeren Abständen war ihm schwindlig geworden und eine brauchbare Todesanzeige hatte er nicht entdeckt. Ein Gutes hatte es damit wenigstens auf sich: Schwester Edelberga war noch am Leben. Das Drachenblut in ihren Adern schien sie zu konservieren. Er musste einen anderen Weg finden, an sie heranzukommen.

Diesmal war die Gasse am Saarburger Markt von einem Transporter versperrt. Gabi bog kurz dahinter in die Innenstadt ein. Sie schien sich in dem Gassengewirr auszukennen und parkte den Wagen dicht neben einer Mauer, hinter der es tief hinunter zu dem ablaufenden Mühlbach ging. Auf der anderen Seite des Kanals waren die Absperrbänder vor dem Café entfernt worden. In der schmalen Passage zwischen den Terrassentischen lauerten Leute mit Fotoapparaten, Filmkameras und Mikrofonen auf Passanten, denen sie über das unablässige Rauschen des Wasserfalls ihre Fragen entgegenriefen.

Gabi und Walde näherten sich über die Metallbrücke oberhalb des Wasserfalls vollkommen unbehelligt dem Café. Erst als Gabi am Nebeneingang klingelte, wurde ein Journalist auf sie aufmerksam. Doch bevor er den beiden sein Mikrofon unter die Nase halten konnte, wurde der Türöffner betätigt und sie schlüpften ins Treppenhaus.

Oben stand Sattler in der Wohnungstür mit dem aufgerissenen Siegel. Er führte sie zum Bad, wo Walde reflexartig tiefer einatmete, bevor sein Blick zur leeren Wanne ging. Daneben kniete ein weiterer Kriminaltechniker vor einem geöffneten Badezimmerschrank.

»Detlev, darf ich mal?« Sattler ging zu dem Schrank, und während der Kollege aufstand und aus dem kleinen Raum ging, wies der Leiter der Kriminaltechnik auf den unteren

Rahmen des Schranks. Dort war ein Aufdruck zu sehen, der auf den ersten Blick wie ein Firmenlogo wirkte.

»Antiqua Bodoni, ich erkenne die Schrift an den gerundeten Bögen, alles in Versalien, Doppelcicero, ein Cicero sind 12 Punkt, mal zwei macht 24 Punkt.«

»Wenn wir dich nicht hätten«, flötete Gabi, »müssten wir für alle Zeiten blöd bleiben.«

»Wenn du aufgepasst hättest, könntest du es wissen«, konterte der Techniker. »Ich habe schon mal von der gleichen Schrift erzählt. Erst vor ein paar Tagen.«

»Die aus dem Koblenzer Setzkasten?«

»Genau!«, sagte er, um gleich wieder nachdenklich fortzufahren: »Die Schrift erinnert mich an etwas, das muss ich mir später im Präsidium ansehen. Das hatte mich schon gewundert, dass die zum Teil verlaufen war, aber ich habe dem Ganzen keine Beachtung schenken müssen, weil ja die Luxemburger Kollegen …«

»Geht es etwas weniger kryptisch?«

»In der Tasche, also diesem Plastiksack, in der die Wasserleiche … die mit den Schlangen, war, da gab es oben einen ähnlichen Aufdruck. Ich muss mir nochmal die Fotos ansehen.«

»Und was steht da?«, fragte Walde.

»Keine Ahnung, scheint lateinisch zu sein.« Sattler legte die Stirn in Falten.

»Lass mich mal sehen.« Walde wartete, bis ihm der Techniker Platz machte, und ging dann vor dem Schrank in die Hocke. »DIUTIUS IN TENEBRIS OBERRARE«. Er kam wieder hoch und rieb sich Fusseln vom Knie. »‚Tenebris' heißt was mit dunkel und ‚errare' irren. Oberrare wird dann vielleicht im Zusammenhang mit Dunkelheit umherirren bedeuten.« Er hob den Zeigefinger der rechten Hand. »Also in der Dunkelheit umherirren.«

»Was Ähnliches habe ich auch schon vermutet!«, bemerkte Gabi spitz. »Wir sollten vielleicht erst mal herausfinden, ob der Spruch nicht schon vor dem Mord da gestanden hat.«

Eine Etage höher öffnete ihnen ein Mann um die fünfzig die Tür. Er trug eine Krawatte über einem tadellos gebügelten Hemd.

»Kripo Trier, Bock und Wagner«, stellte Gabi vor. »Herr Becker?«

Der Mann nickte. »Kommen Sie herein.«

Er führte sie in das Zimmer, in dem sie tags zuvor gewesen waren. Er wartete, bis die Besucher Platz genommen hatten, und setzte sich auf die Couch, genau neben die Stelle, an der seine Frau während des Gesprächs gesessen hatte.

»Meine Frau hat sich nach dem Frühstück wieder hingelegt. Sie hat heute Nacht kaum ein Auge zumachen können.«

»Wir brauchen ihre Hilfe«, sagte Walde. »Könnten Sie sie bitten, sich unten in der Wohnung etwas anzusehen?«

»Soll ich gleich …?«

»Nein, wir haben vorher noch ein paar Fragen an Sie.«

Er nickte.

»Ihr Verhältnis zu Ihrer Schwiegermutter soll nicht das Beste gewesen sein.«

»Es gab hin und wieder berufliche Differenzen, aber seitdem ich den neuen Vertreterjob habe, kamen wir gut miteinander aus.«

»Wann sind Sie aus der Bäckerei ausgestiegen?«

»Vor fast fünf Jahren.«

»Und was war vorgestern?«

»Da habe ich in der Pension bis halb elf Skat gespielt und bin gestern früh um kurz nach sechs losgefahren. Bei den Bäckereien bin ich immer in aller Frühe, da brauche ich nach neun Uhr nicht mehr zu kommen, danach besuche ich die Lebensmittler.«

»Welche Firmen haben Sie gestern Morgen besucht?«, fragte Gabi.

»Die erste war in Pforzheim. Ich kann Ihnen mein Fahrtenbuch holen, es liegt nebenan in der Küche.«

»Und warum nicht im Auto?«

»Ich habe es ergänzt.«

»Aha!«, bemerkte Gabi vieldeutig, während sie den Kopf zur Tür wandte, wo Frau Becker, in einen Bademantel gehüllt, ins Zimmer kam. Sie schien ein wenig zu taumeln, als sie zur Couch ging und sich neben ihrem Mann niederließ. Ihre Augenlider waren geschwollen, auf der Wange zeichnete sich eine tiefe Falte ab, die der Abdruck des Kopfkissens zu sein schien.

»Fühlen Sie sich in der Lage, sich unten in der Wohnung etwas anzusehen?«, fragte Walde. »Genauer gesagt, im Badezimmerschrank Ihrer Mutter?«

Sie seufzte, während sie ihn aus halb geschlossenen Lidern anblickte.

»Wenn der erste Termin um halb sieben in Pforzheim war, könnte er in der Nacht von Stuttgart nach Saarburg und zurück gefahren sein. Gefrühstückt hat er nicht, das habe ich von der Pensionswirtin …« Gabi hielt inne, als sie vor dem Haus den ersten Reporter auf sich zustürmen sah.

»Kommen Sie um zwölf zur Pressekonferenz ins Präsidium nach Trier«, wiederholte Walde immer wieder, wenn ein Journalist ihn ansprach. Sie hatten den Weg am Kanal vorbei eingeschlagen. Endlich ließ auch der letzte Journalist von ihnen ab.

»Dagegen spricht«, nahm Walde den Faden wieder auf, »dass die Tatausführung viel Zeit in Anspruch genommen hat und der Mann Gefahr gelaufen wäre, gesehen zu werden. Schließlich werden ihn hier in der Stadt sehr viele Menschen kennen.«

Eine weitere Brücke über den Kanal kam in Sicht.

»Da könntest du recht haben. Möchtest du auch einen Kaffee?« Gabi blieb vor einer Eisdiele mit großer Terrasse stehen.

Walde schaute auf seine Uhr. »Wir haben nur noch eine halbe Stunde bis zur PK.«

»Okay, dann mal dalli.« Auf den letzten Metern über das unebene Pflaster hakte sie sich bei ihm unter.

Der Präsident hatte bereits die Presse begrüßt, als Gabi und Walde den Raum betraten. Die Zahl der üblichen vier bis fünf Pressevertreter hatte sich verdreifacht. Während Monika eine Presseerklärung verteilte, saß Grabbe nervös auf dem

Podium hinter den Mikrofonen.

»Ich dachte schon, ich müsste alleine …«, flüsterte er, als Gabi und Walde neben ihm Platz nahmen, bemüht, nicht in Richtung der Mikros zu sprechen. »Wo wart ihr denn so lange?«

Walde überflog die Presseerklärung, als der ob der Pressepräsenz sichtlich aufgeräumt wirkende Polizeipräsident ausrief: »Das nenne ich Timing!« Sein Gesichtsausdruck wurde wieder ernst. »Wie Sie feststellen können, meine sehr verehrten Damen und Herren, laufen die Ermittlungen in einem sehr engen Zeitfenster. Deshalb gebe ich das Wort gleich an Kriminalhauptkommissar Waldemar Bock weiter, der die Ermittlungen leitet.«

Walde fasste das Tatgeschehen zusammen, wobei er nicht wesentlich mehr berichtete, als in der Presseerklärung stand.

»Gibt es Fragen?« Walde beobachtete, wie augenblicklich etliche Arme in die Höhe schossen.

»Haben Sie angesichts der Brutalität, die auf einen Psychopathen als Täter schließen lässt«, fragte ein Mann in der ersten Reihe, ohne darauf zu warten, dass ihm das Wort erteilt wurde, »einen Profiler in Ihr Team eingebunden?«

»Noch nicht«, antwortete Walde. Ein Fotograf war dicht vor ihn getreten und drückte immer wieder auf den Auslöser.

»Heißt das, wir können davon ausgehen, dass dies bald geschehen wird?«, hakte der Mann nach.

»Ich möchte Sie bitten zu warten, bis Ihnen das Wort erteilt wird«, kam ihm Grabbe zu Hilfe. Er gab einer Journalistin mit hochgerecktem Arm ein Zeichen, die triumphierend lächelnd die Frage ihres Vorredners wiederholte.

»Zum derzeitigen Stand der Ermittlungen können wir …«

»Wir sind nicht hierher gekommen, um uns mit solchen Floskeln abspeisen zu lassen!«, regte sich ein kleiner Mann mit dunkler Hornbrille auf. »Können Sie bitte etwas konkreter werden?«

»Gibt es Tatverdächtige?«, versuchte es eine Kollegin. »Oder haben Sie bereits eine Verhaftung vorgenommen?«

»Nein, wir gehen Hinweisen und Spuren nach.« Walde hob abwehrend die Hände. Der lästige Knipser war immer noch zugange. »Es tut mir leid, dass ich Ihnen zurzeit aus ermittlungstechnischen Gründen nicht mehr sagen kann.« Die empörten und unwirschen Proteste ignorierend verließ er, gefolgt von Gabi und Grabbe, den Raum.

Im Treppenhaus schoben sich die Türen des ankommenden Fahrstuhls auf. Vorbei an einem aus dem Lift tretenden verspäteten Besucher der Pressekonferenz enterten die drei die Kabine.

»Kommt ihr mit zur KT?« Walde drückte den obersten Knopf.

Die Bibliothek hatte erst um zehn Uhr geöffnet und nun war es schon Mittag. Ursprünglich wollte Huck gleich nach der Recherche im Pressearchiv zurück nach Hause fahren. Dort wartete genügend Arbeit auf ihn, aber dann hatte er einen neuen Parkschein gezogen und saß nun auf einer der im Schatten stehenden Bänke im Palastgarten am Rande der großen Wiese, auf der schon etliche Gruppen und Pärchen die warme Frühlingssonne genossen. Die Säufer neben-

an auf der Bank hatte er kurz taxiert und gleich wieder aus seiner Wahrnehmung gestrichen.

Er legte beide Arme über die Rückenlehne und schaute auf den Weiher bis hinüber zu den Ruinen der Kaiserthermen. Ein wohliger Schauer lief ihm über Oberschenkel und Waden, als er sich an die Open-Air-Aufführung des Films DER GLADIATOR *vor dieser imposanten Kulisse erinnerte. Das war einer der schönsten Momente in seinem Leben gewesen. Er hatte sich wieder als kleiner Junge gefühlt wie damals, als er die ersten Bücher von Karl May gelesen hatte. Auf einmal hatte er seine Bestimmung erkannt. Er konnte trennen, was gut für ihn war und was nicht. Und darauf hatte er sich eingestellt.*

»Hast du vielleicht …«

Ein dürrer Typ mit schlechten Zähnen stand vor ihm und grinste ihn verlegen an.

»Hau ab!« Huck sagte es nicht laut, schaute die armselige Gestalt nicht einmal an, aber seine Muskeln strafften sich. Bilder eines Kampfes, Mann gegen Mann, zwischen römischen Mauern, blitzten in seinem Kopf auf.

Der Bittsteller schien zu ahnen, dass jedes weitere Wort gefährlich werden könnte, und trottete wortlos zurück zu seinen Saufkumpanen.

Während Huck die Brotdose aus dem Rucksack nahm, dachte er an die Rituale im Heim. Wie sie vor dem Essen die Köchin begrüßen mussten und dann die Tische deckten. Und wenn das Essen auf dem Tisch stand, wurde erst gebetet. Das hatte immer viel zu lange gedauert, und manchmal war das Essen schon kalt, bis Schwester Edelberga endlich das Besteck in die Hand nahm.

Seine Brote aß er schnell wie immer, auch das hatte er seit seiner Kindheit im Heim beibehalten. Die Anspannung war noch nicht gewichen. Als er die Thermoskanne aufschraubte, schaute er zur Nachbarbank. Die Typen glotzten alles andere als freundlich zu ihm herüber. Sollten sie ruhig kommen!

Er brauchte keine Waffen, sein Körper war eine Kampfmaschine, und wenn der Gegner Waffen hatte, was in diesem Fall höchstens Flaschen oder schlimmstenfalls Messer bedeuten konnte, hatte er die Stablampe im Rucksack. Doch mit der großen Blacklight musste er vorsichtig sein, damit hatte er den Drecksack Knauer um ein Haar erschlagen. Das wäre bedauerlich gewesen bei all dem, was er für sein letztes Stündchen vorbereitet hatte.

Er grinste noch, während er die Sachen in den Rucksack packte und aufstand. Er ging langsamer als sonst. Vor der Bank der Männer blieb er stehen; bei einem von ihnen fiel ihm die Tätowierung an den Händen auf.

»Einen schönen Tag noch«, hörte er sich sagen. Es hätte auch etwas weit Unfreundlicheres sein können.

Sattler saß mit dem Rücken zur Tür neben einem Kollegen am Rechner. Beide Männer blickten auf einen Monitor, auf dem sich zwei große Buchstaben übereinander schoben. Einer war deutlich, der andere fragmentarisch und nur mit ein wenig Fantasie als A zu erkennen.

»Wie war die PK?« Sattlers Zeigefinger suchte vergeblich die Brille auf dem Nasenrücken.

»So lala.« Walde stützte sich mit den Händen auf der Tischkante ab, während er sich tiefer zum Monitor beugte.

»Zeigst du mal die beiden Ausgangsbilder?«, bat Sattler seinen Kollegen. Nach wenigen Mausklicks erschienen zwei

Fotos. Auf dem einen sah Walde die Leiste in der Tür des Badezimmerschranks, auf der vier Worte deutlich zu erkennen waren. Bei dem anderen Foto nahm Walde erst nur einen Reißverschluss und, als Sattler mit einem Stift darauf zeigte, die Buchstaben darunter wahr. Sie waren spiegelverkehrt und teils mehr oder weniger verwischt.

»Die waren innen in der Tragetasche aufgedruckt, in der die Leiche des Mannes aus der Mosel gesteckt hat.« Ein weiteres Bild wurde geöffnet. Hier waren die Buchstaben lesbar gespiegelt. »Es fehlen die ersten drei Buchstaben und dazwischen jeweils drei bis vier. Das hängt auch davon ab, ob ein neues Wort begonnen wurde«, erläuterte der Techniker. »Ob es sich um lateinische Wörter handelt, kann ich nicht sagen. Es ist jedenfalls die gleiche Schrift wie die in dem Setzkasten von diesem Pa …«

»Pawelka«, ergänzte Walde. Er fragte sich, was …RM…. HUMA…DI… zu bedeuten hatte.

»Wir hatten keine Möglichkeit, die Größe der Buchstaben zu messen, bevor die Luxemburger die Geschichte übernommen haben. In Saarburg sind es neun Millimeter Höhe gewesen.«

Die Vergrößerung der Einzelbuchstaben von vorhin erschien wieder auf dem Bildschirm. »Das verwischte A war auf der Folie, das deutlichere stammt vom Badezimmerschrank.« Sattler zeigte mit dem Stift auf den unteren Teil der Buchstaben. »Die Serifen sind absolut identisch. Sie stammen aus der gleichen Schrift, einer klassizistischen Antiqua. Sie weist schmale, nicht gerundete Serifen auf.«

»Und was heißt das im Klartext?«, fragte Gabi.

»Wir müssen unsere Ergebnisse mit denen der Luxemburger und Koblenzer Kollegen abgleichen. Das sieht nicht nach Zufall aus.«

Walde wendete sich zu Grabbe: »Kannst du dich um die Luxemburger kümmern?«

»Aber …« Grabbe blickte auf seine Uhr. »Um fünf geht mein Shuttle zum Flughafen.«

»Entschuldige.« Walde sah, wie Gabi die Augen verdrehte.

»Es bleibt ja nicht mehr allzu viel Auswahl!« Sie hob resignierend die Hand.

»Da steckt ihr ja!« Monika kam zur Tür herein. »Wenn ihr schon so abrupt abhaut, solltet ihr mich vorher besser briefen … Ein paar Häppchen hätten wir der Presse schon noch hinwerfen können.«

»Wir sind doch nicht bei einer Tierfütterung.« Walde richtete sich auf.

»So ähnlich ist es nun mal«, erwiderte sie. »Stiermann ist jedenfalls ziemlich sauer.«

»Soll er endlich seine Zusage bezüglich der neuen Stelle einlösen, dann haben wir auch mehr Zeit für seine Pressekonferenz.«

»Das war nicht seine PK, da muss ich dir widersprechen. Es ist gut möglich, dass wir Hinweise gebrauchen können. Und dabei kann uns die Presse helfen.«

»Wie es aussieht, hat sich umgekehrt erstmal die Presse helfen lassen, vielleicht von einem von uns«, empörte sich Gabi. »Dieser Wachtmeister Knopp braucht nicht zu meinen, er käme ungeschoren davon. Im Moment hat der Fall Priorität, aber dann ist er dran.«

Während Gabi an ihrem Schreibtisch mit dem Telefon am Ohr darauf wartete, in der Direktion der Grevenmacher Polizei weiterverbunden zu werden, beobachtete sie, wie Grabbe ein Blatt aus seiner Brusttasche zog, es vor sich auffaltete, sich konzentriert darüberbeugte und langsam mit dem Zeigefinger Zeile für Zeile darauf hinunterwanderte.

Im Hörer erklang das Besetztzeichen.

»Na toll.« Sie atmete tief durch. Früher hätte sie in dieser Situation eine Zigarette geraucht. »Wie kommt es, dass du auf einmal fliegen kannst?«

»Mir sind noch keine Flügel gewachsen«, brummte Grabbe.

»Du weißt, was ich meine, dein Flug nach London.«

»Der Arzt meint, die Geschichte mit dem ... du weißt schon, könnte bei mir eine leichte Veränderung in der Amygdala verursacht haben.«

»Der was?«

»Die Amygdala ist ein Hirnabschnitt, den es bei allen Wirbeltieren gibt. Bei manchen ist er weniger ausgeprägt.«

»Aha!«

»Selbst bei manchen Menschen soll das der Fall sein.«

»Sagt dein Gehirnklempner?«

»Nein, das ist eher meine auf berufsbedingt schlechten Erfahrungen basierende Theorie.«

»Und was ist diese Amidala?«

»Die Amygdala braucht dich, als Außenstehende, eigentlich weniger zu interessieren.« Grabbe faltete das Blatt, steckte es in seine Brusttasche zurück, schnappte seine Tasche und ging zur Tür. »Sie beherbergt das Gefühlszentrum. Ich muss los.« Er knallte die Tür hinter sich zu.

Kurz darauf wurde sie wieder geöffnet.

»Späßle gemacht, keiner hat gelacht.« Grabbes grinsendes Gesicht erschien. »Nix für ungut, schönes Wochenende!«

Walde stand mit einem belegten Brötchen in der Hand am Fenster seines Büros. Von einem Sims am Glockenturm von St. Paulus beobachtete ihn eine Krähe. Er nahm die Tasse mit dem heißen Kaffee von der Fensterbank. Unten im Hof fuhr ein Radfahrer in einem gekonnten Schlenker an der geschlossenen Schranke vorbei.

Als es kurz darauf an seiner Tür klopfte, wischte Walde, über den Papierkorb gebeugt, die Krümel von seinem Hemd.

»Störe ich?« Burkhard Decker, der junge Kollege von der Kripo Koblenz, kam zur Tür herein.

»Nein, ich wollte sowieso noch mit Ihnen reden.« Walde setzte sich hinter seinen Schreibtisch und deutete auf den Besucherstuhl, wo der Mann seine Jacke über die Lehne hängte. Den Helm stülpte er sich über ein Knie.

»Sie sind mit dem Rad unterwegs?«

Der Besucher nickte.

»Wie war die Unterkunft?«

»Hmh.« Decker fuhr sich mit dem Handrücken über die schweißnasse Stirn. »Ich komme gerade von Saarburg zurück.«

»Mit dem Rad?«, fragte Walde erstaunt.

»Ist ja eine flache Strecke. Das Rad hab' ich geliehen.« Er knöpfte sich einen zweiten Knopf am Hemdkragen auf.

»Und wie geht es bei Ihnen voran?«

Als Walde einen Moment zögerte, sagte der Koblenzer Kollege: »Ich habe mitbekommen, was in der Zeitung gestanden hat. Knopp war ganz außer sich.«

»Wachtmeister Knopp aus Saarburg?«

»Pawelka hat früher mal in Saarburg gewohnt. Knopp konnte sich noch an die Familie erinnern. Dort wurde auch die erste Tochter geboren, nach der wir suchen.«

»Sind Sie weitergekommen?«

»Nicht wirklich, diese Elke war ja noch im Kindergartenalter, als die Pawelkas weggezogen sind.« Decker krempelte sich die Ärmel seines Hemdes auf. »Übrigens haben die Pawelkas anfangs ein Jahr lang in der Bäckerei Becker gewohnt, ganz oben, da ...«

»... wo heute heute die Tochter wohnt?«, fragte Walde.

»Ja, das ist über dreißig Jahre her.«

»Und nun?«

»Ich fahre zurück nach Koblenz.«

Walde überlegte, ob er den Mann bitten sollte, den Setzkasten unterwegs bei Andrea Pawelka in Mülheim abzugeben.

Das Telefon auf seinem Schreibtisch klingelte. Er erkannte die Nummer der Gerichtsmedizin und nahm den Hörer auf.

»Ich hab' da was ... also ... es wäre gut, wenn Sie mal vorbeischauen würden.« Hoffmann klang längst nicht so souverän wie sonst. »Es kann natürlich sein, dass ich Gespenster sehe.«

»Um was geht es?«

»Das möchte ich Ihnen ... das kann ich wirklich besser hier zeigen ... das sollten Sie sich ansehen.«

»Okay, ich komme.« Walde legte auf. »Entschuldigung!«, wandte er sich an den Besucher.

»Die Info über Elke Pawelka«, fuhr Decker fort, »habe ich aus Koblenz, da hat man sich wohl auch mal herabgelassen, sich um Fall Nummer zwei zu kümmern.«

»Und was ist die Nummer eins?«, fragte Walde.

»Das war doch in den Nachrichten. Ein Autofahrer wurde auf einem Rastplatz in der Nähe von Koblenz erschossen. Die Kugel stammt aus der gleichen Waffe, mit der vorher auf einen Juwelier geschossen worden ist.«

Walde schaute ihn fragend an.

»Er wurde schwer verletzt. Die Fahndung läuft auf Hochtouren.« Decker wischte sich wieder über die Stirn. »Pawelka ist eindeutig bei uns die Nummer zwei, wobei noch nicht einmal feststeht, ob es sich überhaupt um einen Mord handelt. Und der Umstand, dass die ganze Sache erst durch den Hinweis eines Bestattungsunternehmers ins Rollen kam, wirft kein gutes Licht auf uns.« Er nahm den Helm von seinem Knie und tastete mit dem kleinen Finger in einen der Luftschlitze. »Den ermittelnden Kollegen trifft nach meiner Meinung keinerlei Schuld.«

»Und Knopp war außer sich?« Walde stand auf und öffnete das Fenster. Die Krähe saß immer noch auf dem Sims des Glockenturms. Oder war es ein Rabe?

»Ja, wegen der Zeitungsmeldung.«

»Aha.«

»Ich fahr' dann mal los«, Decker stand auf. »Ich muss auch noch das Rad zurückgeben.«

Auf dem Umweg durch die Fußgängerzone fühlte Walde die Stimmung, die hier am Freitagnachmittag herrschte. Ein Teil der Leute schien mit Erledigungen vor dem Wochenende beschäftigt, andere waren bereits in der Freizeit angekommen, flanierten an den Schaufenstern vorbei oder nahmen die Stühle vor den Straßencafés in Beschlag. Am Verkaufsfenster von Calchera entschied sich Walde für eine Kugel Pistazie in einem Waffelhörnchen. Was wäre, wenn er nachher einfach nach Hause ginge? Der Gedanke kam ihm, als er über den sonnigen Vorplatz der Porta Nigra an den Gruppen entlangschlenderte, die den Erklärungen der Stadtführer lauschten. Vor der Klinik wischte er sich die klebrigen Finger an einem Papiertaschentuch ab. Während der letzten Viertelstunde hatte er es geschafft, komplett von der Arbeit abzuschalten.

Dr. Hoffmanns Büro war abgeschlossen. Zwei Türen weiter betrat Walde nach kurzem Anklopfen den Obduktionsraum.

»Die Sprechstunde ist für heute leider zu Ende«, rief der über einen Labortisch gebeugte Gerichtsmediziner. Mit einer Pinzette in der Hand wandte er sich um. »Ach, Sie sind schon da!«

»Sie haben es spannend gemacht.« Über die Entfernung konnte Walde das Objekt nicht erkennen, das zwischen zwei Metallbügeln klemmte.

»Hab' ich das?« Der Mediziner lächelte, als habe Walde ihm damit ein besonderes Lob zukommen lassen.

»Einen Moment bitte.« Nachdem er das Objekt aus der

Pinzette in einem Schälchen verstaut hatte, wusch er sich sorgfältig die Hände. »Es könnte Zufall sein ... also ich will jetzt nicht zuviel versprechen. Aber mir ist da was aufgefallen.«

Walde folgte Hoffmann an den blank geputzten Seziertischen vorbei zur Tür des Kühlraums. Während die Neonröhren aufflackerten, nahm Walde den Geruch wahr, der dem ähnelte, den er von ganz früher aus seiner Kindheit kannte, wenn er bei Tante Martha im Hunsrück war und mit ihr ins Kühlhaus durfte. Das hatte die Gemeinde als Gegenleistung für ein Munitionsdepot bekommen, das die Amerikaner im Gemeindewald errichtet hatten, zu einer Zeit, als Kühltruhen noch nicht zur üblichen Haushaltsausstattung gehörten. Der Geruch musste mit der Kühlanlage selbst zusammenhängen, denn hier wurden beileibe keine Lebensmittel aufbewahrt.

»Hier, sehen Sie mal.« Hoffmann zog das Fach mit der Toten aus Saarburg heraus und deutete auf ihre rechte Wade. Dort war eine dunkle Verfärbung in der Größe eines Ein-Euro-Stückes zu sehen. »Ich könnte mir vorstellen, dass sich in der Wunde Aschereste von einer Zigarre finden.«

»Ein Sadist!«, sagte Walde.

»Naja, nach dem, was der Frau angetan wurde, gewichte ich diese Verletzung nicht allzu sehr.«

Walde nickte.

»Aber, was mich besonders stutzig macht.« Hoffmann schob das Fach wieder zu. »Wenn ich mich recht entsinne, hatte die Wasserleiche aus der Mosel ein ähnliches Mal am rechten Unterschenkel, ich konnte es mir leider nicht mehr näher ansehen.«

Erst beim zweiten Versuch meldete sich Gabi an ihrem Mobiltelefon. Walde war inzwischen fast wieder am Präsidium angelangt. Er schilderte ihr, was er in der Rechtsmedizin erfahren hatte, bevor er sie bat, die Luxemburger Kollegen auch nach dem Brandmal zu fragen.

»Das würde ich gerne tun, aber ich stehe im Supermarkt an der Fischtheke.«

»Wie bitte?«

»Auch Bullen müssen essen und trinken …«, sie senkte ihre Stimme ein wenig, »und ganz besonders schwangere.«

»Was sagen die Kollegen aus Grevenmacher?« Walde ging an der Pforte vorbei ins Präsidium. Während er die Treppe hochstieg, berichtete ihm Gabi von ihrem Gespräch mit Josy Grün, dem leitenden Ermittler. »Er hätte, wenn ich nicht rübergefahren wäre, mit uns Kontakt aufgenommen«, endete ihre knappe Zusammenfassung. »Das Bild von den Buchstaben müsste uns inzwischen per Mail zugegangen sein.«

»Warum wollte er mit uns reden?«

»Der Tote hat bis vor fünf Jahren in Deutschland gelebt und gearbeitet.«

»Und du kannst nicht noch mal zurückfahren?«, fragte er, als er seine Bürotür aufschloss.

»Erstmal bringe ich meinen Einkauf nach Hause. Davon müssen nämlich ein paar Sachen dringend in den Kühlschrank. Und dann werde ich meine geschwollenen Füße hochlegen. Es reicht mir schon, morgen zu arbeiten. Außerdem muss ich das noch jemandem schonend beibringen.«

Eingekeilt in eine Kolonne von Tanktouristen fuhr Walde über die Grenzbrücke in Wasserbillig auf die anschließende Tankstellenmeile. Er warf noch einmal einen Blick in die Mappe auf dem Beifahrersitz. Ganz nah vor ihm leuchteten Bremslichter auf. Ohne einen Blinker zu setzen, bog der Pkw in eine Tankstelle ab. Walde stieg auf die Bremse und schaute gleichzeitig in den Rückspiegel. Zum Glück hatte der Wagen hinter ihm genug Abstand. Ein Unfall mit Dienstwagen im Ausland würde sicher einen bürokratischen Großaufwand auslösen. Erst auf dem Parkplatz der Polizei in Grevenmacher konnte sich Walde versichern, dass er die Fotos vom Opfer eingesteckt hatte. Der Polizeiwagen nebenan mit dem roten und blauen Streifen war ein Audi. Auch hier waren es bis zur deutschen Grenze keine 500 Meter Luftlinie. Die dunklen Uniformen der Polizisten lösten bei Walde letztlich die Gewissheit aus, dass er sich nicht mehr auf vertrautem Territorium befand. Wie würde er hier aufgenommen werden? In einem Land, in dem zwar vierzig Prozent der Einwohner Ausländer waren, wurde ein Deutscher, zumal in Erinnerung an die Besetzung durch die Nationalsozialisten, von manchen Einheimischen immer noch kritisch beäugt.

»Herr Bock?« Die Anrede unterbrach seine Gedanken; die Betonung des O in seinem Namen verriet den luxemburgischen Akzent des Mannes.

»Josy Grün, Premier Commissaire Principal.«

Der kräftige Mann im kurzärmeligen weißen Hemd mit dunkelblauer Seidenkrawatte streckte ihm mit steifem Rücken die Hand entgegen.

»Waldemar Bock, Kriminalhauptkommissar.« Walde

beugte sich vor, um die Hand des deutlich kleineren Luxemburgers zu ergreifen und den Händedruck zu erwidern.

»Ihre charmante Kollegin war vorhin schon hier.«

Walde verdrängte die Frage, ob der Mann wirklich Gabi meinte. »Ich weiß, aber es hat sich neben der Schrift noch ein weiteres Indiz ... ein verdächtiger Umstand ergeben.« Sein Wortfindungsproblem lag vielleicht daran, dass er sich ganz besonders verständlich ausdrücken wollte.

Grün verschränkte seine muskulösen Arme und schaute ihn erwartungsvoll an.

»Ich komme gerade aus der Gerichtsmedizin, dort hat man bei einem Mordopfer aus Saarburg ein ähnliches Mal, verursacht durch eine Verbrennung, gefunden, wie es höchstwahrscheinlich auch der Tote aufgewiesen hat, der bei uns von der Wasserschutzpolizei an der Staustufe ... der Gerichtsmediziner hatte die Leiche ebenfalls in Augenschein genommen.«

»Ein kreisrundes Brandmal?«

Walde nickte. »Am Unterschenkel.«

»Das ist in der Tat eine weitere Gemeinsamkeit und lässt kaum mehr an einen Zufall glauben. Möchten Sie den Tatort sehen?« Der Commissaire wies zu einem weinroten Zweisitzer. Gleich nach dem mühevollen Einsteigen tastete Walde nach dem Griff, um den Beifahrersitz nach hinten zu bewegen. Beim Ausparken legte Grün seinen rechten Arm hinter Waldes Kopfstütze.

Der Motor kündete von reichlich PS, als der Wagen auf der Straße Fahrt aufnahm.

»Das ist kein Dienstwagen.« Der Mann zeigte lächelnd auf das Emblem von Alfa Romeo am Lenkrad, während er beschleunigte, als ginge es um einen dringenden Einsatz. Die Straße führte entlang einer Bahnlinie. Vor den großen Tanks am Moselufer in Mertert bog Grün ab, fuhr an Lagerhallen vorbei auf einer Straße, die über eine Halbinsel zwischen Fluss und Hafenbecken führte.

»Rudolf Knauer ist hier unterwegs gewesen.«

Auf der rechten Seite gab das frische Grün im Uferbewuchs immer wieder den Blick auf die schieferblaue Mosel frei. Kurz bevor die Straße vor der Hafeneinfahrt endete, bremste Grün den Wagen ab und setzte rückwärts in eine schmale Brache neben einer Lagerhalle. »Hier könnte das Fahrzeug der Täter gestanden haben.« Er schaute zu Walde herüber. »Wir haben natürlich die Reifenspuren untersucht, aber es konnten keine definitiven Profilabdrücke gesichert werden.«

In der Kühle der einsetzenden Dämmerung knöpfte sich Walde gleich nach dem Aussteigen die Jacke zu.

»Hier haben wir den Chip gefunden.« Der Luxemburger Kollege näherte sich auf der anderen Straßenseite einer Ansammlung von Brennnesseln und verdorrten Pflanzen, durch die neues Grün austrieb. »Der muss sich vom Schnürsenkel gelöst haben, als man Knauer die Inliner auszog und wahrscheinlich in der Mosel entsorgte. Diese Chips werden bei Volksläufen zur Zeitnahme …«

»Kenne ich«, sagte Walde. Zwischen Weiden und Sträuchern waren es nur wenige Meter bis zum Wasser.

»Die Schleifspuren sind noch gut zu sehen.« Grün blieb, anscheinend aus Rücksicht auf seine Schuhe, auf der Straße stehen, während Walde ein paar Schritte in das Gelände machte, wo durch die plattgewalzten Pflanzen eine deutliche

Spur zur Mosel führte.

»Die Kriminaltechnik hat jeden Halm umgedreht, aber außer dem üblichen Müll wurde nichts gefunden.«

Walde erreichte das Ufer. Die gelblichen Steine der Uferbefestigung führten ins trübe Wasser. Womöglich waren die Täter in die Mosel gewatet, um den Sack mit dem Opfer ein Stück weit in den Fluss hinauszubefördern. Draußen war der Mann nach dem Erwachen wahrscheinlich mit den Schlangen und dem eindringenden Wasser gleichzeitig konfrontiert worden. Beim Zurückgehen setzte Walde seine Schritte vorsichtig über die unebenen Büschel, über die der Sack geschleift worden war.

Grün, immer noch im Hemd, hatte sich wieder in den Wagen gesetzt.

»Da muss jemand einen gewaltigen Hass gehabt haben«, sagte der Commissaire, als Walde sich neben ihm niederließ. Er hatte eine Mappe vom Rücksitz genommen, zog nun ein iPad heraus und platzierte es auf dem Lenkrad.

Eine Ansammlung von Fotos erschien auf dem Display.

»Rudolf Knauer lebt seit etwa fünf Jahren in Luxemburg.« Grün tippte auf ein Bild, bei dem es sich um ein Passfoto zu handeln schien, worauf eine Serie von Detailaufnahmen des unbekleideten Opfers sichtbar wurde. Eine Spreizbewegung von Zeige- und Mittelfinger ließ das Foto eines Unterschenkels das gesamte Display einnehmen. »Ein Brandmal am rechten Unterschenkel.« Er reichte Walde das Gerät.

»Genau das Gleiche wie bei der Toten aus Saarburg.« Walde, der sich wünschte, Hoffmann um ein Foto gebeten zu haben, drehte das iPad ins Hochformat und gab es dann zurück.

»Es wurden übrigens keine Schlangenbisse am Opfer gefunden.« Grün klickte ein Foto der beiden toten Schlangen an. »Es handelt sich um Kornnattern, die sollen nicht sehr bissig sein. Sie dienten wohl nur dazu, dem armen Kerl in dem Sack zusätzliche Qualen zu bereiten.«

Walde nickte. Im Trierer Präsidium hingen die Fotos wie eh und je an einer Magnettafel. Wenn auch die Akten mehr und mehr elektronisch ausgefertigt wurden, so gab es doch immer noch zu viel Papierkram.

Derweil klickte sein Kollege durch eine Sammlung von Fotos, die von dem gefundenen Laufchip über Reste der Buchstaben auf dem Plastiksack und Reifenabdrücken bis zu einem Foto des Altenheims reichten, das Knauer zuletzt leitete, eine noble Seniorenresidenz, die sich, wie der Commissaire ausführte, nur gut betuchte Luxemburger leisten konnten.

»Seine zweite Ehefrau Carla hat er wohl auch hier kennengelernt«, erläuterte Grün. »Oder sie war der Grund, warum er hierher gezogen ist. Sie waren seit drei Jahren verheiratet, bewohnten ein Appartement in Grevenmacher. Es muss wohl eine Zeitlang gedauert haben, bis die Scheidung von der ersten Frau durch war. Bisher haben wir hier in Luxemburg keine aussichtsreiche Spur gefunden. Ich denke, Sie könnten vielleicht drüben«, er deutete mit einer Handbewegung über den Fluss, »in Deutschland ermitteln, zumal nun neben der seltsamen Schrift auch dieses ominöse Brandmal bei einem anderen Opfer entdeckt worden ist. Da muss es doch einen Zusammenhang zwischen den Fällen geben.«

»Was die Schrift angeht«, sagte Walde, »sollten wir uns

ebenfalls austauschen, und vielleicht sollte auch Ihre Gerichtsmedizin mit unserer wegen des Brandmals zusammenarbeiten.« Das abrupte Ende der Ermittlungen nach dem Auffinden der Wasserleiche kam ihm wieder in den Sinn, als der Tote von Luxemburger Seite eingefordert worden war. »Es sei denn, es gibt da Dienstwege, die eingehalten werden müssen.«

Grün, der die Anspielung verstanden hatte, schüttelte den Kopf. »Davon haben wir auch erst erfahren, als der Tote bereits zu uns unterwegs war.« Er reichte Walde eine CD. »Da ist alles drauf, was wir zusammengetragen haben. Wenn etwas nicht kompatibel sein sollte, lassen Sie es mich wissen.«

Samstag

Das Erste, was Walde von der Person sah, die ihm im Treppenhaus des Präsidiums von oben mit federnden Schritten entgegenkam, waren die zweifarbigen Schuhe unter einer karierten Hose, dann wurde ein akkurat gebügeltes Hemd mit Button-Down-Kragen sichtbar. Über die Schulter hatte sich Stiermann lässig einen hellen Kaschmirpulli geworfen.

»Ich bin gar nicht da«, säuselte der jovial nickende Polizeipräsident.

»Herr Stiermann, einen Moment.« Walde blieb stehen, während der Präsident weitere Stufen zurücklegte.

»Wir brauchen mehr Leute, es muss eine Sonderkommission eingerichtet werden.«

»Ich bin schon so gut wie weg.« Der Chef war auf dem nächsten Treppenabsatz angelangt.

»Zumindest Amtshilfe und eine …«

»Rufen Sie mich am Montag übernächster Woche an, da bin ich aus dem Golfurlaub zurück. Ob mein Handy auf den Caymans Empfang hat, kann ich Ihnen leider nicht sagen.«

Um den Davoneilenden noch akustisch zu erreichen, brüllte Walde hinter ihm her: »Zumindest eine neue Tafel, das müsste doch drin sein, mit bunter Kreide!«

Walde wachte auf.

Als er vom Brötchenholen zurückkam, waren noch alle Türen in der Diele geschlossen. Walde war früh aufgestanden und wollte zumindest einen gedeckten Frühstückstisch hinterlassen, wenn er schon am Samstagmorgen zur Arbeit musste. Umso überraschter war er, als er nach dem vorsichtigen Öffnen der Tür Doris und Annika am Küchentisch vorfand und daneben die in einer Wippe liegende Mathilda.

Doris' Lächeln sagte ihm, dass sie seine Gedanken erraten hatte.

»Gehen wir gleich Schweine füttern?«, fragte Annika erwartungsvoll. Als er die Brötchentüte in den Korb auf dem Tisch entleerte, fischte sie sich gleich eins heraus.

»Du kannst mit mir und Mathilda zu den Kranen …« Noch während Doris nach einem für ihre Tochter reizvolleren Wort für spazieren suchte, protestierte Annika: »Darauf habe ich mich total verlassen! Ich will Tiere fotografieren.«

»Das kannst du auch an der Mosel machen.«

»Aber da gibt es keine Schweine.«

»Aber Enten und Schwäne.«

»Nee, ich will Schweine füttern!«

»Morgen ist Sonntag.« Kaum hatte er es ausgesprochen, überlegte Walde, ob er dann auch wirklich frei haben sollte. »Gut, wenn wir gleich nach dem Frühstück fahren. Aber höchstens eine Stunde.«

»Super.« Annika nahm sich ein weiteres Brötchen aus dem Korb.

»Iss erstmal auf!«, mahnte Doris.

»Aber das ist doch für die Schweine! Da mache ich ganz viel Marmelade drauf.«

Am frühen Samstagmorgen gehörten sie zu den ersten Besuchern des Wildgeheges am Waldstadion. Sie stapften durch das taunasse Gras an den Gehegen vorbei, wo die Ziegen sie nach Futter bettelnd am Zaun entlang begleiteten. Annika, die nur widerwillig eingesehen hatte, dass im Wildgehege nur das Futter aus den Automaten verfüttert werden durfte, ignorierte die drängelnden Ziegen und nahm Kurs auf das Wildschweingehege. Die ersten der sonst oft träge herumliegenden Tiere erhoben sich, als Waldes Tochter mit dem Inhalt der Futterschachtel raschelte. Kaum hatte sie ein paar großzügige Rationen durch den Zaun geworfen, zog sie eine kleine Kamera aus der Tasche und ging in die Hocke. Beim Fokussieren näherte sie sich dem Maschendraht immer mehr.

»Hey, du willst doch nicht, dass die Viecher nach deiner Kamera schnappen?« Walde zog seine Tochter an der Kapuze ihres Anoraks zurück, als sie die Kamera durch den Wildgatterzaun steckte. »Oder nach deinen Fingern.«

Sein Handy klingelte. Als er ranging, meldete sich erst niemand.

»Geht's noch?«, erklang Gabis Stimme, »du bist wirklich im Wald?«

»Woher … wie kommst du darauf?«

»Zum einen habe ich mit deiner Frau gesprochen, zum anderen … das sind doch Wildschweine, die ich da grunzen höre.«

Walde verkniff sich die Bemerkung, dass er nicht verheiratet sei. »Ich bin nur kurz … also …«

»Ich bin heute zum Dienst gekommen«, sagte sie, »obwohl ich Grund genug hätte, zu Hause zu bleiben.« Sie hielt einen Augenblick inne. »Aber wir haben was zu tun!«

Annika schob wieder die Kamera durch den Draht und rief: »Waldemar, Waldemar, komm, friss.«

»Nicht so nah!«, rief Walde. »Wir fahren gleich zurück.« Er nahm das Mobiltelefon wieder hoch. »Ich bin ja gleich da. Bis dahin mache ich mir schon mal Gedanken.«

»Wenn dabei herauskommt, was uns Knauers Exfrau zu erzählen hat, ist es ja gut.« Sie seufzte und legte auf.

Gabi stellte den Becher mit dem Löffel darin neben die Tastatur und drehte ihren Stuhl zur Tür, als Walde hereinkam. »Bevor ich es vergesse, schönen Gruß von Grabbe, er hat eine SMS vom Piccadilly Circus geschickt.« Sie wandte sich wieder dem Monitor zu. »Ich nehme es zurück.«

»Wie bitte?« Walde blieb unschlüssig stehen.

»Von vorhin«, sie nahm den Becher und schob sich einen Löffel Joghurt in den Mund.

»Was?«

Der Löffel stieß an ihre Zähne. »Ich werde sicher auch anders denken, wenn das Kind auf der Welt ist. Dann verschieben sich die Prioritäten.«

»Und das ist auch gut so.«

»Warst du gestern noch zu Josy?«

»Wer … ach so, Josy Grün.« Walde würde sich nicht wundern, wenn seine alles andere als zurückhaltende Kollegin bereits mit dem Luxemburger Kollegen per Du wäre.

»Und?«

»Das Brandmal an Knauers rechtem Unterschenkel weist

große Ähnlichkeit zu dem auf, das bei Hertha Becker gefunden wurde.«

»Ist es denn auch nicht alt, ich meine schon lange da?«

»Das habe ich nicht gefragt. Mist.« Walde fiel ein, dass er es ebenfalls versäumt hatte, den Koblenzer Kollegen Decker nach der Schrift und einem Brandmal an dem toten Pawelka zu fragen.

»Darum kümmere ich mich sofort«, Gabi lächelte. »Vielleicht komme ich dann wieder in den Genuss einer Tour mit dem Spider.«

»Spider?«

»Josy's rotem Flitzer.« Sie leckte einen Tropfen Joghurt von ihrer Oberlippe. »Ein tolles Armaturenbrett, wunderbares Interieur, die Italiener haben designmäßig schon was drauf. Ich schicke ihm mal eine Mail. Aber wie ich Josy einschätze, ist ihm selbst eingefallen, das Alter des Brandmals zu prüfen.«

Walde ging zur Tür. »Gut, dann werde ich mich um Decker kümmern.«

»Und wer spricht mit Knauers erster Ehefrau?«, rief sie ihm nach.

»Wohnt die nicht in Konz, das liegt doch auf deinem Weg nach Grevenmacher.«

Nachdem Decker im Koblenzer Präsidium telefonisch nicht zu erreichen war, suchte Walde in seinem Schreibtisch nach dem Zettel, den ihm der Koblenzer Kollege gegeben hatte. Soweit er sich erinnerte, handelte es sich um eine von Hand geschriebene Handynummer. Er fand den Zettel schließlich auf dem Beistelltisch neben dem Drucker.

Eine Männerstimme meldete sich mit einem langgezogenen »Ja?«

»Herr Decker?«, fragte Walde.

»Burkhard Decker«, bestätigte der Koblenzer über ein lautes Rauschen hinweg.

»Waldemar Bock hier, ich habe gestern vergessen, Sie etwas zu fragen. Störe ich im Moment?«

»Nee, ich fahre nur 180 Sachen.«

Walde überlegte, ob das ironisch gemeint war. »Dann melde ich mich nachher noch mal.«

»Ich weiß nicht, ob ich dann noch Empfang habe, ich bin in Belgien unterwegs.«

»Können Sie vielleicht nachher anhalten und mich zurückrufen?«

»Ich habe eine Freisprechanlage.«

»Fahren Sie übers Wochenende weg?«

»War das Ihre Frage?« Decker schien zu lachen. Die Hintergrundgeräusche wurden schwächer. »Ich bin unterwegs nach Verviers. Dort soll Pawelkas Tochter zuletzt gearbeitet haben, da ist sie auch vor zwei Wochen gestorben.«

»Die auch? Welche Todesursache?«

»Herzversagen, wurde mir gesagt. Das Ganze kommt mir irgendwie seltsam vor.«

Als Walde eine Stunde später Gabi zu erreichen versuchte, zeigte sein Telefon bereits ein belgisches Netz an. Während die Autobahn kurze Zeit später an der Rennstrecke von Spa Francorchamps vorbeiführte, fragte er sich, ob Decker sich wohl an das Tempolimit hielt. Diesen meist wenig befahrenen Abschnitt der Autobahn kannte er von zahlreichen Urlaubsfahrten an die Nordseeküste. Mit der Sonne im Rücken ging es durch die Ardennen.

Verviers hatte er bisher nur auf der hoch gelegenen Autobahn, die mitten durch die Stadt führte, durchfahren. Nun fuhr er in die Stadt hinunter, die von oben wirkte, als habe sie sich klein gemacht, um in dem engen Tal Platz zu finden.

Der Treffpunkt vor dem Hauptbahnhof war ein Vorschlag von Decker gewesen. Auf den Straßen der Stadt war längst nicht soviel los, wie es am späten Vormittag in Trier der Fall war. Der Bahnhof war leicht zu finden, wahrscheinlich besser als das Polizeipräsidium, zu dem es keine Hinweisschilder gab, jedenfalls hatte Walde keine gesehen. Noch während er sich nach einer Parkmöglichkeit umsah, entdeckte er den Koblenzer Kollegen, der neben einem ihn um Haupteslänge überragenden Polizisten in Uniform an einem Brunnen lehnte und sich von der Frühlingssonne bescheinen ließ. Walde stoppte seinen Wagen in zweiter Reihe neben den Taxis.

»Wir können sofort weiterfahren«, rief ihm Decker durch die heruntergelassene Seitenscheibe zu, als Walde neben ihnen anhielt. Er öffnete die Tür und stieg im Fond ein. Nebenan hupte ein Taxifahrer. Der Uniformierte wartete, bis Walde ihm die Beifahrertür öffnete, nahm die Mütze ab und stieg ebenfalls ein. Er strich sich über die Haare, als er Platz nahm und Walde kurz zunickte. Von Nahem sah Walde, dass der Mann die sechzig bereits überschritten haben musste. Seine Kopfbedeckung hielt er zwischen beiden Händen auf dem Schoß.

»Wir fahren direkt zur Wohnung von Elke Minar«, sagte Decker. »Es ist nicht weit. Sergeant Renard wird uns den Weg zeigen.«

Walde reichte dem Mann die Hand. Nachdem sie losgefahren waren, überholte sie ein Taxi, dessen Fahrer mit grimmigem Blick geradeaus starrte. Walde war sich sicher, dass ihn nur die Anwesenheit des Polizisten von einer unflätigen Handbewegung abhielt. Noch während sich Walde die Richtungen à gauche, à droit und tout droit in Erinnerung rief, räusperte sich sein Beifahrer.

»Die nächste Möglichkeit rechts«, lautete die akzentlose Anweisung wie zu Fahrschulzeiten.

»Sie sprechen Deutsch«, sagte Walde überrascht.

»Ich stamme aus Eupen.«

Im Wagen breitete sich mehr und mehr der Geruch von Zigarettenrauch aus. Walde ließ seine Scheibe ein Stück herunter, bevor er wenig später in eine steil ansteigende Seitenstraße abbog. Die monotonen Backsteinfassaden unterschieden sich hier kaum voneinander. Als der Polizist ihm mitteilte, dass sie angekommen seien, ließ Walde einen entgegenkommenden Wagen vorbei und setzte rückwärts in eine Lücke.

»Hier hat Elke Minar-Pawelka gewohnt«, sagte Decker. »Sie hat sich zuletzt nur noch Minar genannt, deshalb war es so schwierig, sie ausfindig zu machen. Kollege Renard hat die Ermittlungen geführt. Er war so nett, den Schlüssel zu besorgen. Das hier ist natürlich keine Ermittlung.« Mit Blick auf den Belgier fügte er hinzu: »Das wäre ja auch nicht erlaubt.«

Sie folgten dem wortkargen Renard zu einem dreistöckigen Haus. Die zweiflügelige Haustür wurde von einem kleinen, abgewetzten Lederkissen am Zufallen gehindert. Sie gelangten in einen Flur, der an einer Reihe Briefkästen vorbei zu einer geschlossenen Doppeltür führte. Wahrscheinlich hatte sich hier in früheren Zeiten eine Durchfahrt zu dem Gelände hinter dem Haus befunden. Links führte eine abgetretene Holztreppe nach oben, wo der belgische Polizist im ersten Stock eine Wohnungstür aufschloss. Er ließ den Schlüssel stecken und ging in die Diele.

»Hier habe ich sie gefunden.« Renard öffnete die Tür zu einem dunklen Zimmer, in dem die Rollläden heruntergelassen waren. Er wies auf einen Läufer vor dem ungemachten Bett.

»Ist alles noch so belassen worden?« Walde sah sich in dem Raum um. Das Mobiliar bestand aus einem zweitürigen Kleiderschrank, einem Bett, zwei Nachtschränken und einer Kommode, alles in rotbraunem Nussbaum. Die Luft war schlecht.

»Nein, soviel ich weiß, wird die Wohnung momentan als Ferienwohnung genutzt.« Renard zog den Rollladen an der Tür zum Balkon auf. Kühle Luft wehte herein. »Sie gehört zum Hotel und wurde zuvor als Dienstwohnung genutzt. Frau Minar war stellvertretende Direktorin.«

»Und hier hat sie gelegen?« Decker ging neben dem Bettvorleger in die Hocke.

Der belgische Polizist nickte. »Sie lag auf dem Bauch. Zuerst habe ich gedacht, sie wäre gestürzt.«

»Warum?«

»Die Verletzung war mehr oberflächlicher Art. Ihre Bluse war vorne leicht eingerissen.« Er hielt seine nach unten offene Hand in Brusthöhe. »Der Arzt meinte, das hätte sie sich selbst zugefügt, als die schlimmen Herzschmerzen einsetzten. Sie soll schon längere Zeit unter Herzrhythmusstörungen gelitten haben.«

»Wurden ihre Fingernägel untersucht?«, fragte Decker.

Renard zuckte mit den Schultern. »Der Arzt hat den Totenschein ausgestellt, ich habe alles, was ich Ihnen gerade gesagt habe, in meinem Bericht vermerkt.«

»Und die Kriminaltechnik hat nichts gefunden?«

»Die kam nicht zum Einsatz. Die Wohnung war von innen abgeschlossen, kein Hinweis auf Fremdverschulden.«

»Und was war mit dem Balkon?«

»Die Tür stand ... glaube ich ... offen. So wie jetzt oder auch nicht. Das müsste im Bericht stehen.«

»Und dieser Bericht?«

»Den können Sie sicher einsehen ... zumindest anfordern, dann wird er Ihnen zugeschickt.«

Walde hatte das Gefühl, dass der belgische Polizist sich ganz genau erinnerte. Und bis die deutsche Polizei an den Bericht herankam, wenn überhaupt, konnte viel Zeit ins Land gehen.

»Elke Minar wurde siebenunddreißig, sie war zwölf Jahre älter als ihre Schwester Andrea.« Decker folgte dem belgischen Kollegen auf den Balkon. Walde strich mit dem Finger über den Türrahmen. Dort lag eine deutliche Staubschicht.

»Ist Ihnen sonst etwas aufgefallen?« Walde schaute über das Geländer auf den etwa eineinhalb Meter tiefer gelegenen Schuppen. Dahinter lag ein lang gezogener Garten in einer ganzen Reihe von Grundstücken, an die Gärten der Häuserreihe gegenüber stießen. Das Grünland erstreckte sich den Hügel hoch bis zu einem Wald.

»Außer den Katzenhaaren eigentlich nichts.« Renard lehnte sich ebenfalls über das Geländer und schaute hinunter auf das Schuppendach.

»Wo waren die Katzenhaare?«

»Die brauche ich nicht zu sehen, ich habe eine Allergie gegen Katzen. Aber das war nur mein persönliches Problem.«

»Und die Katze?«

»Es gab keine, auch kein Futter oder ein Katzenklo, nur ein paar Haare auf dem Teppich.«

»Vielleicht war eine aus der Nachbarschaft zu Besuch«, vermutete Decker.

»Ja, ist gut möglich, in diesem Fall hätten die Kratzspuren an der Bluse auch ...« Renard zündete sich eine Zigarette an.

»Von der Katze?«

Renard nahm einen tiefen Zug und zuckte mit den Schultern.

Die gleiche Reaktion erntete Decker auf seine Frage, ob er sich noch ein wenig in den übrigen Räumen umsehen dürfe.

Während Decker durch das Schlafzimmer in die Diele ging, kniete sich Walde vor das Bett. Auf dem Teppich fand er nur ein paar Krümel. Die Rückseite des Bettvorlegers war sauber. Er bückte sich tiefer und tastete mit der flachen Hand über die Holzdielen unter dem Bett. Als er sie zurückzog, klebten an seinen Fingern und Handballen winzige helle Partikel, die sich vielleicht aus der Matratze oder dem Schonbezug gelöst hatten. Weder unter dem Spannbetttuch oder zwischen Schonbezug und Matratze fand er Katzenhaare noch unter der Kommode oder dem Kleiderschrank.

Im Wohnzimmer saß Decker in einem weißen Freischwinger. »Die Frau ging in ihrem Beruf auf und lebte privat zurückgezogen, keine Kontakte zu Kriminellen, keine abgelegten Lover, außer dem Exmann, von dem angeblich die Trennung ausgegangen war, keine größeren Probleme auf der Arbeit, keine Feinde, nichts spricht für ein Verbrechen.«

»Trotzdem kann ich nicht verstehen, dass hier nicht einmal die KT zum Einsatz kam«, monierte Walde.

Die Wohnzimmereinrichtung bestand aus einer Couch und dem Sessel, in dem Decker saß. Es gab einen Kamin und daneben einen Durchbruch zu einer kleinen Küchenzeile mit Klapptisch an der Wand.

Im Bad hingen benutzte Handtücher. Im Abfluss der Dusche haftete getrockneter Schaum. Renard rauchte eine weitere Zigarette auf dem Balkon. Im Vorbeigehen streifte Walde mit dem Zeigefinger über den Hut des hohen Kleiderschranks. Er spürte eine weiche Staubschicht. Als er auf seine Fingerspitzen schaute, hafteten dunkle Haare daran.

»Das war da oben auf dem Schrank.« Walde streckte Decker seine Hand entgegen. »Das sind keine Menschenhaare.«

»Da oben wurde wohl schon lange nicht mehr gewischt. Vielleicht sind sie noch von früher, als Elke Minar eine Katze gehalten hat.«

»Ich habe selbst eine Katze«, entgegnete Walde. »Die schafft es niemals, auf einen fast zwei Meter hohen Kleiderschrank zu springen.«

»Vielleicht ist sie von der Kommode aus gesprungen.«

Walde stieg auf einen Stuhl, den er in der Küche geholt hatte. Er war überrascht, wie viele Haare auf dem wuchtigen Hut des Kleiderschranks lagen. Auf dem rötlichen Holz waren die dunklen Haare gut zu erkennen. Er schaute zum Balkon, wo Renard ihnen den Rücken zuwandte, bevor er einige Haare in einen kleinen transparenten Beutel beförderte, ihn sorgfältig verschloss und in seine Jacke steckte.

Kurz darauf kam Renard ins Zimmer. »Ich muss wieder zum Revier.«

»Können Sie sich erinnern, ob die Tote ein Brandmal am Unterschenkel hatte?« Walde hielt sich an der Lehne fest, während er vom Stuhl stieg.

»Was?«

»Ein kreisrundes Mal in der Größe eines Eurostücks?«

»Nein.«

»Ist vielleicht ein Hinweis im Bericht des Arztes aufgetaucht?«

»Nein, der bezog sich hauptsächlich auf die Todesursache, wie gesagt, Herzversagen.«

»Es gab keine Obduktion?«

»Nein.«

»Schlimmstenfalls müsste sie exhumiert werden, um nachzusehen.«

»Warum das?«

»Ich habe da einen Verdacht, und wenn der sich bestätigen sollte, wäre eine Obduktion ...«

»Was das betrifft ...«, Renard zögerte.

»Ja?«

»Tut mir leid, aber ich fürchte, Sie werden nichts mehr finden.«

»Ist sie etwa ...?«

Der Polizist nickte. »Ihre Urne wurde auf dem städtischen Friedhof an der Rue de la Cité beigesetzt.«

Erst hatten sie vor, in der Innenstadt von Verviers gemeinsam eine Tasse Kaffee zu trinken, doch dann fanden sie einen freien Tisch in einer einladend wirkenden Brasserie, wo sie sich die Speisekarte geben ließen.

»Mist, jetzt habe ich nicht nach der Schrift gesucht!« Walde ließ die Karte sinken und schloss die Augen, während er tief einatmete und den Kopf in den Nacken legte.

»Welche Schrift?«, fragte Decker.

Walde berichtete seinem Kollegen von den seltsamen Buchstaben, die bei dem Toten aus Grevenmacher und dem Opfer in Saarburg gefunden wurden. »Übrigens in der gleichen Schrift, wie sie sich im Setzkasten von Josef Pawelka in Koblenz befunden hat.«

»Von Zufall kann man da wohl nicht mehr sprechen.« Decker markierte mit dem Zeigefinger eine Stelle in der Speisekarte. »Was ist das für ein Gras, steht unter den Plats.«

»Foie gras ist Gänseleber, auch Stopfleber genannt. Die Tiere werden, glaube ich, durch einen Trichter im Hals gemästet.«

»Canard ist aber kein Kanarienvogel?«

»Das ist, wenn ich mich nicht irre, Ente.« Walde las die nächste Zeile. »Und die Filet de boef sind vom Schwein.«

»Dann nehme ich die.«

»Übrigens heißt Renard auf Deutsch Fuchs.« Walde schaute zu dem Kamin hinüber, in dem Holzscheite loderten.

»Sie kennen sich ja mit französischen Tiernamen aus.«

»Außer Hund, Katze und Vogel fallen mir nicht mehr viele französische Wörter für Tiere ein.«

»Übrigens hat mir Sergeant Renard erzählt, dass seine Eupener Herkunft nicht gerade förderlich für seine Karriere gewesen war. Er hat den Beinamen ‚Der Deutsche' und geht bald in Pension.«

»So kam er mir auch vor.« Walde klappte ebenfalls seine Karte zu. Vom Nebentisch waren Bruchteile einer Unterhaltung in französischer Sprache zu hören.

»Als würde ihm einiges am Arsch vorbeigehen?«

Walde nickte.

Ein Kellner kam und nahm die Bestellung auf.

»Ich den Wein, Sie das Wasser?«, fragte Decker, nachdem sie die Gerichte bestellt hatten.

»Wir können uns auch gerne duzen«, sagte Walde und nickte seinem Gegenüber zu. »Waldemar« Etwas zu förmlich, wie es ihm vorkam.

»Burkhard.« Decker streckte ihm lächelnd die Hand entgegen. »Was denkst du über den Tod von Elke Minar?«

»Wir haben vier Tote, alle sind auf unterschiedliche Art gestorben. Zwei sind Vater und Tochter, die Frau in Saarburg hat eine Zeitlang ganz in der Nähe der ersten beiden gewohnt. Zum Opfer aus Grevenmacher gibt es die Verbindung über die Schrift und das Brandmal.« Walde hielt inne, während die Getränke serviert wurden. »Vorausgesetzt, es handelt sich um Tötungsdelikte, hat der Täter in Verviers und in Koblenz ebenfalls höchst sonderbare Spuren hinterlassen, aber sie sind niemandem aufgefallen, zumindest nicht gleich nach der Tat.« Er nahm sein Glas, schwenkte den Wein und beobachtete, wie die rote Flüssigkeit langsam herunterrann. »Bei Nummer drei und vier waren die Spuren dann unübersehbar.«

»Wie wird es weitergehen?«

»Wir sollten ihn so schnell wie möglich finden.«

Die Suche nach dem Weg aus der Stadt Richtung Autobahn war komplizierter, als Walde es erwartet hatte. Während er nach den entsprechenden Hinweisschildern Richtung Malmedy und St. Vith Ausschau hielt, bog er in eine Straße ein, die, wie er annahm, zur Autobahn führte, aber dann kam sie ihm viel zu schmal für eine Ausfallstraße vor. Zu allem Überfluss läutete auch noch sein Mobiltelefon.

»Wo steckst du?« Gabi kam gleich zur Sache.

»In Verviers.«

»Wo?«

»In Verviers, in Belgien.«

»Ich weiß, wo das liegt, aber was machst du da?«

Walde berichtete, was er über den Tod von Pawelkas ältester Tochter erfahren hatte. Ein Lastwagen brauste ihm entgegen, ohne sich um den nicht vorhandenen Mittelstreifen zu scheren. Walde lenkte seinen Wagen nach rechts und streifte um ein Haar den Außenspiegel eines schlampig eingeparkten Kombis. Das fehlte noch, und außerdem hatte er Wein getrunken.

»Bist du noch da?«, kam es aus dem Telefon.

»Hat dein Besuch bei Knauers Exfrau was gebracht?«

»Sie hat ein wasserdichtes Alibi für Sonntagabend, aber ich kenne nun lückenlos sämtliche Stellen, wo Knauer als Sozialpädagoge gearbeitet hat. Dank dem Scheidungsverfahren, von dem seine Ex alle Unterlagen aufbewahrt hat.«

»Vielleicht hat sie einen Killer angeheuert.« In der Ferne entdeckte Walde ein Hinweisschild auf die Autobahn. »Ich bin in eineinhalb Stunden zurück.«

»Dann bin ich längst weg …«

Wahrscheinlich war es die Neugier, die Gabi dazu bewogen hatte, doch noch im Büro zu bleiben. Aus den Schachteln aus Styropor roch es nach chinesischem Essen.

»Ich habe schon mal alle Einrichtungen angemailt, in denen Knauer gearbeitet hat, zuerst in einem Kinderheim, dann hat er eine Jugendhilfeeinrichtung gemanagt, war in einer Frühförderung und ist schließlich nach Luxemburg in das Altenheim gewechselt.«

»Wir sollten alle seine Fälle«, Walde überlegte, »Probanden oder wie sie auch immer heißen, prüfen und sehen, ob es eine Verbindung zu Hertha Becker in Saarburg gibt. Das kann Grabbe am Montag übernehmen.«

»Das ist nicht dein Ernst, das könnten Hunderte von Vorgängen sein.« Gabi stand auf und stützte beide Hände in den Rücken.

»Ich bringe die Katzenhaare in die KT.«

»Sattler hat frei.«

»Und die Kollegen aus der Technik?«

»Sind auch im Wochenende.«

Sonntag

Im Fernseher lief der Tigerentenclub. Waldes Aufforderung, etwas mehr Abstand zum Bildschirm zu halten, kam Annika, die im Schneidersitz auf dem Teppich saß, nur um Zentimeter nach. Doris und Mathilda schliefen noch.

Während er die Stellenangebote aus der Zeitung vom Vortag durchblätterte, sprang Minka neben ihn auf die Couch. Als er seine Hand hinter ihren Kopf legte, machte sie einen Katzenbuckel und begann zu schnurren. Er strich über das schwarze Fell. Als er sie unter dem Kinn kraulte, streckte sie ihm den Kopf entgegen und schloss dabei die Augen. Nach einer Weile tappte die Katze weiter über die Couch und kuschelte sich mit dem Rücken an die zusammengefaltete Wolldecke. Als er das dunkle Katzenhaar von seinem Pulli zupfte, hielt er inne. In der Diele nestelte er den Beutel mit den Haaren aus seiner Jackentasche. Er brauchte ihn nicht zu öffnen, Minkas Haar war deutlich kürzer und dünner als die Haare vom Kleiderschrank in Verviers.

Sattler stand auf dem Bürgersteig vor dem Präsidium, als Walde mit dem Kinderwagen und dem Malamute im Schlepptau um die Ecke bog.

»Morgen!« Walde zog den durchsichtigen Beutel aus der

Tasche.

Mehr als ein leichtes Nicken brachte der grimmig dreinblickende Kriminaltechniker nicht zustande, während er den Fund entgegennahm. »Woher stammen die Haare?«

»Ich habe sie oben auf dem Schrank in der Wohnung der Frau gefunden, der Tochter des Toten aus dem Koblenzer Altenheim. Wir hatten letzte Woche einen Kollegen aus Koblenz hier …«

»Hab' ich von gehört«, unterbrach ihn Sattler. »Ich hoffe, das ist wirklich wichtig. Du kennst ja die Geschichte mit dem Wolf?«

»Welchem Wolf?« Walde schaute auf das grauschwarze Fell von Quintus.

»Von dem Jungen, der immer wieder die Dorfbewohner mit seinen Rufen aufschreckt, dass der Wolf kommt.« Der Kriminaltechniker sprach so langsam und deutlich, als hätte er ein Kind vor sich. »Er hat alle so lange damit genervt, dass ihm keiner mehr glaubte. Als das Tier dann wirklich kam, hat dem Jungen niemand mehr geholfen.« Sattler beugte sich vor und schaute in den Kinderwagen, wo von dem schlafenden Kind nur Augen und Nase zu sehen waren. »Dir ist schon klar, dass wir bei uns längst nicht alles untersuchen können?«

»Ja, aber …«

»Das war eine rhetorische Frage.«

Montag

Als Walde zur Bürotür hereinkam, hängte Grabbe gerade seine Jacke über den Stuhl. Gabi schaute erwartungsvoll.

»Wie war's in London?«, kam Walde seiner Kollegin zuvor.

»Groß und wuselig.«

»Und wie hat es mit dem Flug geklappt?«

»Besser als ich erwartet habe, obwohl ich jetzt nicht zum Vielflieger mutieren werde.« Grabbe versuchte zu lächeln. »Der Rückflug war überbucht und wir wären um ein Haar dageblieben und hätten den Eurostar oder die Fähre nehmen müssen.«

»Hast du dich durchsetzen können, mit dem Dienstausweis gewedelt?«, fragte Gabi.

»So ähnlich.«

»Wie, so ähnlich?«

»Meine Frau hat das geregelt.« Grabbe schaltete seinen Rechner ein.

»Und du hättest tatsächlich die Fähre genommen?«, hakte Gabi nach.

»Nee, ich wollte es nicht gleich übertreiben. Wir wären mit dem TGV über Paris nach Luxemburg gefahren.«

»Durch den Eurotunnel, unter dem Kanal?«

»Besser darunter als im Kanal.« Grabbe schaute zur Tür, in der Sattler erschien.

»Und, wie war dein Wochenende?«, fragte Gabi den

Techniker.

»Soll das ein Witz sein? Oder war das eine …« Er wandte sich an Walde. »Wer hat gewonnen?«

Walde sah ihn fragend an.

»Ihr wolltet testen, ob ich das herausfinde?«

»Keineswegs.« Walde schüttelte den Kopf. »Du nimmst doch nicht im Ernst an, dass wir dich veräppeln wollten?«

»Hingen da Pelze im Schrank, aus dem die Haare stammen?«

»Die Haare lagen oben auf dem Schrank.«

»Dann hat der Pelz vielleicht vorher da gelegen. Jedenfalls stammen die Haare von einem Leoparden, genauer gesagt, von einem Panther.« Sattler blickte nacheinander in die verblüfft dreinschauenden Gesichter seiner drei Kollegen.

»Was hat denn ein Panther auf dem Schrank von Elke Minar-Pawelka gemacht?«

»Es kann nur ein Fell gewesen sein«, beharrte der Kriminaltechniker.

»Auf dem Teppich sollen auch Haare gewesen sein.« Walde fuhr sich an den Kopf. »Und die Bluse war zerrissen. Wie konntest du das mit dem Panther überhaupt herausfinden?«

Sattlers Miene entspannte sich ein wenig. »Ich kenne einen Tierpräparator und der kennt einen Kürschner und der Rest war ein Vergleich der Haare im Labor.«

»Wie sicher ist es überhaupt, dass es sich um einen Panther handelt?«

»Nach der mikroskopischen Analyse spricht die Struktur von Mark und Kutikula mit großer Wahrscheinlichkeit dafür. Aber falls ihr mir das Tier bringen solltet, werde ich euch nicht mit Sicherheit sagen können, ob die Haare vom selben Tier stammen. Immerhin konnte ich feststellen, dass sie nicht ausgerissen wurden, sondern wahrscheinlich ausgefallen sind. Ich weiß jetzt nicht, ob es bei Panthern einen Wechsel zwischen Winter- und Sommerfell gibt wie bei den Hauskatzen. Wo war denn die Bluse zerrissen?«

Walde legte die Hand auf den Oberbauch.

»Die Tiere fallen ihre Beute von hinten an, beißen sie in den Nacken und zerfleischen dabei den Bauch.«

»Von Verletzungen im Nacken war keine Rede.«

»Das könnte daran liegen, dass die Wildkatze domestiziert war, vielleicht von Menschen großgezogen wurde. Wahrscheinlich hat sie sich nur festgehalten und die scharfen Krallen haben dabei, in Anführungszeichen, *unabsichtlich* die Bluse zerrissen. Zur Sicherheit lasse ich das alles noch mal von einem Kriminalbiologen beim LKA untersuchen.«

Als Sattler gegangen war, brachten sie Grabbe auf den neuesten Stand der Ermittlungen.

»Wenn wir Pech haben«, bemerkte Gabi, »und es sieht ganz danach aus, haben wir es hier mit einem Serientäter zu tun, schöne Scheiße.«

»Vielleicht ist er fertig?«, sagte Grabbe.

»Ich habe noch nie gehört, dass ein Serientäter fertig war«, Gabi tippte sich an die Stirn. »Entweder ist der Killer geschnappt worden, gestorben oder war irgendwann mal zu alt zum Morden; aber fertig?«

»Ich verstehe Grabbe so, als könnte es sein, dass jemand eine Todesliste abarbeitet oder abgearbeitet hat.« Walde setzte sich auf den Besucherstuhl. »Dazu müssten wir herausfinden, in welchem Zusammenhang die vier Opfer zueinander standen. Ein eindeutiger Zusammenhang besteht bei den Pawelkas, aber was hatten Rudolf Knauer und Hertha Becker mit ihnen zu tun?«

»Das heißt, wir brauchen nicht zu prüfen, ob Frau Knauer, die zwar ein Alibi hat, einen Killer auf ihren Exmann angesetzt hat?«

»Ein gedungener Mörder wird sich kaum ein so aufwändiges Ritual ausdenken, bei dem das Opfer womöglich noch davonkommen könnte.«

»Obwohl er es doch schon im wahrsten Sinne des Wortes im Sack hatte«, sagte Gabi. Als sie Grabbes Blick bemerkte, hob sie die Hand. »Entschuldige, das war gerade nicht ganz die feine englische Art.«

»Der oder die Täter gehen sehr planvoll vor, variieren dabei die Todesart, die an Grausamkeit kaum zu überbieten ist, und hinterlassen eindeutige Signaturen.«

»Gab es in Verviers auch lateinische Buchstaben?«, fragte Grabbe.

»Nein, zumindest sind keine entdeckt worden«, sagte Walde. »Aber an Zufälle glauben wir doch alle nicht.«

Grabbe straffte den Rücken. »Wenn du nur ansatzweise richtig liegst, wird es höchste Zeit für eine Sonderkommission, da müsste auch …«

»LKA, Europol, ein Profiler und, und, und«, ergänzte Gabi.

»Das habe ich heute Morgen schon Stiermann klarmachen wollen, aber der ist nach Mainz zu einem Termin im Innenministerium gefahren.«

»Das heißt?«

»Meyer hat sich bereit erklärt, die Schlangen zu übernehmen. Dann kann er vielleicht auch den Tiger mit übernehmen.«

»Den Tiger?«

»Panther«, korrigierte sich Walde. »Ihr solltet euch die ehemaligen Arbeitsplätze von Knauer vornehmen, am besten fangt ihr mit dem ersten, dem Kinderheim, an.«

»Und was ist mit dem lateinischen Wortfetzen?«, fragte Grabbe. »Ich wüsste da jemanden, eigentlich gleich mehrere Experten.«

»Eigentlich wollte ...«, setzte Walde an.

Grabbe hob die Hand und schnippte mit den Fingern. »Ich habe außerdem das große Latinum und war auch kein schlechter Schüler.«

»Das habe ich nicht anders erwartet«, stöhnte Gabi. »Und was ist mit dem Umfeld von Frau Becker in Saarburg?«

»Kann warten. Wir müssen uns auf das Wesentliche konzentrieren«, antwortete Walde.

»Und Knauers Frau, der jetzigen?«, fragte Gabi.

»Das ist ja wohl Sache der Luxemburger Kripo.«

»Und warum kümmert sich Meyer um die Schlangen?«, ließ sie nicht locker.

»Die könnten auch in Deutschland gekauft worden sein.« Walde ging zur Tür. »Und ich werde den Kollegen Renard in Verviers über die Pantherhaare informieren und ihm den Laborbericht schicken.«

Das Kinderheim lag ganz in der Nähe, so dass Gabi und Walde es in wenigen Minuten zu Fuß erreichten. Die Leiterin, eine groß gewachsene Frau um die fünfzig, bei der sie sich kurz vorher angemeldet hatten, öffnete ihnen persönlich die Tür und führte sie durch einen weitläufigen Flur im Parterre zu ihrem Büro. Nicht einmal ein Holzkreuz an den Wänden ließ Rückschlüsse darauf zu, dass es sich hier um eine Einrichtung in kirchlicher Trägerschaft handelte.

Während Gabi ihr Anliegen vortrug, fiel Walde ein, dass in seiner Kindheit zu Hause bei Tisch einmal von diesem Kinderheim die Rede gewesen war. Nach allem, was er noch in Erinnerung behalten hatte, war er damals sehr froh gewesen, dort nicht leben zu müssen, obwohl seine Eltern durch die Arbeit in ihrem Geschäft wenig Zeit für ihn gehabt hatten.

Es stellte sich heraus, dass die Leiterin des Hauses – die Bezeichnung Heim tauchte in ihrer, von einem unüberhörbaren saarländischen Dialekt eingefärbten Sprache nicht auf – zwar bereits seit zwanzig Jahren hier arbeitete, Rudolf Knauer 1987 aber schon zu einer anderen Einrichtung des Trägers gewechselt hatte. Sie kannte ihn lediglich von Begegnungen auf Tagungen und Weiterbildungen. Als eine, die ihnen sicher weiterhelfen konnte, nannte sie Schwester Edelberga, ihre Vorgängerin, die jahrzehntelang die Geschicke des Hauses in Händen gehalten hatte und nun ihren Lebensabend in einem Altenheim für Ordensschwestern auf dem Petrisberg verbrachte.

»Warum kamen die Kinder damals hierher?«, fragte Walde.

»Da hat sich über die Jahrzehnte wenig geändert. Meistens werden uns die Kinder vom Jugendamt zugewiesen, manchmal auch von der Polizei, das kann schon mal im Rahmen einer Krisenintervention mitten in der Nacht vorkommen. Wir arbeiten hier im Schichtdienst.«

»Falls Sie es noch nicht wissen sollten …«

»Ich weiß.« Sie nickte.

»Wir benötigen sämtliche Akten aus den Jahren 1978 bis 1987, in denen Rudolf Knauer hier gearbeitet hat.«

»Die müssten drüben im Klosterarchiv sein, ein Teil lagert vielleicht auch im Jugendamt. Ich veranlasse, dass sie zu Ihnen gebracht werden.«

»Das sind garantiert hunderte von Akten«, wetterte Gabi, während sie die Serpentinen zum Petrisberg hochfuhren. »Konntest du es nicht bei den Fällen bewenden lassen, die Knauer persönlich bearbeitet hat?«

Walde schaute hinunter auf die Stadt, auf die Türme von Dom und Liebfrauen. »Die gute Frau müsste selbst aussortieren. Das nimmt zum einen Zeit in Anspruch und zum anderen besteht die Gefahr, dass am Ende der ein oder andere Fall fehlen könnte.«

»Und wer ackert den ganzen Kram durch?«

»Das werden wir sehen.«

»Ich frage mich, was das überhaupt bringen soll?«, nörgelte sie weiter.

»Pawelka und Becker haben im selben Haus gewohnt, und Knauer hatte irgendwas mit ihnen zu tun. Das könnten berufliche Gründe gewesen sein.«

Der kleine Besucherparkplatz am Kloster war leer.

»Bis gleich!« Nach dem Aussteigen schulterte Gabi ihre Tasche und stakste in Richtung des Eingangs.

»Hallo! Willst du nicht absperren?« Walde eilte mit schnellen Schritten hinter ihr her.

»Ich dachte, du wartest da. Das ist schließlich ein Nonnenkloster.« Sie wies auf die hohen Mauern, hinter denen dicht gepflanzte Tannen aufragten.

»Mit dem da gehst du aber schlecht als Nonne durch.« Walde wies auf ihren Bauch.

»Ich wäre sicher nicht die Erste.« Durch den Torbogen kam ihnen eine junge dunkelhäutige Nonne entgegen. Sie trug blaue Gummihandschuhe und eine verwaschene graue Schürze über der Ordenstracht. Gabi blieb stehen. »Grüßgott, können Sie uns sagen, wo wir Schwester Edelbertha …«

»Edelberga«, verbesserte Walde.

»Wissen Sie, wo wir Schwester Edelberga finden können?«

»Sie ist unten im Konvent.« Die Ordensfrau deutete mit der Heckenschere in ihrer Hand hinunter auf die Stadt. »Bei den Katharinen.«

»Und wann kommt sie wieder zurück?«

»Weiß ich nicht. Sie war nur wenige Wochen hier und ist wieder dorthin gezogen.«

»Schade.« Gabi klang aufrichtig enttäuscht, als sie wieder hinunter in die Stadt fuhren. »Ich war noch nie in einem Kloster. Das wäre eine gute Gelegenheit gewesen.«

»Was macht denn ein Kloster für dich so interessant?«

»Ich hab' mal gehört, dass die, also ganz speziell die Nonnen, bei denen wir gerade waren, schon zu Lebzeiten in ihren Särgen schlafen, in denen sie nachher begraben werden.«

»Das sind hoffentlich nur Gerüchte. Das wäre ja wie in Vampirfilmen.«

»Ja, so ähnlich soll das früher auch gewesen sein. Heute soll aus dem Holz der Betten der jeweilige Sarg gezimmert werden.«

»Klingt immer noch sehr seltsam«, antwortete Walde und hörte über das Motorengeräusch Gabis Magen grummeln. »Wenn du eine Mittagspause machen möchtest, gehe ich allein zu den Katharinen.«

»Und du meinst, die lassen dich als Mann da rein?«

»Das denke ich schon, da sind sicher öfter auch mal Handwerker und wer auch immer.«

»Und woher weißt du das?«

»Wir wohnen gleich nebenan«, sagte er. »Das sind praktisch unsere Nachbarn.«

»Aha!«

Im Parkhaus war es schwer, eine geeignete Lücke zu finden. Als er den Pickup endlich rückwärts einrangiert hatte, ließ es sich beim Aussteigen nicht vermeiden, dass seine Tür an den Pkw nebenan stieß. Huck strich im Vorbeigehen mit der Hand über das blanke Aluminium des Rammschutzes vor dem Kühlergrill. Er setzte den großen Hut auf, straffte seine Brust, fuhr sich mit der Hand über den flachen Bauch und nahm mit leicht federnden Schritten den

Weg über die Abfahrt nach unten zum Ausgang.

Die Leute an der Bushaltestelle blickten ihn neugierig an, als er an ihnen vorbeischritt. Er taxierte sie kurz. Niemand war dabei, den er eines zweiten Blickes würdigen musste. Ein Stück weiter passierte er die Fassade eines großen Kinos. In den Glasscheiben spiegelte er sich: die schwarze Cordhose über den schweren Arbeitsschuhen, die schwarze Weste mit zwei Reihen Goldknöpfen und darunter das bis zu den Ellenbogen hochgekrempelte Hemd, das an den Oberarmen von seinem ansehnlichen Bizeps gedehnt wurde.

Sein Blick streifte die belanglosen Filmplakate. Wie gerne würde er mal wieder einen Monumentalschinken wie KAMPF UM ROM auf der Großbildleinwand sehen.

Sein Ziel lag in einer Seitenstraße. Von weitem sah er die trutzige rote Mauer mit den oben spitz zulaufenden steilen Flanken und den Metallpfosten mit den nach innen weisenden drei Reihen Stacheldraht darüber. In einer Höhe, wie er schätzte, von knapp drei Metern, waren regelmäßige Bögen ins Mauerwerk eingearbeitet. Hinter der Deckung der auf der anderen Straßenseite geparkten Fahrzeuge zählte er seine Schritte. Es waren genau 84, bis er zu der kleinen, mit Eisen verstärkten Holztür in der Mauer gelangte. Es gab keine Klingel, keine Glocke, keinen Türöffner. Sie schien nicht genutzt zu werden. Nach weiteren 60 Schritten endete die Mauer und damit die Westflanke des Objektes an einem modernen vierstöckigen Haus, quadratisch und ohne jeden Schnörkel.

Mehr als 100 Schritte lang verschwand das Gelände hinter Häusern und tauchte erst wieder an den Bushaltestellen an der Durchgangsstraße auf. Hier waren die roten Sandsteine im Gegensatz zu der kunstvoll gearbeiteten Westmauer nur grob behauen und scheinbar wahllos und notdürftig vermauert. Hinter der nächsten Ecke lag eine ruhige Straße parallel zur Nordallee. Auf der Ostseite folgte ein schweres zweiflügeliges Holztor, gekrönt von einer Reihe messerscharf wirkender Metallzacken. Neben der Klingel in der Mauernische lauerte ein Videoauge. So leicht wie im Koblenzer Altenheim würde es hier nicht werden. Knapp zweihundert Schritte weiter endete die Mauer an einem roten Haus. Zwölf Schritte davor entdeckte er ein weiteres kleines Tor, wie er es vorhin an der Westseite gesehen hatte. Dieses hier schien längst nicht so widerstandsfähig zu sein. Als er mit der Hand dagegendrückte, gab es soweit nach, dass er durch einen Spalt den Riegel sehen konnte, der es von innen hielt.

Der Mann, der aus dem roten Haus kam, war seiner Aufmerksamkeit nicht entgangen. Er kam ein paar Schritte auf ihn zu und überquerte dann, kurz bevor sie sich begegneten, die Straße. Dabei beobachtete er ihn. Das war Huck in dieser Kluft gewohnt. Nur schaute ihm der hoch aufgeschossene Mann ins Gesicht. Als er sich Sekunden später umdrehte, war der Mann zwischen den Alleebäumen verschwunden.

Ein mit grünem Weinlaub umkränzter Schriftzug ‚*Weinexpress*' prangte auf dem Lieferwagen, der auf dem Bürgersteig vor dem Eingang des Präsidiums stand. Meyer lehnte in entspannter Haltung an einer der offenen Hecktüren und sah zu, wie ein Mann in grauem Kittel zusammen mit Grabbe Kartons von der Ladefläche des Wagens auf einen Rollwagen stapelte. Zwei bereits beladene standen daneben wie die Waggons einer Kleinbahn.

Gabi stoppte den Wagen auf gleicher Höhe, ließ ihre Scheibe herunter und rief: »Ist das Bestechungswein oder was wollt ihr mit dem Kram?«

»Schön wär's«, antwortete Meyer. »Das sind die Akten, die ihr im Kinderheim angefordert habt.«

Meyer war der dienstälteste Kommissar bei der Kripo und kümmerte sich seit Jahrzehnten vornehmlich um Eigentumsdelikte. Niemand im Präsidium wusste so recht, ob er nicht schon vor Jahren versäumt hatte, in Pension zu gehen. Den alten Haudegen brachte so schnell nichts aus der Ruhe.

»Schöne Scheiße, ich hab's ja gewusst«, Gabi fuhr weiter und bog um die Ecke in den Hof ein.

Während Grabbe Fotos und Zeitungsausschnitte an die Magnettafel neben seinem Schreibtisch heftete, öffnete Meyer einen der Kartons, den er von dem türhohen Stapel heruntergewuchtet hatte.

Gabi schüttelte den Kopf. »Hab ich's mir doch gedacht. Die müllen uns mit ihrem Problemkram der letzten Jahrzehnte zu und wir wissen noch nicht einmal, ob wir nicht auf dem Holzweg sind. Wie viele sind es?«, fragte sie, als ihr Kollege ächzend einen Packen Akten, die in Hängeregistraturen sortiert waren, auf ihren Schreibtisch lud.

»Sechsundfünfzig Kartons«, antwortete Meyer. »Mit jeweils«, er bückte sich wieder über den Karton, »achtundzwanzig Karteien.«

»Macht etwas mehr als fünfzehnhundert«, murmelte Grabbe wie ein auf Sprache reagierender Rechenroboter, während er mit der Schere ein Blatt Papier zerschnitt und die Einzelteile mit Magneten an die Pinnwand pappte.

»Das wären knapp vierhundert für jeden, wenn wir uns zu viert dran machen.« Meyer stemmte beide Hände in den

Rücken. »Und ganz nebenbei gefragt: Wonach suchen wir eigentlich?«

»Nach Verbindungen zu Hertha Becker in Saarburg und Josef Pawelka oder zu seiner Tochter Elke Minar-Pawelka.«

»Also auch zu Verviers?«

»Nein, eher nicht. Wir sollten bei den alten Fällen anfangen und dann chronologisch vorgehen«, sagte Grabbe, der nun mit einem schwarzen Marker Verbindungslinien zwischen einzelnen Objekten auf der Magnettafel zog. »Da ist auch eine gute Portion Spürsinn gefragt ...«

Meyer schlug sich auf die von einer Zigarettenpackung ausgebeulte Brusttasche seines Hemdes. »Ich geh' mal eine rauchen.«

»Und ich habe noch eine Verabredung.« Grabbe zog seine Jacke von der Stuhllehne.

»Was soll das heißen? Soll ich den ganzen Kram etwa alleine machen?«, rief Gabi empört. »Ich habe immer noch Überstunden abzubauen und lasse mir keine zusätzlichen aufhalsen.«

»Du fängst mit Meyer schon mal an«, versuchte Grabbe sie zu beschwichtigen. »Walde ist bestimmt auch bald zurück, und ich werde mich beeilen.«

»Wo willst du überhaupt hin?«

»Zur Universität, ich treffe da einen klassischen Philologen, dem habe ich den lateinischen Text schon gemailt. Er hat vorhin angerufen, weil er eine Schrift gefunden hat, aus dem die Zeilen, die bei den Opfern gefunden wurden, stammen könnten. Der Text soll aus dem vierten Jahrhundert stammen, mehr hat er nicht verraten. Er hat sich ganz aufgeregt angehört. Für einen Latinisten ist es bestimmt spannend, bei einem Mordfall …«

»Am besten, du gehst jetzt mal zu dem Typen«, unterbrach sie ihn.

Er klingelte, und noch bevor er seinen Dienstausweis vor die Kamera halten konnte, ertönte der Türsummer. Walde hatte sich telefonisch angemeldet. Hinter ihm fiel das schwere Tor ins Schloss. Ein Weg aus großen Steinplatten, aus deren Fugen hier und da Löwenzahn sprießte, führte zu einem kleinen Rondell mit einem von Blumen umrahmten Goldfischbassin. Hier gingen zwei Wege ab, einer zum Klostergebäude, der andere in den Park in Richtung der riesigen Libanonzeder, die Walde von seinem Garten aus sehen konnte. Aus der vorgebauten Eingangstür mit dem spitz zulaufenden Dach kam eine junge Frau. Sie trug einen Kapuzenpulli und Jeans.

»Herr Bock?«, fragte sie, freundlich lächelnd.

»Ja.« Walde überlegte, ob sie vielleicht eine Novizin war oder hier ein freiwilliges soziales Jahr absolvierte.

»Ich bringe Sie zu Schwester Edelberga. Sie ist im Gewächshaus.«

Er folgte ihr an vermoosten Rasenflächen vorbei zu einem garagenbreiten Treibhaus, dessen Dachfenster aufgestellt waren.

Während seine Begleiterin die Tür aufhielt, trat Walde ein. Zwischen zwei langen Regalen aus Aluminium, auf denen in Hüfthöhe Pflanzen in Töpfen und Kästen sprießten, führte ein schmaler Gang hindurch. Auf dem Boden sammelte sich Wasser in Pfützen. Trotz der Lüftung herrschte eine feuchte Schwüle.

»Schwester Edelberga? Hier ist Herr Bock, er möchte Sie sprechen!«, rief die junge Frau und richtete sich an Walde: »Sie ist wahrscheinlich ganz hinten beim Pikieren.«

Seine Begleiterin wandte sich zum Gehen und Walde arbeitete sich entlang eines Gartenschlauches und eines Elektrokabels, den Pfützen ausweichend, in das Innere vor. Von der Nonne, die auf einem Hocker vor dem Arbeitstisch saß, sah er zuerst nur die Haube.

Sie musste ihn gehört haben. Dennoch drehte sie ihm den Rücken zu, während sie mit flinken Handbewegungen einzelne Pflänzchen aus einem grünen Bündel zog und diese jeweils in kleine Töpfe mit Erde einsetzte, in die sie mit dem Mittelfinger eine Vertiefung bohrte. Sie trug eine dunkle Ordenstracht, über die eine ähnliche Schürze gebunden war, wie er sie vorhin schon im Kloster auf dem Petrisberg gesehen hatte.

»Mein Name ist Bock, ich komme von der Kriminalpolizei Trier. Sie sind Schwester Edelberga?«

Die Frau wandte sich um und blickte einen Moment schweigend über die schwarze Hornbrille zu ihm auf. Während sie fast unmerklich mit dem Kopf nickte, wo kein Haar unter der Haube zu sehen war, zogen sich die kleinen Falten auf ihrer Stirn zusammen. Sie wischte mit der rechten Hand, die von Altersflecken übersät war, über ihre Schürze. Der knochige Händedruck war fest.

»Der Rudi. Was hat er ausgefressen?« Ihre graublauen Augen blickten nachdrücklich. Walde fragte sich, ob es Ironie war, der in ihrer Stimme mitschwang.

»Er ist tot, er wurde ermordet.«

»Oh, wann ist das passiert?«

Walde hatte einen frommen Ausspruch erwartet, aber sie nickte nur, als er ihr die Umstände schilderte, und wandte sich wieder den Pflanzen zu.

»Ich habe ihn seit zehn, nein, warten Sie«, sie hielt inne, wobei sie den dünnlippigen Mund offenließ, »fünfzehn Jahren nicht mehr gesehen.«

»Was war Knauer für ein Mensch?«

»Naja, ein Sozialpädagoge aus den Siebzigern.« Es schien, als würde sie den Mittelfinger mit etwas mehr Wucht als zuvor in die Erde stoßen, um Platz für ein weiteres Pflänzchen zu schaffen. Der am Tisch hängende Gehstock mit dem Gummistopper wackelte.

»Wie soll ich das verstehen?«

»Lange Haare und jede Menge Flausen im Kopf.«

Als Walde schwieg, fügte sie in milderem Ton an: »Das hat sich aber mit der Zeit gegeben, als er die Realität erkannt hat.«

»Und die war?«

»Manchmal nicht einfach, für Leute wie ihn sicher auch manchmal frustrierend, um es in seiner Sprache auszudrücken.« Sie gab etwas von sich, das Walde als eine Art unterdrücktes Kichern deutete. »Antiautoritäre Erziehung traf auf strenge Pädagogik.«

»Und Sie beide haben sich im Laufe der Zeit zusammengerauft?«, fragte Walde, während er seine Fußspitze aus einer Pfütze zurückzog.

»Was heißt zusammengerauft? Ich war schließlich die Leiterin, das musste er akzeptieren. Und das hat er auch getan, sonst wäre er nicht so lange bei uns geblieben.«

»Sagt Ihnen der Name Pawelka etwas?«

Sie drehte sich zu dem Bord um und werkelte weiter an den Pflanzen.

»Nein.« Sie schüttelte den Kopf. Er konnte ihre Mimik nicht sehen. Walde spürte, dass er auf diese Weise nicht weiterkommen würde. Er hätte das Gespräch ganz anders beginnen sollen.

»Darf ich fragen, welche Pflanzen Sie da pikieren?«

»Die erkennen Sie nicht?« Sie wandte sich erneut zu ihm um. Nach wenigen Sekunden musste er dem strengen Blick aus ihren graublauen Augen ausweichen. »Das sind Tomaten!«

»Aha.« Er nickte.

»Mit Sprösslingen kenne ich mich aus.« Diesmal klang das Kichern authentischer. »Können Sie mir den mal geben?« Sie deutete auf den Schlauch mit der Brause am Boden.

Als Wald ihn aufhob und ihr reichte, tropfte ihm Wasser über die Hose.

»Früher, ganz früher, lebten wir von dem, was der Garten hergab, und von Spenden.« Mit kleinen Stößen wässerte sie die frisch bepflanzten Töpfe. »Fleisch gab es höchstens als Extraration, wenn jemand krank war.«

»Hat Rudolf Knauer sich Feinde gemacht?«

»Hin und wieder musste durchgegriffen werden. Ohne Strenge ging es nicht, aber Feinde … nein.« Sie bemerkte nicht, wie das Wasser längst über den Rand des Topfes lief.

Nach dem Verlassen des Gewächshauses rief Walde im Präsidium an und erfuhr, dass Stiermann erst in zwei Stunden aus Mainz zurückerwartet wurde. Auf dem Weg zum Tor grübelte Walde darüber nach, was Stiermann davon hielte, wenn Schwester Edelberga unter Personenschutz gestellt würde. Dann müsste Andrea Pawelka auch gleich in diese Maßnahme mit einbezogen werden. Und was war mit der Exfrau von Knauer? Kannte er sie damals schon, als die Pawelkas noch in Saarburg lebten? Und die Tochter von Frau Becker konnte ebenfalls in Gefahr sein.

Wo er schon in der Nähe war, ging Walde nach Hause. Heute Abend würde er wahrscheinlich kaum Zeit für die Familie haben. Mathilda war während des Stillens an Doris' Brust eingeschlafen. So übernahm er es, Annika im Kindergarten abzuholen.

Auf der Straße wehte ihm ein lauer Südwind entgegen. Als er Richtung Porta Nigra schaute, war dort etwas anders als gewöhnlich. Walde hatte die Fähigkeit, in Sekundenbruchteilen zu erfassen, ob er zum Beispiel eine Straße überqueren konnte. Ebenso fiel ihm auf, wenn sich etwas vom gewohnten Straßenbild unterschied. Der Zimmermann auf Wanderschaft, der an dem kleinen Holztor innegehalten hatte und ihm nun mit federnden Schritten entgegenkam, würde in dieser Gegend weder eine Unterkunft noch Arbeit oder eine Kneipe finden.

Im Flur des Kindergartens war es ruhig. Die Mehrzahl der Kinder schien noch ihren Mittagsschlaf zu halten. Im Gruppenraum saß Annika, die schon seit mehr als einem Jahr tagsüber keinen Schlaf mehr brauchte, an einem Tisch mit drei anderen Kindern und einer Erzieherin. Konzentriert schnitt sie mit einer Schere etwas aus. Walde beobachtete, wie sich ihre aus dem Mund herausgestreckte Zungenspitze bewegte.

»Papa, ich muss dir was zeigen!« Sie pfefferte die Schere auf die Tischplatte und rannte auf ihn zu. Er ging in die Hocke, um sie zu umarmen, aber sie packte seine Hand und zog ihn mit sich zu einer mit hellbraunem Jutestoff bezogenen Wandtafel, über der mit großen Buchstaben *KNIPS-GRU* … stand. Die fehlenden Buchstaben wurden wohl gerade ausgeschnitten.

»Das haben wir heute schon alles gemacht.« Sie ließ seine Hand los und schaute mit Begeisterung auf die Bilder und Texte, die mit bunten Nadeln an die Tafel geheftet waren.

»Wir wollen die Kinder anregen zu zeigen, was sie besonders gerne essen und warum, mit wem und wann sie essen und zu welchen Festen es besonderes Essen gibt.« Die Erzieherin war nähergekommen. »Jedes Kind durfte sich Fotos aussuchen, die nun hier präsentiert werden«, erläuterte sie weiter. »Und hier entsteht nun die Ausstellung, die wir ab nächster Woche im Foyer zeigen werden.«

Waldes Blick fiel auf ein Foto von Mathilda an Doris' Brust, daneben prangte ein Bild von ihm im Schlafanzug am Frühstückstisch, unrasiert und mit struppigen Haaren. Es folgte eines von einem Wildschwein, das mit seinem rüsselartigen Maul im schlammigen Boden nach etwas Essbarem wühlt.

»Kennst du einen Witz?« Das fragte ihn Jens, der mit Felix zu ihnen gekommen war.

Walde, der normalerweise keinen Witz länger als drei Tage behalten konnte, fiel überraschenderweise einer ein, den er, wie sollte es anders sein, von Gerichtsmediziner Hoffmann erzählt bekommen hatte.

»Kennt ihr den Witz von den Kannibalen?«

Die Kinder schüttelten den Kopf.

»Also«, hob Walde an, »zwei Kannibalen verspeisen einen Clown. Sagt der eine: ‚Der schmeckt aber komisch.'«

Eine Weile war es ruhig, niemand lachte. Dann fragte Jens, oder war es Felix? »Was ist ein Kannibale?«

»Also ... der isst Menschen.« Walde schaute verstohlen zu der Erzieherin.

Die beiden Jungen grübelten.

»Beißt er in die rein?«, fragte Annika mit angewiderter Miene.

Walde nickte und registrierte, dass die Erzieherin missbilligend den Kopf schüttelte.

»Du meinst lebendige?«

»Nee, tote, aber die werden vorher gebraten.«

»Iiieh!«, schrien die Kinder im Chor.

»Weißt du wie die schmecken?«, fragte nun Felix oder Jens.

»Das ist doch kein Kannibale, das ist mein Papa, der da, der Waldemar.« Annika zeigte auf die Pinnwand, schlug sich die Hand vor den Mund, als sie entdeckte, dass ihr Finger auf das Foto mit dem Wildschwein wies.

Walde zuckte mit den Schultern: »Ich heiße zufällig genauso wie das Schwein.«

»Entschuldigen Sie, Herr Bock, ich schaue mal nach, ob schon eine Reaktion aus Mainz gekommen ist.« Polizeipräsident Stiermann hatte einen Laptop vor sich auf dem Besuchertisch stehen.

Auch wenn sich im Laufe des Tages einiges auf dem Schreibtisch des Chefs angesammelt hatte, wollte Walde sich nicht davon abhalten lassen, ausführlich zu begründen, warum er dringend mehr Personal benötigte.

Während Stiermann sich durch die Mails klickte, dozierte er: »Sie wissen doch sicher aus Erfahrung, dass eine Ähnlichkeit bei Morden nicht unbedingt heißen muss, dass es sich um denselben Täter handelt.«

»Hier sind unter anderem Vater und Tochter tot!« Wie konnte sich sein Chef als Jurist und ohne die geringsten Detailkenntnisse zu solchen Behauptungen versteigen? Stiermann hätte genauso gut Chef der Handwerkskammer sein können, auch dafür wäre die Fertigkeit, einen Nagel gerade einschlagen zu können, kein Bewerbungskriterium gewesen.

»Die Koblenzer Kollegen sind sich nicht sicher, ob es sich um ein Tötungsdelikt handelt. Und in Verviers wurden nicht einmal Ermittlungen eingeleitet. Die Geschichte mit den Pantherhaaren bitte ich diskret zu behandeln. Es wird bei den belgischen Behörden Irritationen geben, wenn sie von unseren Untersuchungen erfahren.«

»Der Fall in Grevenmacher ist ja wohl eindeutig«, hielt Walde dagegen.

»Darum kümmern sich unsere Luxemburger Freunde, und ich bin überzeugt, dass sie das mit der nötigen Sorgfalt tun.«

»Das Opfer hatte viele Beziehungen nach Deutschland.«
»Was sagt Europol?«
»Wurde nicht eingeschaltet, das haben wir auf dem kleinen Dienstweg geregelt.«
»Oh!« Stiermann schaute strahlend von seinem Rechner auf. »Mainz hat die Planstelle genehmigt, für die ich mich heute stark gemacht habe.«

Die Bürotür stieß nach etwa 45 Grad an und ließ sich auch mit Druck nicht weiter öffnen. Walde schlüpfte durch den engen Spalt und blieb stehen. Zwischen den Kartons auf dem Boden führten zwei Pfade zu Gabis und Grabbes Schreibtischen. Grabbe war mit Meyer dabei, eine zweite Reihe Kartons wie eine Trennwand zwischen den Arbeitsplätzen aufzustapeln.
»Was sagt Stiermann?«, rief Gabi.
»Wir kriegen Verstärkung, er hat heute von Mainz eine Planstelle bewilligt bekommen.«
»Wurde auch Zeit«, kommentierte sie. »Wer ist es und wann fängt er oder sie an?«
»Sobald das ganze Prozedere durch ist. Wir möchten da auch ein Wörtchen mitreden.« Walde sah zu Meyer, der mit einem quietschenden Stift eine Jahreszahl auf eine der Kisten schrieb.
»Toll, und wer hilft uns jetzt?«
Walde wies auf die Kartons. »Soll das eine Trennwand werden?«
»Wir wollen die Kisten erstmal nach Jahreszahlen sortie-

ren. Leider müssen wir dafür jeden Karton durchstöbern und beschriften.« Meyer versah eine weitere Seitenwand mit einer Jahreszahl.

»Jedenfalls haben wir den Text schon mal entschlüsselt.« Grabbe ließ sich auf seinem Schreibtischstuhl nieder und nahm eine Notiz zur Hand. »Mein pfiffiger Latinist …«

»Ich dachte, er ist Philologiker?«, warf Gabi ein.

»Wie auch immer.« Grabbe ließ sich nicht aus dem Konzept bringen. »Die Zeilen, die bei den Opfern in Grevenmacher und Saarburg gefunden wurden, konnte er eindeutig einem alten römischen Text zuordnen. Es handelt sich um einen Brief von Kaiser Konstantin.« Grabbe schaute in die Runde. »Soll ich ihn vorlesen?«

Als Walde nickte, hob er an: »Aeterna et religiosa incomprehensibilis pietas, dei nostri nequaquam.

Nun die dritte Zeile, die bei Knauer gefunden wurde: permittit humanam condicionem.

Und jetzt die vierte von Frau Becker aus Saarburg: diutius in tenebris oberrare.«

»Hast du auch eine Übersetzung?« Gabi klang genervt.

»Na klar. Ich hätte es nicht besser übersetzen können.« Er nahm einen dozierenden Ton an: »Die ewige und heilige, unbegreifliche Güte / unseres Herrn erlaubt nicht / dass das Menschengeschlecht längere Zeit im Dunkeln irrt.« Grabbe schaute in die Runde. »Das waren die ersten vier Zeilen und zum besseren Verständnis noch den Rest des Abschnitts.« Er holte tief Luft. »Und lässt nicht den bösen Willen mancher so sehr obsiegen / dass sie nicht durch ihr hell leuchtendes Licht den heilsamen Weg kundtäte und verliehe, sich zur Regel der Gerechtigkeit zu bekehren.«

»Kannst du das noch mal wiederholen?«, forderte Gabi ihn auf.

Grabbe kam ihrer Bitte nach und gab dann den Text an Gabi weiter, die ihn gleich an Walde hinüberreichte.

»Selbst die Übersetzung ist ja schon kaum zu verstehen. Der Herr setzt sich gegen das Böse durch und zeigt den heilsamen Weg, sich zur Regel der Gerechtigkeit zu bekehren.« Walde schaute auf das Blatt.

»Das soll Konstantin an die Bischöfe geschrieben haben, die sich in Arles getroffen haben. Zu einer Zeit, als er selbst noch kein Christ war«, erläuterte Grabbe.

»Wo liegt er begraben?«, fragte Gabi.

»In Konstantinopel. Er hat sich erst auf dem Sterbebett taufen lassen. Mit der Taufe sollte eine Befreiung von allen Sünden einhergehen, von denen er reichlich auf dem Kerbholz hatte, und beerdigen ließ er sich in einem Mausoleum, angeblich zwischen allen zwölf Aposteln oder zumindest zwischen Sarkophagen mit Reliquien von ihnen.«

Walde gab das Blatt an Grabbe zurück. »Die Zeilen eins und zwei könnten in Verviers und Koblenz übersehen worden sein.«

»Gut möglich.« Grabbe nickte.

»Schlimmer finde ich«, nuschelte Meyer, »dass wir nicht wissen, für wen die Zeilen fünf und sechs vorgesehen sind.«

Am Nachmittag trainierte Huck in der Scheune. Statt des Kurzschwerts benutzte er das Holzschwert. Es war zwar deutlich leichter und brachte, was die Kraft anging, keinen Trainingseffekt, aber er konnte sein Kampfschwert schonen, während er immer wieder auf den Pfahl in seiner Scheune einschlug, mal in Höhe der Knie, mal höher bis zum Kopf zielend. Das leicht gebogene runde Schild ließ ihn wendiger agieren als das hohe, das die römischen Legionäre wohl auch als Schutz gegen feindliche Pfeile genutzt hatten.

»Morituri te salutant!«, keuchte er, als er mit erhobenem Schwert über dem vermeintlich besiegten Gegner innehielt, um, nachdem er selbst den Daumen gesenkt hatte, seine Waffe gnadenlos in den Todgeweihten zu bohren.

Als er die Sandalen und den Armschutz neben die Hanteln in eines der unteren Regale gelegt hatte, stieß er sich beim Aufrichten den Kopf an einem dicken Querbalken, der eines der Schwerlastregale mit seinen Arbeitsmaterialien hielt. Auf Latein zu fluchen würde er sich auch noch beibringen. Vielleicht würde er nie das richtige Deklinieren lernen, aber seine antiken Vorgänger waren sicher auch nicht besonders wortgewandt gewesen, wenn sie überhaupt Latein gesprochen hatten.

Nach dem Duschen wärmte sich Huck einen Rest Gemüsesuppe, in die er kleingeschnittene Rindswürstchen gegeben hatte. Den ersten, viel zu heißen Löffel Suppe versuchte er mit Hecheln bei offenem Mund auf eine erträglichere Temperatur zu kühlen. Das erinnerte ihn wieder an die Tischgebete im Heim. Nachdem er einen zweiten Teller leergelöffelt hatte, begann er die Zeitungen, die er am Trierer Bahnhofskiosk gekauft hatte, durchzusehen. Die für ihn interessanten Artikel schnitt er aus. Hier und da überflog er den Inhalt. Konkrete Hinweise auf den Täter gab es nicht. Er hatte es nicht anders erwartet.

Die Zeitungsausschnitte klebte er auf Pappe und ergänzte sie mit den Fotos, die er selbst geschossen und ausgedruckt hatte. Sie zeigten die leblosen Personen zusammen mit der Schrift. Es war nicht immer einfach gewesen, beides scharf abzubilden. In Verviers hatte er die Schrift sehr unglücklich an der Haustür hinterlassen. Die vermeintliche Schmiererei war abgewischt worden. Alles hatte sich vollkommen anders entwickelt, als er geplant hatte. Den Panther hatte er gleich, nachdem er ihn bekommen hatte, in einer Box auf der Ladefläche transportiert. Es war nicht leicht gewesen, die Raubkatze in die Wohnung zu schaffen. Dann hatte er auf dem Balkon gewartet. Doch als es darauf ankam, war die Katze ausgebüxt, und als er ins Zimmer kam, lag Elke sterbend am Boden.

Erst später, als keine belgische Zeitung davon berichtet hatte, war ihm klar geworden, dass Elke Pawelka nicht an den Verletzungen durch den Panther gestorben sein konnte. Dabei hatte er es kaum deutlicher inszenieren können. Nicht einmal eine Traueranzeige war geschaltet worden. Und in Koblenz war es anfangs ähnlich gelaufen, obwohl seine Handschrift deutlich markanter geworden war.

Er walzte die Rolle über den Klecks schwarzer Farbe und schwärzte die Zeile in dem Winkelhaken ein, bevor er die Schrift auf den Karton drückte. Mit dem Ergebnis war er zufrieden. Die meisten Buchstaben, die er nun trocken pustete, waren lesbar.

Aeterna et relig..sa incomp…ensibilis .ietas

Nach dem Laminieren versuchte er, mit der flachen Hand die kleinen Bläschen zum Rand der Folie zu drücken. Sein Blick fiel auf ein Foto, das während der Pressekonferenz im Polizeipräsidium aufgenommen worden war. Das war der Mann, der heute aus dem roten Haus neben dem Kloster gekommen war. Im Bildtext las er: Kriminalhauptkommissar Waldemar Bock.

Das Klopfen drang dumpf in ihren Traum von dem bunt bemalten Bauwagen, in dem sie eingeschlafen war. Draußen spielten die Kinder unbeaufsichtigt mit einer riesigen Spaltaxt. Eines der Kleinen versuchte sie zu wecken.

Andrea erwachte. Ihr Herz pochte. Sonst war es ruhig, kein Kindergeschrei, keine Schläge von der Axt. Schemenhaft erkannte sie das Glas auf dem Nachtschrank, den Stuhl gegenüber an der Wand. Sie befand sich im Schlafzimmer unter dem Dach ihres Hauses. Es war nur ein Traum gewesen. Sie atmete tief durch, drehte sich auf die andere Seite und ließ ihre Haare wie eine schützende Decke über ihrem Gesicht liegen.

Ihre Haarwurzeln reagierten schneller, als sie mit dem Verstand realisieren konnte, dass es wieder geklopft hatte. Diesmal war es kein Traum. Sie hielt den Atem an. Da war es wieder, jemand pochte an die Haustür. Und dann hörte sie auch das Rufen der Männerstimme: »Mach auf!«

Erneut durchfuhr sie eine kalte Schockwelle, ihr Herz raste. Am liebsten hätte sie sich die Decke über den Kopf gezogen und wäre in den Tiefen ihres zur Höhle gewordenen Bettes verschwunden, wie sie es als Kind getan hatte.

»Mach auf!« Die Stimme klang ein wenig heiser und auch aggressiv. Das Klopfen schien lauter und drängender geworden zu sein.

Wie stabil war das Türschloss? Hatte sie das Küchenfenster geschlossen? Stand womöglich die obere Scheibe offen? Sie hatte sich aufgesetzt, Mund und Augen weit offen, die Schultern hochgezogen. Außer dem Herzklopfen und ihrem kurzatmigen Hecheln hörte sie nichts.

Sie setzte einen Fuß auf den kühlen Boden und griff nach

dem vierkantigen Holz. Sie atmete tief durch, als sie die Tasche und das Wollhemd von der Stuhllehne zog und damit ins Bett zurückhuschte, als wäre es die rettende Insel vor allem Ungemach dieser Nacht.

Das Handy fand sie, aber es waren keine Nummern einprogrammiert, und der Taschenkalender mit dem Telefonverzeichnis lag unten auf dem Schreibtisch. Wen sollte sie anrufen? Ihr Kopf war leer. Ihre Gedanken waren gelähmt, wie sie es manchmal in schlechten Träumen erlebte, wenn sie auf der Flucht war und einfach nicht von der Stelle kam, weder gedanklich noch physisch.

Sie wagte es nicht, eine Kerze anzuzünden. Das Klopfen war verstummt. Sie zog sich das Hemd über und ging mit angehaltenem Atem zum gardinenlosen Fenster. Ihre Zehen stießen an ein Stuhlbein, sie stöhnte vor Schmerz auf, zog den Fuß hoch und umklammerte den höllisch schmerzenden Zeh.

Hatte der Kerl da draußen sie gehört?

Es blieb still. Sie lugte in den dunklen Garten. Der Himmel war bewölkt. Es war kurz nach Neumond. Sie glaubte, die Konturen des Staketenzauns zu erkennen. Dort bewegte sich etwas, es war kein Tier, eine menschliche Gestalt? Sie zuckte zusammen.

Wieder schrie der Mann: »Mach auf, ich tu dir nix!«

Der Dialekt war von hier. Sie konnte die Stimme niemandem zuordnen. Aber wenn jemand schrie, klang er anders.

Als sie fröstelnd das Hemd vorne übereinanderschlug, fühlte sie das kleine Stück Karton in der Brusttasche. Es war die Visitenkarte, die ihr der Polizist gegeben hatte. Sie könne ihn jederzeit anrufen, hatte er gesagt. Unten war von

Hand seine Privatnummer notiert.

Sie hockte sich unter dem Fenster auf den Boden. Das Licht des kleinen Displays am Handy schirmte sie mit der Hand ab. Es zeigte kurz nach null Uhr. Sie hatte gedacht, es sei lange nach Mitternacht. Musste beim Notruf eine Vorwahl verwendet werden? Meldete sich unter der 110 nun Feuerwehr oder Polizei? Sie hielt die Karte in den Schein des Displays, während das Bersten von Glas ihr einen kalten Schauer über die Haut jagte.

Das Klingeln ließ Walde aufschrecken. Er war über den Akten, die vor ihm auf dem Schreibtisch lagen, eingenickt. Die CD mit Michel Petruccianis Konzert in Tokio lief noch. Mist, sein Handy befand sich noch in der Jacke an der Dielegarderobe. Fast wäre er über den Karton gestürzt, der neben seinem Stuhl auf dem Boden stand. Der Klingelton stieg an, als er das Handy aus der Tasche zog. Zudem drang nun die Musik in die Diele. Er drückte auf Empfang, huschte in sein Arbeitszimmer zurück und meldete sich erst, als er die Tür wieder geschlossen hatte.

»Hier ist …« Er hörte eine heisere Frauenstimme. Nach einem kurzen Räuspern fuhr sie flüsternd fort. »Hier ist Andrea … Andrea Pawelka. Bei mir versucht jemand einzubrechen.«

»Lassen Sie das Handy eingeschaltet. Ich bin unterwegs.«

Als er zwei Minuten später mit Blaulicht und Martinshorn durch die Zurmaiener Straße in Richtung Autobahn raste, wurde ihm klar, dass er bestensfalls in fünfundzwanzig Minuten in dem Moselort bei Bernkastel-Kues sein konnte.

Er nahm das Mobiltelefon vom Beifahrersitz. »Andrea, ist noch alles klar?«

»Ja.«

»Ich komme, so schnell es geht, aber ich muss kurz auflegen. Ich rufe gleich zurück.«

»Nein, ich rufe besser wieder an.« Er konnte sie wegen des Lärms des Motors und wegen der Geräusche des Martinshorns nur schwer verstehen.

Während er den Notruf wählte, wich er einem sich bedrohlich nach links bewegenden Lkw aus und streifte dabei um ein Haar die Mittelleitplanke. Zum Glück folgten keine nennenswerten Kurven, denn es dauerte fast bis zur Autobahnbrücke hinter Schweich, bis er den Kollegen erklärt hatte, wo das einsam hinter dem Ort gelegene Haus von Andrea Pawelka zu finden war.

Das Telefon blieb stumm. Walde hielt es sich immer wieder ans Ohr, weil er befürchtete, das Klingelzeichen zu überhören. Er machte sich Vorwürfe. Andrea Pawelka war vielleicht die Einzige aus der Familie, die noch lebte. Warum war er nicht gleich darauf gekommen, dass sie das nächste Opfer sein könnte? Und warum hatte er nicht unverzüglich die Kollegen alarmiert?

Er war schon längst an Klausen vorbei, als sein Handy endlich klingelte.

»Ich glaube, er ist im Haus«, flüsterte sie.

»Verbarrikadiere die Zimmertür, ich bin schon in Osann-Monzel, die Kollegen müssten auch jeden Augenblick bei dir sein!«

Auf dem Weg hinunter zur Moselbrücke schaltete Walde Martinshorn und Blaulicht aus.

Auf den Straßen im Ort war nicht einmal eine Katze unterwegs. In den Häusern brannte kein Licht mehr und wenn doch, ließen die Rollläden es nicht durch. Außer einem Traktor, der bereits abgebogen war, bevor Walde ihn überholen konnte, sah er kein Fahrzeug. Anscheinend waren die Kollegen schon eingetroffen. In dem Tal zwischen den wie riesige Igelrücken wirkenden Weinbergen sah es ganz anders aus als tagsüber.

Er verpasste die Einfahrt, setzte zurück und fuhr mit aufgeblendeten Scheinwerfern über die Wiese auf das kleine Haus zu. Bevor er anhielt, schaltete er nur für ein paar Umdrehungen das Blaulicht ein. Er ging auf das Haus zu, unbewaffnet. Die Kollegen waren noch nicht da. Seine Dienstpistole nahm er für gewöhnlich nicht mit in den Feierabend. Walde blieb stehen, weil die Haustür geöffnet wurde.

Sie hatte das Geraschel noch im Ohr, als sie erwachte. Als Erstes schaute Doris in den Korb. Das Baby lag auf dem Rücken. Die leisen Atemgeräusche waren so schnell und gleichmäßig wie immer.

Da war es wieder. Das Geräusch schien von oben zu kommen, als würde eine Maus durch eine Holzdecke laufen. Das hatte sie als Kind gehört, im Urlaub, in einem in die Jahre gekommenen Ferienhaus, auf dessen Speicher offensichtlich Mäuse hausten. Aber hier gab es eine Betondecke mit einer Schallisolierung, die so gut wie keine Geräusche aus der

Wohnung in der ersten Etage nach unten dringen ließ. Erst recht nicht mitten in der Nacht. Sie tastete neben sich. Da war niemand. Das Bett neben ihr war unbenutzt.

Wieder raschelte es. Sie setzte sich auf. Das Geräusch schien vom Garten her zu kommen. Als würde Minka ihre Krallen an den Brettern der Terrasse wetzen – nur lauter.

Ohne Licht zu machen schlich Doris in die dunkle Diele. Unter der Tür von Waldes Musikzimmer, wie er es manchmal nannte, war ein schwacher Lichtschein zu sehen. Dort war auch niemand. Die Schreibtischlampe brannte. Ein Stift lag auf Papieren und Notizzetteln. Im Wohnzimmer wandte die auf einem Schemel schlafende Katze den Kopf. In der Küche fand sie Waldes hingekritzelte Notiz.

Sie war sich nicht sicher, ob das Licht den Eindringling anlockte oder vertrieb. Was, wenn er gerade zum Fenster hereinstarrte? Sie schaltete die Lampe aus. Da besaßen sie diesen großen Malamute, aber der hatte anscheinend keinerlei Wachhundeigenschaften.

Annikas Zimmertür war wie immer angelehnt. Ihr dunkles Haar hob sich von dem hellen Kopfkissen ab. Das Telefon lag auf der Wohnzimmercouch. Während Doris angestrengt durch die Fenstertüren auf die Terrasse starrte, wählte sie Walde an. Sein Handy war besetzt. Auch während der nächsten Minuten kam sie nicht durch.

Die Gestalt in der Tür hielt etwas in der Hand. War es eine Schrotflinte mit kurzem Lauf? Walde führte nicht einmal eine Taschenlampe mit.

»Polizei!« Walde verknüpfte die Anrede nicht mit dem Aufruf, die Hände zu heben.

Die Gestalt ließ den Arm mit der Waffe sinken. »Herr Bock … Waldemar?«

»Ja?«

»Danke.« So wie Andrea Pawelka es aussprach, aus so tiefem Herzen und mit soviel Erleichterung, hatte sich, soweit er sich erinnern konnte, noch nie jemand bei ihm bedankt.

»Wo ist er?«

»Weg.«

Walde hätte sich gerne umgesehen, konnte die Frau aber keinesfalls alleine lassen. »Bist du sicher?«

Sie schüttelte den Kopf mit den schweren Locken. »Als ich die Polizeisirene hörte, ist ein Trecker weggefahren.«

»Den habe ich womöglich gerade gesehen.« Er hatte das Martinshorn zu spät ausgeschaltet.

Nebenan, zwischen den Bäumen und Hecken, blitzten die Scheinwerfer eines schnell fahrenden Wagens auf, bevor das Lärmen des Motors zu hören war und wieder leiser wurde. Einem Bremsgeräusch folgte das Sirren des Rückwärtsgangs. Kurz darauf kam ein Streifenwagen über die Wiese herangefahren. Auf den letzten Metern nahm der Fahrer die Geschwindigkeit zurück. Es war eine junge Polizistin, die sich beim Aussteigen ihre Uniformmütze aufsetzte und langsam genug auf die Haustür zukam, dass ihr Kollege um den Wagen herum zu ihr aufschließen konnte.

»Unser Revier ist ziemlich groß.« Ihre Stimme klang angespannt. »Wir kommen von Oberkail, und das ist noch nicht das weiteste Kaff von hier.«

Waldes fragender Blick ließ sie ergänzen: »Das liegt hinter Spangdahlem, ziemlich ungünstige Strecke hierher.«

Nachdem Walde die Kollegen gebeten hatte, sich im Gelände umzusehen, nahmen diese zwei große Taschenlampen aus dem Streifenwagen. Die Polizistin gab über Funk einen kurzen Lagebericht an die Einsatzzentrale durch.

Das erinnerte Walde daran, dass sein Handy noch eingeschaltet war. Kaum hatte er es vom Beifahrersitz genommen und ausgeschaltet, klingelte es.

Auch wenn er ihre Worte nicht gleich verstehen konnte, so spürte er die Angst in Doris' Stimme.

Mit zitternder Stimme wiederholte sie: »Da ist jemand in unserem Garten!«

Der Riegel an dem kleinen Tor in der Mauer war wie erwartet unproblematisch zu knacken gewesen. Hucks Rucksack streifte an Efeu vorbei, als er in gebückter Haltung in den Park schlüpfte. Das Gebäude rechts von ihm schloss überraschend an das Gelände des Klosters an. In einem der Parterrezimmer brannte Licht. Erst als er näher heranschlich und drinnen die einsam brennende Schreibtischlampe sah, spürte er die Gegenwart des Hundes im Garten. Der hatte sich bisher nicht geregt. Es war ihm schon einmal passiert, dass er erst angegriffen worden war, als er bereits an der Hundehütte vorbeigegangen war. Der kleine Kläffer hatte ihm damals die Hose zerrissen. Dieser Hund hier war deutlich größer und schien auch nicht angeleint zu sein.

Nach kurzem Zögern ging er weiter. Das Tier lag still mit geöffneten Augen auf der Wiese. Soweit er in dem schwachen Licht, das von der Straßenbeleuchtung hinter der Mauer hereinfiel, erkennen konnte, war es ein Malamute. Er schien kein Problem mit Eindringlingen zu haben. In polaren Regionen gab es keine Reviere zu verteidigen.

Er gelangte zu einer Terrasse mit Gartenmöbeln. Fast wäre er über einen Kinderbuggy gestolpert.

Plötzlich wurde es hell auf der Terrasse. Das Licht kam aus zwei gardinenlosen Fenstertüren. Er wich in den Garten zurück. Doch nach ein paar Metern versperrte ihm eine Mauer den Weg, ebenso hoch wie die Klostermauern an der Straße. Jetzt dämmerte es ihm, er befand sich in dem Garten des roten Hauses, aus dem heute der Polizist gekommen war. Womöglich wohnte er hier im Parterre, alarmierte gerade die Kavallerie und würde jeden Moment mit gezogenem Revolver herausstürmen.

War es die beängstigende Nachricht von Doris oder die nächtliche Temperatur, die ihn frösteln ließ? Er hatte in der Eile nur ein dünnes Sweatshirt übergezogen und trug auch keine Socken.

»Möchtest du einen Tee?« Andrea Pawelka stand immer noch in der Haustür.

»Danke, ich muss sofort wieder weg. Am besten ist, du kommst mit.«

»Das war einer von den Dörflern, einer von den Junggesellen, der sich Mut angetrunken hat«, versuchte sie abzuwiegeln. »Das ist mir erst klar geworden, als vorhin der Trecker weggefahren ist. Der kommt sicher so schnell nicht wieder. Es tut mir leid, dass ich dich mitten in der Nacht angerufen habe.«

»Ich will dir nicht noch mehr Angst einjagen, aber dein Vater und deine Schwester könnten …«

»Das war auch mein erster Gedanke.«

»Du hast die Wahl, entweder mit der Streife auf das Polizeirevier oder mit mir nach Trier.« Walde wurde nervös, er hatte keine Sekunde zu verlieren. »Du willst doch nicht etwa nach dem, was vorgefallen ist, ganz allein hierbleiben?«

»Ich kann doch nicht …« Sie zog das Wollhemd zusammen. »Aber ich habe …«

»Meine Frau kann dir sicher was zum Anziehen leihen.«

Die beiden Polizisten kamen von der Umrundung des Hauses zurück.

»Niemand mehr da«, meldete die Polizistin. »Da hinten ist ein Frühbeet zu Bruch gegangen.«

»Lassen Sie die Kriminaltechnik kommen und, falls es Traktorspuren gibt, sichern Sie diese«, gab Walde Anweisungen. »Beim Halter könnte es sich um einen Mann hier aus dem Ort handeln.«

»Und was ist mit der Zeugenvernehmung für die Anzeige?«, fragte die Kollegin.

»Ich kümmere mich darum. Frau Pawelka begleitet mich nach Trier«, er griff nach Andreas Arm und wunderte sich, als sie ohne Gegenwehr die Haustür hinter sich zuzog und ihm zum Wagen folgte.

Doris hatte sich partout nicht dazu bewegen lassen, die Polizei anzurufen. Sie war sich auf einmal nicht mehr sicher gewesen, ob die Geräusche im Garten nicht doch von einem Tier verursacht worden waren. Und Walde wollte nichts über ihren Kopf hinweg unternehmen. Wie zuvor auf dem Weg zu Andrea Pawelka, so hielt er nun auf dem Rückweg telefonischen Kontakt zu Doris. Schließlich hatte er das Mobiltelefon seiner Beifahrerin überlassen und raste nun mit allem, was sein Wagen hergab, nach Trier zurück. Der Gedanke ließ sich nicht verdrängen: War er weggelockt worden und das eigentliche Ziel des Täters war seine Familie? Immer wieder ließ er sich von Andrea Pawelka das Handy geben und fragte Doris, ob noch alles in Ordnung sei.

Auf die Tarnung durch die dunkle Kleidung hoffend, huschte Huck dicht an dem weiterhin gleichgültigen Malamute vorbei durch das niedrige Tor hinaus. Er verharrte eine Weile in der Allee auf der anderen Straßenseite. Einmal duckte er sich in die Hecken, doch das sich nähernde Blaulicht gehörte zu einem Rettungswagen, der schräg gegenüber in die Notaufnahme des Krankenhauses einbog. Nach einer Viertelstunde wagte er sich wieder hinaus zu dem einem Kiosk ähnelnden Häuschen und von dort um die Ecke zu den Haltestellen an der Klostermauer, an denen schon seit Stunden keine Busse mehr hielten. Der Platz vor dem Museum und der dahinter aufragenden Porta Nigra war menschenleer. Auch auf den Straßen waren weder Fußgänger noch Autos unterwegs. Aber der gesamte Bereich war viel zu groß, um ausschließen zu können, dass er nicht dabei beobachtet wurde, wie er sich an dem Gestänge hinter dem

Wartehäuschen hochhangelte. Dabei scheuerte sein Rucksack verräterisch laut an den rauen Steinen der Mauer entlang. Ohne sich umzublicken, glitt er vom Sims der Mauer, den Stacheldraht auseinander drückend und mit den Schuhspitzen nach Halt in den Ritzen zwischen den Backsteinen tastend, an der Mauer hinunter.

Unter seinen Schuhen raschelten dürre Äste und Blätter von Rankgewächsen, die in dem schmalen Spalt zwischen Mauer und der dahinter verlaufenden Reihe von Tannen wuchsen. Huck rief sich den Grundriss des Geländes in Erinnerung, den er sich nach dem Abschreiten außen an der Mauer entlang aufgezeichnet hatte. Sollte er entdeckt werden, hatte er keine Chance, sich auf dem zwar weitläufigen, aber letztlich doch übersichtlichen Gelände zu verstecken. Stattdessen müsste er sich in westlicher Richtung zu der Nebenstraße hin orientieren, von wo es für ihn kein Problem sein dürfte, über die anschließenden Hinterhöfe zu verschwinden.

Den Kopf mit beiden Armen gegen das Geäst schützend, schlich Huck gebückt unter den Tannen hindurch. Zwischen ihm und dem Gebäude stand die große Libanonzeder. Genauso groß, wie er sie aus seiner Kindheit in Erinnerung hatte. Für einen Moment spürte er es wieder – das Gefühl der Unsicherheit, des Ausgeliefertseins, das ihn als Kind ständig begleitet hatte. Ein Griff seiner rechten Hand nach hinten zu dem Rucksack brachte seine Selbstsicherheit zurück. Was er darin fühlte, war eine Plastikflasche mit eineinhalb Litern Benzin. Das würde reichen, um die Hexe zu verbrennen. Bei lebendigem Leib.

Der Anblick des Eingangs mit dem spitzen, kleinen Dach über dem Vorbau ließ Huck tief durchatmen. An die drei Worte, die oben in den Stein gemeißelt waren, erinnerte er sich gut: ‚Noli me tangere' bedeutete soviel wie ‚Rühr mich nicht an'.

Er hatte keine Zeit zu verlieren. Das Rankgitter, über das er emporklomm, war hoffentlich in den letzten Jahren erneuert worden. An dem Haken in dem steilen Schieferdach rüttelte er vorsichtshalber, bevor er sich daran hochzog, den Fuß in die Dachrinne setzte und auf den breiten Fenstersims stieg. Seine Armlänge reichte gerade aus, um durch den Spalt des gekippten Fensters an den Griff zu gelangen. Dann stand er auf dem Linoleumboden des dunklen Flurs. Auf der rechten Seite zählte er bis zur siebten Tür. Diese Zahl war für ihn eine besondere Zahl, wie die Drei und die Zwölf. Edelberga selbst war es gewesen, die ihm das Zählen und später die Bedeutung der Zahlen aus religiöser Sicht beigebracht hatte. Und bis sieben musste er damals hier oben auf dem Flur zählen, wenn er ihr etwas zu ihrer Zelle bringen musste. Natürlich nur, wenn sie krank war. Einmal war es sein Zeugnis gewesen, das er ihr persönlich vorlegen musste. Selbst als Neunjährigem war ihm aufgefallen, wie sehr die Krankheit sie mitgenommen hatte, aber die Kraft, ihm mit voller Wucht ins Gesicht zu schlagen, hatte sie dennoch gehabt.

Im Haus war es still. Zu hören waren nur seine vorsichtig gesetzten Schritte, sein Atem und das leise Klicken der Bleilettern mit der fünften Zeile aus dem Brief, die im Rucksack an den Griff des Messers stieß.

Die siebte Tür war nicht abgeschlossen. Sie knarrte leise. Er schlüpfte in die Zelle. Beim Schließen gab er ihr mehr Schwung und bremste sie erst im letzten Moment ab. Die Scharniere gaben keinen Laut von sich.

Mit angehaltenem Atem blieb er stehen. Durch die Vorhänge an den Fenstern zum Park fiel kaum Licht. Edelbergas Bett schien noch an derselben Stelle zu stehen wie damals. Beim Annähern bückte er sich und hörte ihren leisen Atem. Sie lag auf der Seite und hatte sich das Federbett bis zur Stirn gezogen.

Als er die Decke vorsichtig anhob, regte sich die Gestalt darunter.

»Was ist los?« Die verschlafene Stimme gehörte eindeutig einem Mann.

»Entschuldigung.« Huck wich zurück. »Ich hab' die Tür verwechselt.«

Beim Hinausgehen zog er den innen steckenden Schlüssel ab und sperrte von außen zu.

Erst als er bereits das offene Flurfenster erreicht hatte, folgten dem Gepolter an der verriegelten Tür die ersten Hilferufe. Während er, an der Dachrinne hängend, mit den Füßen nach Halt im Rankgitter tastete, wurde über ihm das Flurlicht angeschaltet.

Dienstag

Als Walde erwachte, hatte die Morgendämmerung bereits eingesetzt. Nebenan im Bett waren Mathildas leise Schmatzgeräusche zu hören. Doris hatte sich das Baby im Halbschlaf an die Brust gelegt. Walde hatte vorgehabt, wieder aufzustehen, um Wache zu halten, sobald Doris ins Bett kommen würde. Nachdem keine Polizei aufgetaucht war, hätte der Eindringling – was immer er auch im Schilde führte – es wieder versuchen können.

In der Küche räumte er vor dem Frühstück die Gläser vom Tisch. Doris und Andrea schienen heute Nacht noch längere Zeit zusammengesessen zu haben.

Die Zeitung blieb im Briefkasten und auf die Kaffeemaschine verzichtete er ebenfalls. Bevor er die Wohnung verließ, überlegte er, ob er Andrea Pawelka, die wahrscheinlich im Wohnzimmer schlief, wecken sollte. Oder hatte Doris sie in seinem Musikzimmer untergebracht? Als er vorsichtig die Tür öffnete, stellte er sich ihre über das Kissen quellenden Locken vor, aber die Couch war leer. Er nahm den Karton, den er am Abend aus dem Büro mitgebracht hatte, vom Schreibtisch und verließ leise die Wohnung.

Auf dem Flur vor Gabis und Grabbes Büro stand ein hoch mit Kartons bepackter Rollwagen. An den Zahlen erkannte Walde, dass es sich um die frühen Jahrgänge der Akten aus dem Kinderheim handelte. Walde wuchtete seinen obenauf, bevor er kurz anklopfte und mit der Tür an eine Kiste stieß, die gleich dahinter stand.

»Morgen«, Walde nickte Grabbe zu.

»Morgen.« Gabi ließ den Zeigefinger an der Stelle, wo sie gerade beim Lesen war. »Als Schwangere ist so was eigentlich gar nicht zu ertragen, wenn man liest, was diesen Kindern angetan wurde.«

»Von wem?«, fragte Walde. Er wunderte sich, dass nur noch zwei Kartons zwischen den Schreibtischen der Kollegen standen.

»Von der Familie, soweit man diese Leute überhaupt so bezeichnen kann, und vielleicht auch vom Heim.«

»Wo ist der Rest?«

»Draußen.«

»Das sind doch nicht alle.«

»Meyer hat noch ein paar und du müsstest auch noch …«

»Schon was gefunden?«, fragte er.

»Nein.« Gabi schüttelte den Kopf.

»Aber dafür habe ich was.« Grabbe schob seinen Stuhl zurück und hob beide Zeigefinger in die Höhe. Sein Telefon läutete. Einen Moment verharrte er in der Geste und ging dann ran.

»Grabbe.«

»…«

»Ja, der ist auch hier, möchtest du ihn sprechen?«

»…«

»Wir kommen runter.« Er legte auf. »Im Katharinen-Kloster wurde eingebrochen …«

Walde seufzte. »Auch das noch!«

Auf der Treppe kam ihnen ein Mann entgegen, der mit federnden Schritten immer zwei Stufen auf einmal nahm.

»Hallo, Burkhard, wohin des Wegs?«, sprach Walde den Koblenzer Kollegen an.

»Zu dir.«

»Du kannst oben in meinem …«, Walde überlegte, sein Büro war noch verschlossen. »Am besten kommst du mit.«

An dem ovalen Tisch im Konferenzraum unterhielt sich Monika, die Pressesprecherin, mit dem Polizeipräsidenten, der am Tischende Platz genommen hatte. Neben ihr saßen Meyer und Sattler. Walde nahm gegenüber dem Techniker Platz, wies den Stuhl neben sich dem Koblenzer Kollegen zu und überließ Gabi und Grabbe die beiden Plätze zwischen sich und dem Chef.

»Darf ich vorstellen, Burkhard Decker von der Kripo Koblenz.« Walde war dessen Dienstgrad entfallen. Er schaute zum Polizeipräsidenten. »Oder ist es ein Problem, dass er an der Besprechung teilnimmt?«

»Darf ich fragen, in welcher Angelegenheit uns Herr Decker mit seinem Besuch beehrt?«

»Er ermittelt im Todesfall Josef Pawelka«, kam Walde seinem Koblenzer Kollegen zuvor. »Es gibt da gewisse Bezüge zu dem Mordfall Hertha Becker in Saarburg und vermutlich auch zu dem Mord in Grevenmacher an Rudolf

Knauer. Was ist im Kloster passiert?«

»Wobei wir schon bei der Sache wären«, ergriff Stiermann das Wort. »Heute Nacht ist jemand in das Kloster der Katharinen eingedrungen. Wie sich der Fall bisher darstellt, handelt es sich um einen Einzeltäter, der sich Zugang zu dem Gebäude verschafft hat und in ein Zimmer eingedrungen …«

»Das von Schwester Edelberga?« Walde konnte nicht mehr an sich halten.

»Wie es aussieht, hat sie früher darin gewohnt. Nun gehört das Zimmer zum Tagungsbereich. Der Gast ist mit dem Schrecken davongekommen.«

Walde atmete tief durch. Der Erleichterung folgten Zweifel. Das Kloster war also das eigentliche Ziel des nächtlichen Eindringlings in seinem Garten gewesen. Warum war er nicht selbst darauf gekommen?

»Steht schon fest, wann der neue Kollege kommt?«, fragte Gabi.

»Sie kennen doch den Dienstweg.«

»Ausschreibung?«

Stiermann nickte.

»Übrigens hat die Polizei von Verviers schon auf unseren Besuch am Samstag reagiert. Sie hat den Panther zum Abschuss freigegeben. Er ist im Hohen Venn gesichtet worden und hat dort bei Wanderern für Angst und Schrecken gesorgt.« Decker nahm ein in Klarsichthülle gepacktes Schriftstück aus seiner Schultertasche, die nun an der Lehne seines Stuhls hing. »Wenn wir den Panther nicht einfangen können, müssen wir ihn leider erschießen. Der Schutz der Bürger geht vor, schließlich handelt es sich um ein gefährliches Raubtier«, las Burkhard Decker vor. »Am Montag wurde der Panther auf einer abgelegenen Mülldeponie nahe des Dorfes Falize, etwa einen Kilometer von Malmedy entfernt, von Spaziergängern gesehen. Das Tier stöberte nach Essensresten. Kurz darauf waren drei Beamte vor Ort. Sie hielten Abstand, sahen aus hundert Metern Entfernung den Panther. Aachens Zoochef ist entsetzt …«

»Von welchem Panther ist da die Rede?«, fragte Stiermann.

»Die Tochter von Josef Pawelka wurde in Verviers von einem Panther angefallen.«

»Aha.« Es war offensichtlich, dass Stiermann nicht verstand, wovon die Rede war. »Darf ich fragen, was Sie nun heute hier nach Trier, in unseren Zuständigkeitsbereich, führt?«

»Ich möchte mit Andrea Pawelka, der jüngsten Tochter des Todesopfers …«

»Wir haben den Koblenzern bereits Amtshilfe geleistet«, preschte Walde vor. »Aber in der momentanen personellen Situation konnten wir Herrn Decker leider nicht weiterhelfen.«

»Das ist in Ordnung, wir arbeiten bestens zusammen.« Decker spürte nicht, dass Vorsicht geboten war. »Wir kooperieren hervorragend und haben am Samstag in Verviers …«

»Sie waren beide in Belgien?« Stiermann scharrte nervös mit den Schuhen unter dem Tisch. Ein untrügliches Zeichen dafür, dass es ungemütlich werden konnte.

»Eigentlich ganz privat.« Walde dachte an die Polenaffäre, eine Ermittlung, die einigen Kollegen und letztlich auch

Stiermanns Vorgänger den Job gekostet hatte. »Wir haben uns nur umgesehen. In der Freizeit natürlich.« Dass er einen Dienstwagen benutzt hatte, verschwieg er. Sollte Stiermann das Fahrtenbuch zur Einsichtnahme wünschen, würde er die Kilometer mit fiktiven Fahrten irgendwie zusammenschustern müssen.

»Was können wir nachher der Presse mitteilen?«, meldete sich nun Monika.

»Gibt es etwa eine Pressekonferenz?« Walde schreckte aus seinen Gedanken auf.

»Ich dachte an elf Uhr oder zwölf«, Stiermann schaute auf seine Rolex.

»Wir müssen erstmal herausfinden, was geschehen ist.«

»Dann um eins.« Stiermann erhob sich. »Herr Bock, ich würde mich noch gerne mit Ihnen unter vier Augen unterhalten.«

»Ich komme zu Ihnen, sobald ich aus dem Kloster zurück bin.« Walde beeilte sich, wegzukommen, ehe der verdutzte Chef etwas einwenden konnte.

»Wir müssen uns später nochmal zusammensetzen«, rief Walde Grabbe nach, bevor er Gabi, Meyer und Decker zum Auto folgte. Auf dem Hof zündete sich Meyer eine Zigarette an.

Der würde es fertigbringen, im Auto weiterzurauchen, dachte Walde, während er seine Schritte verlangsamte.

»Hab' ich da gerade was Falsches gesagt?«, fragte Decker, der auf Walde wartete.

»Sagen wir mal so. Ich hätte es Stiermann lieber etwas diplomatischer vermittelt. Aber du kannst ja nicht wissen, warum man hier, was Dienstfahrten ins Ausland angeht, sehr sensibel geworden ist.« Walde beobachtete, wie Meyer und Gabi am Auto stehen blieben. »Warum bist du hergekommen?«

»Alle Spuren im Fall Josef Pawelka führen an die Mosel.« Walde machte bei Gabi halt, die sich bewusst in Windrichtung gestellt hatte, um dem Rauch von Meyers Zigarette auszuweichen.

»Soweit ich weiß, fließt die Mosel auch durch Koblenz.«

»Im Altenheim hat man vom Familienalbum des Alten erzählt. Darüber möchte ich mit seiner Tochter in Mülheim sprechen.«

Walde senkte die Stimme. »Die ist zurzeit bei mir zu Hause.«

Noch zu laut, wie er an Gabis Reaktion bemerkte. Sie ergriff seinen Arm und führte ihn ein paar Schritte zur Seite. »Was höre ich da? Die Pawelka lebt bei dir?«

»Vorübergehend.«

»Und wo ist Doris?«

Jetzt wurde Walde erst klar, worauf sie hinauswollte. »Im Frauenhaus, mit den Kindern, wo sonst?« Er schüttelte den Kopf. »Geht's noch? Andrea ... Frau Pawelka wurde heute Nacht in ihrem Haus bedroht. Ich habe dir doch erzählt, dass sie ganz einsam außerhalb des Dorfes wohnt.«

»Gibt es da keine Polizei?«

»Sie hatte meine Visitenkarte. Und die Polizei vor Ort habe ich natürlich angerufen. Als ich in Mülheim ankam, war der Kerl verschwunden.« Walde hob die Hände, als würde er auf eine Eingebung von oben hoffen. »Was hätte ich denn machen sollen, mitten in der Nacht? Sie vielleicht nebenan im Kloster unterbringen? Übrigens war der Typ aus dem Kloster wahrscheinlich heute Nacht auch in unserem Garten.«

Das hatte er bei seiner Kollegin noch nicht erlebt, dass es ihr die Sprache verschlug. Es dauerte eine Weile, bis sie tief Luft holte. »Darf ich festhalten: Du fährst undercover mit dem Dienstwagen nach Verviers, soweit das mit dem dienstlichen Nummernschild überhaupt möglich ist, bringst eine Zeugin in deiner Wohnung unter und verschweigst, dass ein Serienmörder heute Nacht deine Familie und dich in Gefahr gebracht hat?«

»Mich nicht, ich war ja bei Andrea in Mülheim.«

»Tut mir leid, da komme ich nicht mehr mit, will ich auch gar nicht.« Sie schüttelte den Kopf. »Warum hast du das vorhin nicht erzählt?«

»Ich denke, Stiermann muss nicht alles wissen.«

Das Tor in der Klostermauer stand offen. Ohne zu zögern lenkte Gabi den Wagen hindurch und musste auf dem schmalen Weg gleich auf die Bremse steigen, weil dort bereits zwei Fahrzeuge der Kriminaltechnik standen.

In der Eingangshalle, zu der Walde bei seinem gestrigen Besuch nicht gelangt war, hatte sich eine Gruppe von etwa einem Dutzend Leuten versammelt. Sie schienen darauf zu warten, zu einer Stadtführung oder ähnlichem abgeholt zu werden. Gabi schritt zu der von Deckenstrahlern hell erleuchteten Rezeption, wo eine Frau in grauem Kostüm und weißer Bluse telefonierte.

»Erster Stock?« Gabi zeigte ihren Dienstausweis.

Die Frau nickte und wies stumm den Weg, der zu einem Treppenhaus mit einem Aufzug führte. Dort drückte Gabi den Knopf. Ihre Begleiter waren hinter ihr stehen geblieben und warteten. Sie folgten ihr, als sie sich Richtung Treppenhaus in Bewegung setzte.

Oben gelangten sie in einen langen Flur. An dem Fenster auf der rechten Seite waren zwei Techniker zugange.

»Darf ich?« Gabi trat nahe an das offene Fenster heran und beugte sich vor. »Ist der hier hoch?«

»Und wahrscheinlich auch wieder runter«, antwortete ihr einer der beiden Männer. »Ein paar Türen weiter ist das Zimmer, auf der rechten Seite.«

Walde zählte unterwegs sechs Türen aus dunklem Holz, alle deutlich niedriger als zwei Meter und oben abgerundet. An der siebten begnügte er sich damit, vom Gang aus einen Blick in den Raum zu werfen, in den nun seine drei Begleiter zu Sattler und einem weiteren Techniker drängten. Die ehemalige Klosterzelle schien ihm kaum größer als eine Gefängniszelle.

»Kollegen, bitte wartet noch eine Minute«, versuchte Sattler die Eintretenden aufzuhalten. »Wir sind fast fertig.«

»Und wo ist der Gast, also der Mann, der hier wohnt?«

»Wohnte«, antwortete Sattlers Mitarbeiter, während er eine Folie vom Türrahmen abzog. »Er wurde ins Präsidium gebracht. Nach seiner Zeugenaussage wollte er abreisen, ich glaube, der wird keine Minute länger als unbedingt nötig in Trier bleiben.« Der Mann im weißen Overall grinste. »Der scheint den Leibhaftigen gesehen zu haben, und das im Nonnenkloster. Weil ich ihn nicht ins Zimmer lassen konnte und er so gedrängelt hat, musste ich ihm schließlich seinen Koffer packen und hinausreichen, sonst wäre er womöglich durchgedreht.«

Während die Kollegen auf dem Flur vor dem Zimmer warteten, wandte sich Walde nach links. »Ich schaue mich mal um.« Er ging durch den Flur zurück.

Draußen vor dem Seitenausgang drehte er sich zur Hauswand um. An dem Rankgitter waren deutlich die Spuren zu erkennen, die der Eindringling beim Hoch- und wieder Absteigen hinterlassen hatte. Walde blickte hinauf zu dem steilen Schieferdach über der Tür und dem Fenster darüber, an dem der Techniker hantierte.

Auf dem Weg durch den Park hörte er hinter sich ein Geräusch. Gabi kam mit schnellen Schritten hinter ihm her. Walde blieb stehen.

»Oder möchtest du allein mit Edelbertha reden?«, fragte Gabi. »Du bist doch sicher zu ihr unterwegs, zum Glashaus?«

Dort schien sich auf dem Boden noch mehr Wasser angesammelt zu haben, als es gestern der Fall gewesen war. Walde ging voraus. An einer Stelle, wo die Schlaufe eines Elektrokabels über dem Wasserschlauch aufragte, hielt er Gabi die Hand hin. Sie hatte das Ensemble ebenfalls gesehen und hielt sich an Waldes Hand fest, bis sie zu der alten Nonne am Ende des Gewächshauses gelangten. Sie saß wieder auf dem Hocker und topfte diesmal größere Pflanzen um.

»Schwester Edelberga, ich war gestern schon hier, mein

Name ist …«

»Herr Bock, was kann ich für Sie tun?«

Damit brachte sie ihn ein wenig aus dem Konzept.

Gabi reichte der alten Frau die Hand: »Gabi Wagner, ebenfalls Kripo Trier.«

»Wann ist es soweit?«, fragte die Nonne, während sie ihre mit Erde behaftete Hand zur Faust krümmte und Gabi das dünne Handgelenk schütteln ließ.

»In drei oder vier Monaten.«

»Ihre erste Geburt?«

»Mhm«, Gabi nickte und verkniff sich, und wahrscheinlich auch die letzte' zu sagen.

»Die hier …«, die Schwester wies mit der Hand über die Pflanzen, »… sind jetzt sowas wie meine Kinder geworden, sie wachsen und gedeihen, und ich erfreue mich an ihrer Entwicklung.«

»Heute sind Kräuter dran?«, fragte Walde, es schien sich bei den Pflanzen, die sie aus einem Wurzelbündel löste und in schwarze Plastiktöpfe pflanzte, um Basilikum zu handeln.

»Rosmarin, Basilikum, Dill, Schnittlauch, Petersilie«, zählte Gabi auf, während sie sich auf dem langen Tisch umsah. »Für wen sind die Pflanzen?«

»Früher haben wir auch die Mutterklinik beliefert, aber heute verbrauchen wir fast alles in unserer eigenen Küche.«

»Im Heim?«

»Und im Gästehaus. Wir haben hier über vierzig Zimmer.«

»In eines davon ist heute Nacht eingebrochen worden.« Damit fand Walde zum eigentlichen Thema seines Besuchs.

»Habe ich gehört.« Die Stimme der alten Frau klang

gleichgültig.

»Sie selbst haben in diesem Zimmer gewohnt.«

»Das ist schon lange her.« Sie wandte sich wieder den Töpfen zu.

Walde und Gabi beobachteten eine Weile, wie sie mit geschickten Handbewegungen die Pflanzen umtopfte.

Schließlich fuhr sie fort: »Als ich nicht mehr so gut die Treppen steigen konnte, bin ich ins Parterre gezogen, das ist schon über fünf Jahre her.«

»Wir gehen davon aus, dass der Gast nicht das Ziel des Einbrechers war, sondern das Zimmer. Der Eindringling scheint …«, Walde suchte nach einem anderen Wort für Insiderwissen, »gewusst zu haben, wo sich Ihre alte Klause befand. Wer außer Ihren Mitschwestern und den Angestellten im Kloster kannte sich bei den Katharinen aus?«

»Wie kommen Sie darauf, dass jemand zu mir …« Sie unterdrückte ein glucksendes Lachen und drehte sich wieder zu dem Bord mit den Pflanzen um.

»Ich war wegen dem Mord an Rudolf Knauer bei Ihnen. Sagt Ihnen der Name Hertha Becker etwas? Sie lebte in Saarburg, oder Josef Pawelka? Beide sind ebenfalls tot.« Walde bedauerte, wieder nicht in das Gesicht der Nonne sehen zu können, als er die Namen nannte.

Sie schüttelte den Kopf.

»Wer könnte eine Rechnung mit Ihnen und Rudolf Knauer offen haben?«, fragte Gabi. »Könnte ein ehemaliger Heiminsasse dafür in Frage kommen?«

»Wir waren streng.« Sie sprach langsam, hielt inne, als würde sie nochmals nachdenken, und sagte: »Aber wir wollten nur das Beste.«

»Ich möchte Sie nicht beunruhigen, aber wir werden Ihnen ab jetzt Personenschutz geben müssen. Es scheint möglich, dass der Täter es wieder versuchen wird.«
Während Gabi ins Klostergebäude zurückkehrte, ging Walde nach Hause.

Von der Diele aus hörte er, wie Doris, laut mit dem Geschirr klappernd, die Spülmaschine ausräumte.

»Ich bin es!«, rief Walde, um sie nicht zu erschrecken.

Sie schien entspannt zu sein, als er sie umarmte. Er nahm einen Stapel Teller entgegen und räumte ihn in den Schrank.

»Wo sind Annika und Mathilda?«

»Andrea hat Annika zum Kindergarten gebracht und Mathilda mitgenommen. Das ist schon eine Weile her.« Sie wuchtete den Besteckkorb auf die Arbeitsplatte.

»Tut mir leid wegen heute Nacht, aber ich wusste nicht, wo ich Andrea unterbringen sollte.«

»Das ist okay, ich habe ihr angeboten, heute Nacht noch hierzubleiben. Aber wann gedenkst du, dich endlich um ein sicheres Schloss für das Gartentor zu kümmern?«

»Sattler hat jemanden an der Hand«, log Walde. »Der kommt vielleicht schon morgen.« Von dem Einbruch im Kloster sagte er besser nichts.

»Na hoffentlich.« Sie klappte energisch die Spülmaschine zu.

»Weißt du, was Andrea vorhat?«

»Keine Ahnung, aber sie kann ruhig noch heute hierbleiben. Sie hat eine tolle Art, mit Kindern umzugehen, und wir haben uns gut unterhalten.«

»Hmh.« Walde dachte nach, wie er die Geschichte mit dem Personenschutz für sie regeln sollte. Eigentlich war es ihm gar nicht recht, dass sie durch die Stadt lief, obendrein in Begleitung seiner Kinder. »Ich muss wieder los. Nachher rufe ich mal an.«

Monika traf als Letzte in Gabis und Grabbes Büro ein. Decker überließ ihr seinen Besucherstuhl und nahm neben Meyer und Sattler auf einer der Kisten mit den Akten aus dem Kinderheim Platz.

Walde lehnte an Grabbes Schreibtisch. »Was sagt der Gast aus dem Kloster?«

»Der Zeuge war richtiggehend traumatisiert. Kein Wunder, wenn einem ein Fremder mitten in der Nacht das Bettzeug wegzieht.« Grabbe schloss die Augen, als versuche er, sich emotional in die Situation einzufinden.

»Mir wurde gesagt, der Eindringling wäre in der Tür stehen geblieben«, sagte Sattler.

»Bei mir sagte er, der Fremde sei an seinem Bett gewesen.« Grabbe tippte auf das Protokoll. »Der wird das Erlebnis nicht so schnell wegstecken, besonders, nachdem er den Zusammenhang hergestellt hat zwischen unseren Ermittlungen und seinem nächtlichen Besucher.«

»Wie konnte er das?«, fragte Gabi.

»Na, wegen eines Einbruchs wird man nicht von der Mordkommission vernommen, und dann hat er auch noch die Tafel gesehen, bevor ich es verhindern konnte.« Grabbe drehte sich mit seinem Stuhl zu der Pinnwand, an der sich für Normalbürger recht schockierende Fotos befanden.

Walde seufzte: »Wie hat er den Täter beschrieben?«

»Der Zeuge hat nur Umrisse erkennen können. Groß, dunkel gekleidet …«, Grabbe zögerte, »mit Buckel.«

»Hatte er auch Hörner und einen Klumpfuß?«, fragte Gabi spitz.

»Ich gebe nur das Protokoll wieder. Möglich, dass der Mann einen Rucksack trug. Ich kann mir vorstellen, dass da vielleicht die ein oder andere Zutat zu dem geplanten Mord an Schwester Edelberga drin war, inklusive dem passenden Schriftstempel und der Zigarre für das Brandmal.«

»Er soll auch was gesagt haben?«

»Etwas in der Art, dass er sich im Zimmer geirrt habe.« Grabbe schaute auf ein Blatt vor sich auf dem Tisch. »Der Zeuge meint, er habe das CH wie ein SCH ausgesprochen.«

»Spricht so der Teufel?« Gabi gab die Antwort selbst. »Nee, einer von hier.«

»Können wir also festhalten«, sagte Monika, die sich Notizen machte. »Der Täter ist über einsachtzig groß, dunkel gekleidet, spricht mutmaßlich heimischen Akzent.«

»Sportlicher Typ«, ergänzte Gabi. »Sonst könnte er diese Klettertouren nicht machen.«

»Und wie sieht es aus mit den Fällen in Grevenmacher, Koblenz und Verviers?«, warf Decker ein.

»Die Polizei von Verviers konzentriert sich anscheinend mehr auf den Panther als auf den Tod von Elke Minar-Pawelka«, antwortete Grabbe. »Sergeant Renard ruft nicht zurück. Keine Ahnung, was da läuft.«

»Ich habe mit Josy Grün gesprochen«, sagte Gabi. »Die Luxemburger haben einen Zeugen, der zur Tatzeit am Hafen in Mertert einen schwarzen Pickup, wahrscheinlich ein japanisches Modell, gesehen haben will.«

»Und was hat es mit dem Panther auf sich?« Die professionelle Routine in Monikas Stimme war einem interessierten Ton gewichen. »Von dem Tier hab' ich schon gelesen. Ich dachte, das sei nur ein Phantom.«

»Wir haben von einem Veterinär aus Prüm erfahren«, Meyer räusperte sich, »dass einer seiner Kunden, so ein reicher Typ, der da oben schon seit Jahrzehnten eine Jagd hat, sich nun zur Ruhe gesetzt hat und für seinen neuen Tierpark einen Panther gekauft haben soll. Den Namen wollte er uns nicht nennen. Aber das müsste rauszukriegen sein.«

»Wo kauft man denn einen Panther?«, fragte Monika. »Die stehen doch unter Artenschutz.«

»Er soll von einem Zirkus stammen, der im Winter in der Nordeifel bei Monschau gestrandet war und vor der Pleite stand. Der musste den jungen Panther abgeben, nicht nur, weil die Leute Geld brauchten, sondern auch, weil das Panthermännchen aus ihrer Raubtiergruppe den Nachwuchs *zum Fressen gern* hatte.«

»Das lassen wir besser die Presse noch nicht wissen«, sagte Gabi.

Monika nickte und tippte auf ihre Uhr. »Walde, du denkst noch an den Präsidenten?«

Walde atmete hörbar ein.

»Was ist mit den römischen Zitaten?«, fuhr sie fort.

»Ich schicke sie dir gleich rüber«, meldete sich Grabbe. »Fest steht schon mal eine Übereinstimmung von Schriftgröße und Schrifttype. So ganz erschließt sich mir der Sinn des Textes in Bezug auf die Taten nicht. Mein Experte aus dem Priesterseminar zerbricht sich auch noch den Kopf.«

»Aha, ein Kriminologe im Priesterseminar?«, sagte Monika mehr zu sich als in die Runde.

»Der liest auch Krimis«, sagte Grabbe.

»Wenn das mal keine Expertise ist«, spöttelte die Pressesprecherin.

»Gibt es bei euch was Neues?«, wandte sich Walde an Sattler.

»Wir haben Hautschuppen aus dem Bad in Saarburg, die von keinem aus der Familie stammen, und Textilspuren auf einem Sessel«, zählte der Leiter der Kriminaltechnik auf. »Schwarzer Cord.«

»Dunkle Kleidung deckt sich mit der Beschreibung des Zeugen aus dem Kloster.« Monika schlug ein Blatt an ihrem Block um. »Was haben die Akten aus dem Kinderheim gebracht? Ich brauche noch Futter für die Pressekonferenz.«

»Leider nichts«, sagte Grabbe. »Wir haben bisher darin weder einen Bezug zu Pawelka noch einen nach Saarburg zu Hertha Becker finden können. Bis auf diese da sind wir durch.« Er zeigte auf drei Kartons, die neben seinem Schreibtisch standen.

»In der Presse wird über einen Serientäter spekuliert«, sagte Monika.

»Und sie weiden sich an den Details und malen ein übles Horrorszenario.«

»Die Zutaten wurden ihnen weiß Gott von wem geliefert«, seufzte Monika.

»Ich denke, es handelt sich nicht um einen Serientäter im klassischen Sinne. Unser Mann hinterlässt zwar ganz eindeutige und wiederkehrende Signaturen, aber die Todesart variiert«, sinnierte Walde.

»Den Modus operandi durchschaue ich auch noch nicht so

recht.« Grabbe trat an die Magnettafel. »Der Täter betreibt einen enormen Aufwand. Er sucht sich anscheinend keine Zufallsopfer aus, er scheint eher sowas wie eine Liste abzuarbeiten. Zwischen zweien der vier Opfer gibt es eine eindeutige Beziehung. Es sind Vater und Tochter. Vorausgesetzt, Elke Pawelka ist keines natürlichen Todes gestorben. Ein weiterer Zusammenhang besteht zwischen Mordopfer Rudolf Knauer und Schwester Edelberga, die möglicherweise das Ziel des Einbrechers war, beides ehemalige Arbeitskollegen im Kinderheim.« Er wies auf die Pinnwand. »Bei den Tatorten Koblenz, Saarburg und Grevenmacher haben wir jeweils die lateinischen Verse gefunden; das zeigt einen eindeutigen Zusammenhang zwischen den Fällen auf.«

»Diese Spur hat der Täter bewusst gelegt«, warf Walde ein.

»Stimmt! Es ist jemand, der die Taten ganz penibel vorbereitet und über seine Opfer genau Bescheid weiß, sonst hätte er Knauer nicht an der Strecke abpassen können«, sagte Gabi. »Aber bei Edelbertha hat er gepatzt.«

»Dass Edelberga da früher gelebt hat, ist ein weiteres Zeichen dafür, dass er sie kennt, aus früherer Zeit, und sie kennt ihn wahrscheinlich auch«, meinte Walde.

»Oder ein Handwerker«, spekulierte Monika.

»So viele Männer gehen ja nicht ein und aus in einem Kloster, ein Priester vielleicht«, sagte Gabi, »ich hab's, es könnte ein Kind gewesen sein, das liegt viel näher?«

»Ein Junge aus dem Kinderheim.« Grabbe ließ sich auf seinen Stuhl fallen. »Aber in den Akten haben wir keine Spur gefunden.«

»Dann müssen wir sie nochmal durchsehen«, sagte Walde. »Der versuchte Anschlag auf Schwester Edelberga zeigt uns, dass der Schlüssel zum Täter und zu dessen Motiven im Kinderheim liegt.«

»Nöh«, stöhnte Gabi.

Die Sekretärin im Vorzimmer winkte Walde aufgeregt zum Präsidenten durch.

»Wo bleiben Sie denn?« Stiermann kam um seinen Schreibtisch herum und zeigte auf die Sitzgruppe. Walde ließ sich in einem Sessel mit Blick zum Fenster nieder.

»Sagen Sie mal, was war das da vorhin mit dem Panther, den die belgischen Kollegen zum Abschuss freigegeben haben?«

»Es könnte sein, dass dieses Tier indirekt am Tod von Elke Minar-Pawelka beteiligt war.«

»Wie soll das möglich sein, die Frau ist laut Sterbeurkunde eines natürlichen Todes gestorben!«

»Vermutlich hat sie sich zu Tode erschrocken und einen Herzinfarkt erlitten.«

»Unser Labor untersucht Spuren aus ihrer Wohnung in Belgien, in der sich nicht einmal ein Verbrechen abgespielt hat.« Der Polizeipräsident schüttelte den Kopf. »Das ist No-go-Area!«

Während Walde überlegte, woher Stiermann diese Information haben konnte, legte der Polizeichef nach: »Sie haben am Samstag ein Dienstfahrzeug für einen größeren Trip genutzt.«

»Ich habe …«

»Überlegen Sie sich die Antwort gut. Bis morgen möchte ich das Fahrtenbuch auf dem Tisch haben.«

Walde musste den Reflex unterdrücken, aufzuspringen und wortlos zu gehen. Er fing sich, als er den Subtext in Stiermanns Worten verstand. Der Mann wollte verhindern, dass es zu einer Ermittlung aufgrund einer ungenehmigten Fahrt nach Verviers kam und sich damit nicht zuletzt auch selbst schützen. Er holte tief Luft. »Wir brauchen dringend Verstärkung, allein mindestens acht Leute für den Personenschutz und nochmal so viele, um weitere Spuren zu verfolgen, ein Berg Akten muss auch nochmal durchgesehen werden und und und.«

»Der Personenschutz ist schon in die Wege geleitet, und den Rest kriegen Sie auch, und einen Profiler werden wir ebenfalls einbinden.«

»Das ist gut, solange es nicht so ein Typ ist, der nach dem Schnuppern an der Leiche erkennt, dass es sich beim Täter um einen Gärtner mit Ödipuskomplex handelt, der Tiere quält, in der Schule noch am Daumen gelutscht hat und seinen Mitmenschen nicht in die Augen sehen kann«, sagte Walde und beobachtete, wie in einem von einer hohen Mauer umgebenen Garten auf der anderen Straßenseite zwei Nonnen im Gleichschritt zwischen den Rabatten wandelten. Beide hatten den Oberkörper nach vorne gebeugt. Diese Stadt ist voller Klöster, dachte er, und die meisten befanden sich in allerbester Citylage.

»Sie können mit roundabout einem Dutzend Leuten Verstärkung rechnen. Der Fall hat eine Dimension angenommen, die anfangs nicht zu erwarten war.«

Augenblicklich war Walde auf der Hut. Wenn der Präsident das Wort Dimension ins Spiel brachte, war das Landeskriminalamt, womöglich sogar das BKA, nicht fern.

»Grabbe ist noch in der Wiedereingliederungsphase, und wir sollten auch früh genug an die Vertretung für die bevorstehende Elternzeit …«

Stiermann stand auf und tippte auf seine schwere Armbanduhr. »It's Showtime, Herr Bock, die Presse wartet.«

Gabi glänzte durch Abwesenheit, sie wollte dem Präsidenten zeigen, dass sie sich um andere Dinge kümmern musste. So betrat Grabbe allein den großen Raum, wo vor dem Podium, an dem Monika bereits Platz genommen hatte, zwei der drei Stuhlreihen mit etwa zwanzig zum Teil miteinander plaudernden Presseleuten besetzt waren. Dahinter standen die Kamerateams. Er musste aufpassen, dass er nicht über die sich über den Boden schlängelnden und nur hier und da notdürftig mit rotem Klebeband gesicherten Kabel stolperte. Als er sich neben Monika setzte, schob sie ihm freundlich lächelnd ein Namensschild vor das Mikrofon. Noch während er seine Papiere ablegte und darüber nachdachte, ob die Teleobjektive dazu in der Lage waren, seine Aufzeichnungen lesbar abzufilmen, betraten Stiermann und Walde den Raum.

Die Gespräche endeten, als Stiermann die Presse begrüßte und Monika den Stand der Ermittlungen referierte. Es war erstaunlich, wie sie in so kurzer Zeit aus den Informationen, die sie erst vorhin erhalten hatte, eine verständliche Zusammenfassung formulieren konnte. Grabbe wurde erst wieder aufmerksam, als er spürte, dass die Blicke der Journalisten auf ihn gerichtet waren.

»Den Originaltext können Sie bei Bedarf auch gerne per Mail erhalten«, hörte er die Pressesprecherin sagen, die damit Grabbe Zeit gab, endlich die Aufzeichnung mit der entsprechenden Info vorzulesen.

Während Grabbe die ersten Zeilen des lateinischen Textes vortrug, wurden vor ihm die Mikrofone verschoben. Nachdem er den Text wiederholt hatte, erntete er für die Bemerkung, dass er für die nicht fließend lateinisch Sprechenden im Auditorium eine Übersetzung anbieten könne, ein paar Lacher.

Auch die deutsche Übersetzung musste er den angestrengt dreinschauenden Presseleuten ein zweites Mal vorlesen. Bei der Erklärung der Schriftart wurde nur vereinzelt mitgeschrieben. Es entspann sich ein kurzer Dialog über die Deutung des Textes und darüber, wie er im Zusammenhang mit den Morden gesehen werden konnte.

»Gibt es weitere Fragen?«, übernahm Monika wieder das Wort.

»Ist das alles, was Sie seit Freitag herausgefunden haben?«

»Wir verfolgen weitere vielversprechende Spuren, aber aus ermittlungstechnischen Gründen ...«

»... können wir zu diesem Zeitpunkt leider ... bla, bla, bla.«

»Ich muss doch bitten.« Der Präsident beugte sich vor und blickte streng, jedenfalls versuchte er es.

»Gibt das jetzt eine Anzeige wegen Beamtenbeleidigung?«, nuschelte ein älterer Journalist in seinen Bart.

»Ich glaube, wir haben alle etwas Besseres zu tun, als hier auf Kindergartenniveau zu parlieren.« Die Stimme des Mannes, der in der Mitte der zweiten Reihe saß, klang wie die eines Ressortleiters, der eine ausufernde Redaktionskonferenz zum Thema zurückzuführen versuchte. »Könnten wir Näheres zu den Todesumständen der Opfer erfahren?«

Eine Frau in der ersten Reihe hob die Hand und fragte: »Ja, was hat zum Beispiel der Panther damit zu tun?«

Während er sich fragte, wie die Presse an diese Infos gekommen war, wirkte Grabbe äußerlich gelassen. Am Abend würde er seiner Frau erzählen, er sei cool geblieben. Wer einen Scherz machen konnte, sollte auch ein Pokerface besitzen. »Ich weiß nicht, wie Sie einen Zusammenhang herstellen zwischen dem Panther aus der Nordeifel, oder sind es schon die Ardennen, und unseren Fällen?«

»Aber Sie wissen vom dem Panther?«, hakte die Journalistin nach.

»Ja, ich lese Zeitung …«

Stiermann beugte sich zu den Mikrofonen vor. »Ich möchte anmerken, dass wir das Ermittlerteam personell deutlich aufgestockt haben und auch die Methode des Profilings zur Anwendung kommen wird.« Als augenblicklich mehrere Arme in die Höhe schossen, hob der Polizeipräsident abwehrend beide Hände. »Bitte lassen Sie uns nun unsere Arbeit machen.« Er hatte nicht bemerkt, dass seine Füße nervös zu scharren begonnen hatten. »Sobald es neue Erkenntnisse gibt, lassen wir es Sie selbstverständlich umgehend wissen!«

Am späten Nachmittag rief Walde zu Hause an. Doris meldete sich beim dritten Klingeln.

»Ich bin es. Ich wollte hören, wie es bei euch läuft.«

»Andrea ist mit Annika im Garten und sucht nach Kräutern.«

»In unserem Garten?« Außer der Wiese, ein paar Hecken und Blumen gab es dort keine Pflanzen.

Seine Gedanken erratend sagte sie: »Soviel hab' ich auch schon gelernt: auch das, was wir als Unkräuter bezeichnen, können Kräuter sein. Allein in der Wiese gibt es davon jede Menge. Annikas Kindergartengruppe war heute Morgen nebenan im Kloster zu einer Treibhausbesichtigung eingeladen.«

»Bestimmt bei Edelberga«, sagte er.

»Was ist das denn für ein Name? Woher kennst du sie?«

»Den wird sich die alte Ordensschwester wohl mal selbst gegeben haben und nun, auf ihre alten Tage, gärtnert sie noch ein bisschen. Sie hat früher ein Kinderheim geleitet, das in unseren Ermittlungen eine Rolle spielt.«

»Vorhin hat sich der Personenschützer vorgestellt. Er scheint ganz nett zu sein. Andrea wollte ihm nachher einen Kaffee bringen.«

»Nee, sag ihr, sie soll das lassen. Das würde nur die Aufmerksamkeit auf den Mann lenken. Am besten ihr ignoriert ihn.«

»Werde ich ausrichten.«

»Was hat sie vor?«

»Keine Ahnung.«

»Habt ihr nicht darüber gesprochen?«

»Doch, ich hab' ihr angeboten, noch eine Weile bei uns zu bleiben. Oder ist das ein Problem, brauchst du dein Arbeitszimmer?«

»Nee, ich bringe keine Arbeit mit nach Hause, ich arbeite

noch ein bisschen im Büro. Hast du keine Angst? Ich meine, dieser Typ, der Andrea bedroht hat, könnte wieder auftauchen.«

»Den hat die Bernkasteler Polizei heute Nacht noch geschnappt. Es soll ein harmloser Winzer, ein älterer Junggeselle aus dem Dorf sein, der noch nie gewalttätig geworden ist, aber manchmal herumkrakeelt, wenn er zuviel getrunken hat.«

»Aha.«

»Er hat alles zugegeben und will sich persönlich bei Andrea entschuldigen.«

Auf dem Nachhauseweg wusste Walde nicht so recht, warum er den Umweg über den Hauptmarkt einlegte. An den drei Tischen draußen vor der *Gerüchteküche* saßen noch Gäste, obwohl es schon deutlich abgekühlt war. Uli kam schnellen Schrittes mit drei sauberen Aschenbechern in der Hand nach draußen und stellte sie zwischen die Teller und Gläser.

»Hallo!«, sagte er, als Walde näher kam. »Wir dachten schon, du wärst böse auf uns.«

»Warum sollte ich?«, Walde blieb stehen.

»Keine Ahnung, ich habe einen guten Spätburgunder Weißherbst, den lobt auch Jo.« Uli ging zu einem der Tische, um eine Bestellung aufzunehmen.

Drinnen duftete es nach dem Flammkuchen, den die Gäste an dem einzig besetzten Tisch verzehrten. Jo saß an der Theke und war in eine Diskussion mit einem anderen

Gast verstrickt. Vor ihm standen ein Wasserglas und eine große Flasche Mineralwasser. Walde begrüßte seinen Freund mit einem Klaps auf die Schulter, bevor er sich neben ihn setzte und gleich ein Glas Rosé serviert bekam.

Während Jo sich weiterhin gestikulierend mit dem Sitznachbarn unterhielt, kam Walde ins Grübeln. Die vielen Ermittlungsdetails schienen ihn davon abzuhalten, das Wesentliche zu erkennen. Gabi, Grabbe und die anderen würden sich schon um die Einzelheiten kümmern. Sollte der Käufer des Panthers ermittelt werden, könnte das den Durchbruch bringen. Bei den Akten des Kinderheimes waren sie in eine Sackgasse geraten, obwohl ihm sein Bauchgefühl sagte, das darin der Schlüssel verborgen war.

Er trank einen größeren Schluck Wein und nickte Uli zu, der ein Schälchen mit glänzenden schwarzen Oliven und einen Korb mit einem frisch geschnittenem Baguette auf die Theke stellte.

Der Kopf, der nach kurzem Anklopfen zur Tür hereinschaute, bestand für Grabbe auf den ersten Blick lediglich aus Haaren und Augen. Über einem Bart an der Kinnspitze und einem an den Enden aufgezwirbelten Schnurrbart wirkte der Blick stechend.

»Da ist ja zu später Stunde noch jemand!« Nun kamen auch sehr weiße Zähne zum Vorschein.

»Sie wünschen?« Grabbe lehnte sich in seinem Stuhl zurück.

»Stefan Viergruben, LKA Mainz, Dezernat 51.« Ein

Mann, der von der Kleidung und der kräftigen Figur her ein Bruder von Decker aus Koblenz hätte sein können, kam mit dem Schwung eines Musketiers zur Tür herein. Fehlten nur noch Umhang und Degen. »Ihr habt uns angefordert.«

Zum einen hat euch höchstens der Polizeipräsident gerufen, dachte Grabbe, wobei er in Gedanken den Plural übernahm, obwohl der Mann ganz allein zu sein schien.

»Dann können wir ja heute noch loslegen«, der Kollege rieb sich die Hände.

»Ich wollte eigentlich gerade Feierabend machen«, Grabbe schaute auf seine Uhr. »Mein Bus geht gleich, danach fährt …«

»Kein Problem, zeigen Sie mir nur, wo alles steht. Ich kämpfe mich durch.«

Was sollte das denn? Wollte der Kerl jetzt hierbleiben, in seinem Büro, und in den Akten rumwühlen, die gerade so gut geordnet waren? Er hätte ihn nach seinem Ausweis fragen sollen, da konnte ja jeder kommen und behaupten, er sei von irgendeinem Dezernat 0815 aus dem Landeskriminalamt.

»Darf ich?« Viergruben stellte bereits den Stuhl an Gabis Schreibtisch auf seine Sitzhöhe ein.

»Das ist alles noch nicht so recht sortiert«, Grabbe wies auf die Aktenordner auf dem Fußboden. »Der Rest liegt hier auf den Schreibtischen. Aber Sie wissen doch gar nicht …«

»Ich habe mir einen groben Überblick geben lassen.« Der LKA-Mann wippte aus seinem Stuhl hoch, ging an die Pinnwand und beugte sich tief zu einem Zeitungsartikel mit den Fotos des freilaufenden Panthers hinunter. »Ich möchte mir einen Gesamteindruck verschaffen, was heißt, dass ich alles, wirklich alles, was Ihnen bisher vorliegt, wissen möchte, Herr …«

»Grabbe«, sagte Grabbe. »Sie wollen ein Täterprofil erstellen?«

»Wenn wir Fingerabdrücke, eine Phantomzeichnung oder DNA-Spuren hätten, wäre das natürlich auch hilfreich.« Er kam hoch und strich sich die Haare aus dem tief in die Stirn reichenden Haardreieck zurück.

Meinte der LKA-Mann jetzt mit dem Wort 'wir' immer noch sich selbst im pluralis majestatis oder bezog er darin nun auch die Trierer Kollegen mit ein, fragte sich Grabbe, während er seinen Rechner ausschaltete und nach seiner Jacke griff. Was würden Gabi und Walde dazu sagen?

Jo wandte sich Walde zu. »Hast du immer noch keinen Feierabend?«

»Doch, wie du siehst«, Walde nahm sein Glas hoch.

Jo prostete ihm mit seinem Wasserglas zu. »Heute ist mein Wassertag. Das ist wie früher zu Hause bei unserem Schäferhund, der hat auch einmal die Woche nichts zu fressen gekriegt.«

»Das heißt, du trinkst an den übrigen sechs Tagen Alkohol?«

»Das muss ich, quasi professionell, ich werde schließlich dafür bezahlt. Als Kommissar für Reblausbekämpfung und Weinexperte in der Landwirtschaftskammer kann ich schlecht abstinent leben, abgesehen davon, dass ich es auch nicht will und es auch kein Problem ist, auch nicht zu Hause. Marie hat sich noch nicht über meinen Weinkonsum beschwert.«

»Du musstest auch lange suchen, bis eine Französin aus der Medoc bereit war, dich zu heiraten«, bemerkte Uli, der hinter der Theke Bier zapfte.

»Nur zu! Wenn du deine besten Gäste vergraulen möchtest«, rief er Uli nach, der mit einem Tablett mit Gläsern zu den Gästen vor der Tür unterwegs war.

Walde nahm sich eine Scheibe von dem Baguette, spießte eine Olive auf und trank den kühlen Rosé.

»Schmeckt's?«, fragte Jo, der sein Wasserglas prüfend gegen das Licht der Strahler über der Theke hielt.

»Mhm.« Walde trank sein Glas leer.

»Ich glaube, ich bestelle mir auch eins.«

»Ich dachte, heute ist dein Wassertag?«

»Ich möchte nicht päpstlicher sein als der Papst. Wir alten Lateiner wissen doch: Keine Regel ohne Ausnahme.«

Walde zuckte mit den Schultern.

»Wo wir beim Latein sind, ich habe vorhin bei Tele Mosel was über eure Pressekonferenz gesehen. Interessant.«

»Was war denn für dich interessant?«

»Na, rate mal.«

»Auch wenn mir nicht mehr groß nach Raten zumute ist, denke ich, es sind die lateinischen Verse gewesen.«

»Richtig!«, Jos Stimme nahm den Ton eines niederländischen Showmasters an. »Obwohl nicht gerade originell. Er ist nicht der erste Mörder, der Sprüche am Tatort hinterlässt.«

»Ich frage mich, warum dieser kryptische Text von Konstantin gewählt wurde.«

»Das war schon ein interessanter Typ, der Konstantin. Trier hat ihm eine Menge zu verdanken. Und natürlich auch Helena, seiner Mutter. Die Gute, er muss sie wirklich geliebt haben.«

»Wie kommst du zu der Vermutung?«

Jo grinste. »Immerhin soll sie als eine der wenigen aus seiner Familie eines natürlichen Todes gestorben sein.«

»Wie?«

»Du weißt nichts von den Gräueltaten in Konstantins Clan? Ich kann dir jetzt nur die aufzählen, die mir spontan einfallen. Seinen Schwiegervater soll er in den Selbstmord getrieben haben. Den Mann seiner Halbschwester ließ er hinrichten. Und das war erst der Anfang.« Jo nickte, als würde er damit den Wahrheitsgehalt seines Berichtes bekräftigen. »Deren Mann wurde ebenso getötet und deren Sohn versklavt und später in Karthago erschlagen. Selbst seinen eigenen Sohn ließ Konstantin umbringen, weil der angeblich mit seiner Konkubine Fausta angebändelt haben soll.«

»Was erzählst du denn da für Schauergeschichten?« Uli schenkte Wein in Waldes Glas nach.

»Das sind keine Geschichten. Mir auch einen.« Jo zeigte auf sein Glas. »Die Fausta blieb ebenfalls nicht verschont. Obwohl er mit ihr drei Söhne und zwei Töchter gehabt haben soll. Er ließ sie im Bad verbrühen.«

»Wie kommt man auf so eine grausame Idee?«

»Die Römer waren nicht zimperlich, was Hinrichtungsmethoden angeht, da gab es eine Menge ausgefeilter Varian ten.«

»Würdest du es auch so nennen, wenn das Opfer in einen

Sack mit Schlangen gestopft und in den Fluss geworfen wird?«

»Wie ich das nennen würde, habe ich mir noch nicht überlegt, bei den Römern hieß das poena cullei, auf Deutsch Säcken.«

»Und das hast du jetzt nicht erfunden?«

»Nein, ich hab' vielleicht eine blühende Fantasie, aber so schlimm ist sie nun doch nicht.« Jo leckte sich die Kuppen von Daumen, Zeige- und Mittelfinger, bevor er sie in die Höhe reckte. »Übrigens haben selbst die Römer diese Tötungsmethode, die vornehmlich bei Verwandtenmördern zur Anwendung kam, im dritten oder vierten Jahrhundert abgeschafft.«

»Kannst du dich entsinnen, dass einer aus Konstantins Umfeld gesackt wurde?«

»Säcken direkt nicht, aber Maxentius ist unter der Milvischen Brücke in Rom ertrunken.«

»Alle Achtung, du weißt aber wirklich Bescheid.«

»Wir hatten hier vor vier Jahren eine große Ausstellung über Konstantin, falls du dich erinnerst. Marie hat etliche Führungen zu diesem Thema gemacht und Doris auch. Konstantins Schandtaten waren dabei der Renner gewesen.«

»Möchtest du noch einen?« Uli hielt die Flasche über die Gläser.

Walde hatte nicht gemerkt, dass er schon wieder ausgetrunken hatte.

In seiner Straße war außer Walde niemand mehr zu Fuß unterwegs. Er nickte dem Kollegen vom Personenschutz im Wagen zu, bevor er ins Haus ging.

Doris kam ihm in der Diele mit der schlafenden Mathilda im Tuch entgegen.

»Lass mich sie nehmen«, bot Walde an.

»Möchtest du nicht vorher was essen?«

»Ich hab' bei Uli einen Flammkuchen gegessen.«

Sie schnüffelte, als er sie küsste.

»Und einen …«

»Lass mich raten, einen Rosé getrunken.«

»Der Spätburgunder Weißherbst ist nicht schlecht.«

Sie nickte. »Das meinte Marie auch. Wir waren vorgestern da. Ich konnte ihn ja nicht probieren.« Sie legte die zweite Hand unter das Tuch mit dem Baby.

»Darauf würde ich gerne noch mal zurückkommen, auf dich und Marie und auf die Konstantinausstellung.« Walde schaute aus dem Fenster auf die Terrasse, wo Andrea Pawelka mit einem Buch in der Hand in einem der Liegestühle saß.

»Sie liest in dem Buch, aus dem sie vorhin Annika vorgelesen hat.«

»Das Bilderbuch hat höchstens für fünf Minuten Text.«

»Dann schaut sie wohl die Bilder an.«

Andrea trug einen Fleecepullover von Doris. Quintus hatte sich vor ihr auf den Holzdielen niedergelassen und schien nichts dagegen zu haben, dass sie ihre Füße unter sein Fell geschoben hatte.

»Ist es nicht zu kühl?«, fragte Walde, als er zu ihr auf die Terrasse ging.

»Nein, Quintus hält mich warm.« Sie lächelte.

»Wie ist das Buch?« Er nahm sich ein Kissen und setzte sich auf einen der Hocker.

»Als ich noch nicht lesen konnte, hat meine Mutter mir manchmal vorgesungen. Das Vorlesen gehörte bei uns zu Hause nicht zur Kultur. Meine Schwester und mein Vater haben viel gelesen, ich später dann auch. Aber Bilderbücher hatten wir keine, soweit ich mich erinnere.«

»Bei uns gab es nur den Struwwelpeter, auf den hätte ich auch verzichten können«, sagte Walde.

»Was war für dich die schlimmste Geschichte?«

»Das war die«, er zögerte, »die mit dem Daumenlutscher, dem der Schneider mit der großen Schere ... du weißt schon.« Er hatte noch die Bilder vor Augen, auch von dem Suppenkaspar und dem Mädchen mit den weinenden Katzen, das mit den Streichhölzern gezündelt hatte, und das Grab vom Suppenkaspar mit der Terrine darauf.

»Die Märchen von den Brüdern Grimm waren auch nicht ohne.«

»Ja, aber anders. Die Geschichten waren für mich irgendwie weiter weg von der Realität.« Er atmete tief ein und aus. »Aber es gibt Dinge, die uns heute Angst einjagen, und das sind keine Märchen.« Er streifte die hochgekrempelten Ärmel seines Hemdes bis zu den Handgelenken hinunter. »Doris hat mir die Sache von dem Mann in Mülheim erzählt.«

»Der Motor von seinem Traktor soll noch warm gewesen

sein, als die Polizisten ihn gefunden haben. Ich glaube, ich kenne den Typen vom Sehen. Ein harmloser Winzer an die Fünfzig, wohnt noch bei der Mama.«

»Das mit der Entschuldigung dürfte schwierig werden. Es könnte ein polizeiliches Kontaktverbot gegen ihn verhängt werden.«

»Das geht einfach so?«

»Du kannst auch selbst dafür sorgen, also zivilrechtlich, dass er sich dir nicht mehr nähern darf, weder dein Grundstück betreten noch im öffentlichen Raum in deine Nähe kommen darf. Das Gesetz ist noch recht neu.«

»So eine Art Stalker-Gesetz?«

Während er das Fell des Fußwärmers kraulte, nickte er.

Doris hatte das Baby ins Bett gebracht und stand im Wohnzimmer am Bügelbrett. Der Fernseher lief.

»Willst du jetzt noch bügeln?«, Walde setzte sich auf die Couch und griff nach dem Fernsehprogramm.

»Nur ein Hemd für deine nächste Pressekonferenz.« Sie lächelte und schaute zum Fernseher, wo Monika in Tele Mosel sprach und ein nachdenklich wirkender Walde in einem zerknitterten Hemd neben ihr zu sehen war. »Hast du schon was wegen dem Schloss im Tor unternommen?«

»Der Mann meldet sich.« Walde hatte es schon wieder total vergessen. Er musste sich morgen früh unbedingt gleich als Erstes darum kümmern. »Da fällt mir ein, Jo sagte, ihr hättet bei den Führungen zur Konstantinausstellung auch erzählt, auf welche Weise er seine Familienmitglieder umgebracht hat.«

Sie nickte. »Was die Ostkirche nicht davon abhält, ihn als Heiligen zu verehren.«

»Könntest du mir da Näheres zu sagen?«

»Warte, ich müsste irgendwo eine Biografie von Konstantin haben.« Sie verschwand und kam gleich darauf mit einem roten Büchlein zurück, in dem etliche Lesezeichen klebten.

»Hinter dem Einband steckt eine Notiz, da habe ich seine Schandtaten aufgelistet. Das hat die Besucher immer besonders fasziniert«, sagte sie. »Wenn Kinder dabei waren, gab es die entschärfte Variante.«

»Und das hat sich wirklich so zugetragen?«, fragte Walde, während sein Zeigefinger an einer Liste von Namen heruntergIitt.

»Der Autor ist ein anerkannter Wissenschaftler.«

»Das mit der im Bad verbrühten Fausta ...«

»Wie bei der Frau in Saarburg«, sagte sie. »Der obendrein auch noch die Zunge abgeschnitten wurde, womit die Römer Denunzianten bestraften.«

Er nickte. »Und die Schlangen in dem Sack bei dem Mann aus Grevenmacher und der Panther in Verviers und das heiße Blei im Mund des Toten in Koblenz.«

»Das hättest du mir früher sagen sollen. Obwohl ...« Sie senkte nachdenklich den Kopf. »Dieses Säcken wurde zu Konstantins Zeiten schon nicht mehr praktiziert. Es stand als Strafe auf Verwandtenmord.«

»Gute Nacht.« Andrea steckte ihren Kopf zur Tür herein.

»Gehst du schon schlafen?«, fragte Doris.

»Ich bin schon den ganzen Tag müde.« Andrea winkte

und zog die Tür hinter sich zu.

»Da hat Konstantin sicher gut daran getan«, sagte Walde, »das Säcken zu verbieten, allein schon, um sich selbst zu schützen, falls man ihn hätte belangen können.«

»Daneben gab es noch die Kreuzigung, Köpfen und den Feuertod. Erdrosseln galt als mildere Strafe.«

»Weißt du auch was von Brandmarken?«

»Anfangs wurden die Delinquenten im Gesicht gebrandmarkt, in späteren Jahrhunderten an den Händen oder an den Waden.« Sie schaute in sein angewidertes Gesicht. »Menschen sind halt mit Abstand die brutalsten Wesen auf unserem Planeten. Das müsstest du doch wissen.«

Am Nachmittag hatte er trainiert und danach geschlafen. Gleich beim ersten Sprungversuch bekam Huck mit einer Hand den Mauersims zu fassen, legte die andere daneben und zog sich hoch, bis er sich mit durchgedrückten Armen über der Krone erhob und einen Fuß neben sich auf die Mauer setzen konnte. Als er sich darüberschwang, stieß der Köcher auf seinem Rücken gegen das trockene Moos.

Im dunklen Park wich er den Kieswegen und den Hecken und Bänken aus. Neben dem Haus verharrte er lauschend. Oben brannte noch Licht hinter den Fenstern. Es waren die Flure, die während der ganzen Nacht hell blieben.

Er schlich am Haus vorbei zu dem Holzsteg am Teich. Einen Moment ließ er seine Hände auf dem feuchten Holz ruhen. Als er die Lippen zusammenpresste, spürte er seit langem wieder einmal die Beklemmung, die das Pflaster, das ihm Edelberga über den Mund geklebt hatte, auslöste. Nach dem Gebet durfte niemand während des Essens sprechen. Dabei hatte er nur seinem Bruder helfen wollen. Erst Tage zuvor hatte er selbst eine schwere Bronchitis überstanden und bekam kaum Luft durch die verschnupfte Nase. Aber er traute sich nicht, das Pflaster mit der Hand zu berühren. Lieber riskierte er, zu ersticken. Vergeblich hatte er versucht, von innen mit der Zunge dagegen zu stoßen. Während die anderen schweigend am Tisch aßen, hatte er Todesängste gelitten.

Als Huck sich aufrichtete und mit der Hand über seine Knie wischte, stieß die Schriftrolle mit den aufgeklebten Zeitungsartikeln leise gegen die Wand des Köchers. Hinaus ging er durch das offene Tor. Die Mauer war nur eine Übung gewesen. Auf der Krone gab es keinen Stacheldraht. Nun würde er die gute Nachricht überbringen.

Doris war noch wach, als Walde ins Bett kam und sich an ihren Rücken schmiegte. Er legte eine Hand um ihre Taille. Als er ihren Nacken küsste, streiften seine Lippen ein dünnes Kabel. Er sah den Schemen ihrer Hand, wie sie sich einen Ohrhörer ausstöpselte und damit nach seinem Ohr tastete. Joni Mitchell sang ‚We are stardust'. Er schloss seine Augen, hörte die Musik, spürte Doris' weiche Haut und den Moment des Glücks. Er steckte ihr den Hörer wieder ins Ohr zurück und lauschte ihrem heftiger werdenden Atem. Die ganze übrige Welt verharrte wie im Märchen vom Dornröschen.

Als er einen der Stöpsel wieder von ihrem Ohr in sein Ohr steckte, vermeinte er ihr Lächeln zu sehen.

Mittwoch

Vor der Haustür saß diesmal ein anderer Personenschützer im Auto. Walde erwiderte seinen Gruß. Zwischen den noch geschlossenen Läden zog ein Kehrwagen seine ersten Runden. Im Hof des Präsidiums parkten zwei silbergraue BMWs mit Mainzer Nummernschildern.

In der Kantine gab es zum Beginn der Frühschicht frische Brötchen. Er nahm sich zwei mit nach oben. Als er an Gabis und Grabbes Büro vorbeikam, glaubte er, drinnen ein Geräusch zu hören, aber erst musste er frühstücken. Während in seinem Büro der Rechner startete, entfernte er Salat und Gurkenscheiben vom Käse. Mist, er hatte den Kaffee vergessen.

Also aß er die Brötchen und trank Wasser dazu. Nebenbei skizzierte er auf einem Blatt Papier, was ihm durch den Kopf ging. Konzentriere dich auf das große Ganze, sagte er sich, aber verliere dabei wichtige Details nicht aus den Augen. Es gab mehrere Spuren, die verfolgt werden mussten.

Gegen sieben Uhr waren auf dem Flur die ersten Schritte zu hören. Kurz darauf klingelte Waldes Telefon.

»Die zugesagte Verstärkung ist ab heute schon da.« Es war Monika, die ihm die gute Nachricht überbrachte.

»Endlich Nägel mit Köpfen, ich kann es kaum glauben.«

»Wir können um acht eine Lagebesprechung abhalten. Und ein Profiler vom LKA ist schon seit gestern Abend im Haus. Er soll sich angeblich die halbe Nacht über in den

Fall eingearbeitet haben.«

In dem Raum, in dem am Vortag die Pressekonferenz stattgefunden hatte, stellten Grabbe und Decker die Magnettafel auf. Statt der Journalisten nahmen diesmal Polizisten in den Stuhlreihen Platz. Walde traute seinen Augen kaum, als er ein Dutzend neuer Kollegen erblickte. Die meisten waren ihm nicht bekannt.

»Stefan Viergruben, LKA Mainz.« Ein Mann kam, wie von einer unsichtbaren Feder angetrieben, von seinem Stuhl auf die Füße. »Ich habe ein paar Kollegen vom Dezernat 51 mitgebracht.« Während der Mann ihm die Hand reichte, schaute Walde zu den neuen Kollegen, von denen ihm einige zunickten.

»Die Verantwortung liegt ab sofort beim LKA«, fuhr der LKA-Mann fort, »was nicht heißen soll, dass wir Sie in irgendeiner Weise bei Ihren Ermittlungen behindern wollen. Ich freue mich auf eine gute Zusammenarbeit.«

Viergruben klatschte in die Hände und sprach nun mit lauter Stimme in den Raum hinein: »Ich schlage vor, wir bilden einen Kreis, wir sind ja ab jetzt ein Team.« Er nickte den Kollegen aufmunternd zu, ohne selbst etwas zu tun. Während die Stühle im Kreis aufgestellt wurden, vermischte sich die Gruppe der Mainzer mit den Trierer Polizisten.

Bevor der LKA-Mann an die Tafel trat, drehte er mit beiden Händen die Spitzen seines Schnurrbartes in Form, zupfte an seinem Kinnbart und räusperte sich. Er holte tief Luft. »Liebe Kollegen, für diejenigen, die mich noch nicht kennen: Mein Name ist Stefan Viergruben vom LKA Mainz. Einige Mitarbeiter vom Dezernat 51 begleiten mich. Ich brauche euch nicht zu sagen, dass die Zeit drängt. Deshalb legen wir gleich ohne große Förmlichkeiten los. Kollege Bock gibt uns eine Übersicht über den Ermittlungsstand.« Er nickte Walde zu.

Walde stellte Gabi, Grabbe, Meyer und Monika vor. Dann gab er einen Überblick über den Stand der Ermittlungen. Im Gegensatz zur gestrigen Pressekonferenz wurde er heute geradezu von einem Mitteilungsbedürfnis getrieben.

Nach einer Weile trat er an die Pinnwand und deutete auf die Fotos mit den Schriftzeichen. »Die Zeilen in lateinischer Sprache weisen auf Konstantin hin, einen römischen Kaiser, der bis auf seine drei Söhne alle männlichen Mitglieder seiner Familie und auch seine Frau umbringen ließ.«

Als er zu den Ähnlichkeiten zu Konstantins Morden an dessen Familienmitgliedern und griff nach seinen Notizen. »Seine Frau Fausta, mit der er mehrere Kinder hatte, wurde im Bad verbrüht.«

»Wie bei Hertha Becker in Saarburg«, warf Grabbe ein.

Walde nickte. »Und im Fall des getöteten Sozialarbeiters Rudolf Knauer aus Grevenmacher gibt es Ähnlichkeiten zum sogenannten Säcken, bei dem zu römischen Zeiten der Verurteilte zusammen mit Schlangen in einen Sack gesteckt und in den Tiber geworfen wurde.«

»Und das Blei im Mund von Pawelka bei unserem Koblenzer Fall?«, fragte Burkhard Decker.

»Haben auch die Römer erfunden. Und im Trierer Amphitheater wurden möglicherweise nicht nur die Christen den wilden Tieren vorgeworfen«, sagte Walde, »Pawelkas

Tochter sollte in Verviers wahrscheinlich auf eine ähnliche Art durch einen in ihrer Wohnung lauernden Panther sterben.«

»Fragt sich nur noch, was für eine teuflische Todesart sich unser Täter für die Ordensschwester ausgesucht hat«, bemerkte Gabi.

»Da gibt es noch eine Menge Varianten, vom Verbrennen über Erhängen bis zum Knochenbrechen und natürlich auch das Kreuzigen«, sagte Walde.

»Was schließen wir daraus?«, fragte Viergruben, der neben Walde stehen geblieben war.

»Eine weitere Spur führt in die Römerszene.«

»Was heißt das konkret?«

»Museumsangestellte, Münzsucher, Hobbygräber, Legionäre«, zählte Walde auf. »Letztere sind diese Typen, die bei den entsprechenden Anlässen in römischen Rüstungen auftreten, Schaukämpfe zeigen und dergleichen.«

»Verstehe, die gibt es bei uns in Mainz auch«, sagte Viergruben. »Warum steht davon nichts in den Akten?«

»Davon weiß ich erst seit gestern Abend«, sagte Walde. Der LKA-Mann schien sich umfassend in die Akten eingelesen zu haben, überlegte Walde.

»Will der Täter damit auf eine Familienangelegenheit hindeuten?«, sagte Viergruben wie zu sich selbst. »Die besteht nur zwischen Vater und Tochter Pawelka. Irgendwo in deren Umfeld könnte der Schlüssel zur Lösung des Falles liegen.« Er zupfte gedankenverloren an seinem Kinnbart. »Es gibt eine weitere Verbindung zwischen dem Sozialarbeiter und der Ordensschwester. Und die Frau in Saarburg hat im selben Haus gewohnt wie die Pawelkas.« Er schaute Walde an, der zustimmend nickte.

»Wir richten hier eine provisorische Einsatzzentrale ein. Meine Leute teilen sich in zwei Teams, eins wird sich erneut um die Akten des Kinderheims kümmern, das zweite um den Informationsaustausch mit den ausländischen Kollegen in Grevenmacher und Verviers.«

»Und was sollen wir tun, wenn ich fragen darf?«, sagte Gabi spitz.

»Wir treten hier nicht als die Besserwisser auf, die Ermittlungen sind ja bis gestern von Ihnen geführt worden.« Viergruben hielt inne, als wolle er ihr Zeit zum Nachdenken geben. »Da wären noch die Römerspur und die Pantherfährte.« Mit seinem Lächeln schien er sich über sich selbst zu amüsieren. »Wir treffen uns hier wieder um Vierzehnnullnull?«

»Das könnte knapp werden«, brummte Meyer.

»Wo fangen wir an?«, wandte sich Viergruben an Walde, während sich rundherum die Kollegen erhoben.

»Ich denke, ich begleite Meyer zu dem Tierpark in die Eifel.«

»Wäre es nicht besser, hier die Stellung zu halten?« Viergruben näherte sich Walde. »Ich zwinge Ihnen natürlich nicht unsere Methoden auf. Jeder macht das, was er für richtig hält. Okay?«

Walde nickte. »Es bleibt dabei. Wir begeben uns auf die Pantherfährte!«

Grabbe trat zu ihnen. »Und, konnten Sie aus unserem

Material erste Schlüsse auf das Profil des Täters ziehen?«

»Der Täter ist emotional verarmt, konnte lange Zeit seine Aggressionen schwer kontrollieren.« Die Stimme des LKA-Mannes nahm einen dozierenden Ton an. »Er empfindet die Welt als grundsätzlich feindlich gesinnt, empfindet andere als Bedrohung und glaubt, diese bekämpfen zu müssen, und kann nur schwer Beziehungen eingehen. Sein Vater war Straßenbahnfahrer ... das spüre ich.« Er strich sich über die Haare.

»Im Ernst?« Grabbe senkte den Kopf und schaute den Profiler skeptisch an.

Viergruben zeigte grinsend seine sehr weißen Zähne. »Berufsgeheimnis. So etwas wird doch von unsereinem erwartet.«

Auf der Fahrt in die Eifel saß Walde neben Meyer auf dem Beifahrersitz. Während er die Windräder in der Landschaft betrachtete, von denen sich nur einige langsam drehten, kam er ins Grübeln. Während der Zusammenfassung der Ermittlungsergebnisse hatten sich vorhin für ihn auf einmal die vielen Details zu einem großen Bild zusammengefügt.

Sie brauchten mehr als eine Stunde, bis sie das in einer weiten Talmulde gelegene Gelände des Tierparks erreichten. Die kurvige, abwärts führende Straße erlaubte hin und wieder einen Blick auf das weitläufige Gelände. Zwischen Bäumen und Gebäuden ragte das Gebälk eines Rohbaus auf. Auf dem Parkplatz stand ein Reisebus neben einem knappen Dutzend Pkws.

Meyer, der sich nach dem Aussteigen sofort eine Zigarette angezündet hatte, hielt der älteren Frau an der Kasse seinen Dienstausweis ans Glas. »Wo finden wir Herrn Sudau?«

»Fragen Sie in der Verwaltung.« Sie deutete nach links. »Die liegt hinter dem Restaurant.«

An der großen Terrasse des Restaurants vorbei führte der Weg zu einem dahinter liegenden Gebäude. Aus den Blumenkästen des Balkons im ersten Stock rankte Efeu bis zur Eingangstür. Walde bückte sich darunter hindurch.

Durch eine sich automatisch öffnende Glastür betraten sie einen größeren gefliesten Raum, in dem hinter einer langen Theke zwei Frauen an Schreibtischen saßen.

»Sie wollen zum Chef?« Eine der jungen Frauen trat an die Theke; sie schien bereits informiert zu sein.

»Sie haben es erraten«, antwortete Meyer, die Hand mit der Zigarette hinter seinen Rücken haltend.

»Haben Sie einen Termin?«

»Den brauchen wir nicht.«

Mit einem Blick, als habe er sie persönlich beleidigt, sagte sie: »Er müsste um diese Zeit eigentlich ...« Während sie eine Nummer ins Telefon tippte, hielt sie inne. »Da kommt Herr Sudau.«

Draußen fuhr ein Elektromobil vorbei, das denen auf Golfplätzen ähnelte. Am Steuer saß ein groß gewachsener Mann im blauen Overall. Die auf einem kleinen Anhänger aufgetürmten Rollen Maschendraht gerieten in Schieflage, als das Gefährt in einer scharfen Kurve um die Terrasse herumgelenkt wurde.

Die junge Frau schaute auf ihre Armbanduhr. »Herr Sudau geht nebenan zu Tisch. Soll ich ...?«

»Danke, wir gehen hinüber.« Meyer verzog den Mund, was nur Eingeweihte als Lächeln deuten konnten, während er sich, gefolgt von Walde, zum Ausgang bewegte.

»Sudau soll nach der Wende sein Geld mit einer Tankstellenkette im Osten gemacht haben. Es wird gemunkelt, dass er in eine Affäre um Elf Aquitaine verwickelt gewesen sein soll«, erzählte Meyer vor der Tür.

»Wurde etwas nachgewiesen?«, fragte Walde.

»Er ist angeblich um ein paar Millionen reicher daraus hervorgegangen.« Meyer steckte seine Zigarette in den Sand eines großen Aschers und hielt Walde die Tür zum Restaurant auf.

Der Mann im Overall saß am letzten Tisch an der Fensterfront, von wo er das ganze Lokal im Blick hatte. Nun schaute er aufmerksam zu den beiden Männern, die zur Tür hereingekommen waren.

»Herr Meyer?« Sudau erhob sich und bot den beiden Besuchern einen Platz an seinem Tisch an, nachdem Meyer Walde vorgestellt hatte.

»Wir haben telefoniert«, sagte Meyer.

»Darf ich Sie zu einer Gulaschsuppe einladen?« Der Parkbetreiber trug unter dem Overall ein helles Hemd mit Krawatte.

»Danke, ein Kaffee würde uns genügen«, antwortete Meyer.

Eine Bedienung mit einer weißen Spitzenschürze über dem schwarzen Rock brachte eine Schale dampfende Suppe, ein Körbchen mit Brot und einen in eine Serviette gewickelten Löffel.

»Conny, bitte zwei Kaffee für die Herren.« Ohne vorher gekostet zu haben, streute Sudau reichlich Salz und Pfeffer über die Suppe.

»Guten Appetit«, wünschte Meyer.

»Danke.« Sudau schob sich den ersten Löffel in den Mund. »Es fehlt immer Salz. Ich glaube, das hat meine Frau so mit dem Koch vereinbart, wegen meines Blutdrucks.«

Sudau brockte das Brot in die Suppe und löffelte mit hastigen Bewegungen. »Ich esse gerne heiß«, sagte er, während Meyer und Walde ihren Kaffee serviert bekamen und den Mann ungestört essen ließen.

»Das habe ich jetzt gebraucht«, seufzte Sudau und tupfte sich mit einer Serviette den Mund ab. »Aber Sie sind den weiten Weg sicher nicht nur wegen des Kaffees gekommen.«

»Das ist richtig«, Meyer nickte. »Haben Sie inzwischen über die Sache mit dem Panther nachgedacht?«

»Conny, bringst du mir bitte auch einen Kaffee?« Sudau winkte der Bedienung. Dann schaute er zum Fenster und atmete schwer ein und aus. »Sie lassen nicht locker!«

»Wir sind nicht vom Tierschutzverein, wir ermitteln in einem Mordfall.« Meyer strich mit dem Zeigefinger über einen Tropfen Kaffee auf der Tischplatte. Er ließ seinem Gegenüber Zeit.

»Nicht, dass ich mir hätte etwas zuschulden kommen lassen. Aber ich habe mich rechtlich beraten lassen ...«

»Herr Sudau, ich schlage vor, wir spielen mit offenen Karten.« Meyer stützte seine Unterarme links und rechts neben seiner Tasse ab und beugte sich nach vorn. »Falls wir aufgrund zu dünner Fakten keinen Durchsuchungsbeschluss kriegen, müssen wir es halt über die Presse versuchen. Es wird sich schon irgendein Tierpfleger, Tierarzt, Mitglied eines Wanderzirkus oder wer auch immer finden, der was weiß. Und was dann herauskommt, könnte dem Image Ihres Tierparks schaden. Wollen Sie es wirklich darauf ankommen lassen?«

Sudau bemerkte nicht, dass er schon viel länger als nötig seinen Kaffee umrührte. »Was würden Sie dazu sagen, wenn jemand, nennen wir ihn mal einen tierlieben Menschen, der auch über die entsprechenden Möglichkeiten verfügt, ein in Not geratenes Tier aufnimmt, es wieder aufpäppelt, alles natürlich ohne kommerzielle Absichten, und ihm dieses Tier eines Tages gestohlen wird oder wegläuft?«

»Und er diesen Verlust nicht bei der Polizei anzeigen kann«, sagte Meyer, »weil er das Raubtier eigentlich nicht besitzen dürfte?«

Sudau nickte und nahm endlich seinen Löffel aus der Tasse.

»Wer käme für einen Diebstahl auf Ihrem Gelände infrage?« Meyer schaute aus dem Fenster.

»Bei einem größeren Tier, das eventuell auch noch eine gewisse Gefährlichkeit aufweist, wäre dazu ein entsprechend großes Fahrzeug erforderlich. Und sowas kommt für gewöhnlich nicht auf das Gelände.«

»Es sei denn, es handelt sich um eine Firma, die hier auf dem Gelände arbeitet«, schaltete sich Walde in das Gespräch ein. Er deutete aus dem Fenster auf den Rohbau, dessen Dachgebälk die Bäume überragte. Die Köpfe der Sparren liefen in kunstvollen Wellen aus. »Könnten wir eine Liste der Firmen haben, die in den letzten Monaten hier beschäftigt waren?«

Während Gabi mit einer Tasse Kaffee in der Hand darüber nachdachte, dass sie bei ihrem nächsten Arztbesuch fragen wollte, wie viele Tassen Kaffee pro Tag sie noch bedenkenlos trinken durfte, beobachtete sie, wie die beiden silbergrauen BMW der Mainzer Kollegen vom Hof fuhren. Grabbe war zum Landesmuseum gegangen, um sich dort umzuhören.

Auf dem Weg zu ihrem Schreibtisch legte sie sich eine Hand unter den Bauch und betrachtete das Schattenbild ihres Körpers in der Fensterscheibe.

In der obersten Schublade lag auf dem Telefonbuch eine Tüte Gummibärchen. Sie schob sich zwei von den roten in den Mund und googelte die Nummer des Amtes für Landwirtschaft und Weinbau.

Als Jo sich meldete, fragte sie mit einer Oktave nach unten verstellten Stimme: »Spreche ich mit Herrn Dr. Ganz im Kommissariat für Reblausbekämpfung?«

Am anderen Ende der Leitung blieb es einen Moment still. »Richtig kombiniert, Frau Kollegin. Was verschafft mir die Ehre?«

»Sie haben Walde gestern Abend einen Hinweis zu einem Fall gegeben, der uns zur Zeit beschäftigt.«

»Waren wir nicht schon mal beim Du?«, bemerkte Jo. »Oder galt das nur in den Räumlichkeiten der Gerüchteküche?«

»Nein, natürlich nicht, kannst du uns vielleicht weiterhelfen, es geht um ...«

»Dein geschätzter Kollege Walde hat mich bereits ins Benehmen gesetzt. Wir haben für gewöhnlich keine Geheimnisse voreinander.«

»Dann ist es ja gut.« Jos gestelzte Ausdrucksweise ging ihr gehörig auf den Keks. Sie schob sich eine Ladung Gummibärchen in den Mund, knatschelte, so laut es ging, während sie weiterredete. »Du kennst dich doch mit dem Römerkram aus?«

»Das sagt man mir nach.«

»So fit wie der Typ zu sein scheint, den wir im Auge haben, könnte er in einer Römertruppe organisiert sein, bei irgendwelchen Gladiatoren- oder Legionärstruppen. Du weißt, was ich meine, solche Kerle, die hier bei *Brot und Spiele* auftreten und durch die Stadt marschieren.«

»Bei den Schaukämpfen der Gladiatoren treten die Ars Soundso aus Italien und eine Street Guard oder so ähnlich aus unserer englischen Partnerstadt Gloucester auf.«

Auf einmal schmeckten die Gummibären viel zu süß. Gabi zog ein Papiertaschentuch aus der Schublade und spuckte den zerkauten Brei hinein.

»Alles in Ordnung?«

»Hmh.« Gabi schob sich einen Kaugummi in den Mund.

»Bei der Pompa ist auch immer eine Gruppe aus der Bitburger Gegend dabei.«

»Was ist das?«

»Die Pompa ist ein großer Aufmarsch und führt von der Porta Nigra durch die Innenstadt zu den Kaiserthermen und zum Amphitheater, wo dann exerziert wird. Einem Wehrdienstverweigerer wie mir widerstrebt es, sich diesen militärischen Zirkus anzugucken.«

»Weißt du, wie sich diese Hobbyrömer nennen?«
»Legio XII Beda.«
»Wie?«
»Ich buchstabiere mal.«

Walde und Meyer folgten dem Tierparkchef zwischen den Schreibtischen hinter der Empfangstheke hindurch zu dessen Büro. Dort nahmen sie an einem langen, außergewöhnlichen Tisch Platz. Er war aus dem Stamm eines exotischen Baumes gefertigt, der nicht aus der Eifel stammen konnte. Walde fuhr mit der Hand über die glatt polierte Oberfläche, deren Seitenränder im Urzustand belassen waren.

»Auf den bin ich bei einer Safari in Australien gestoßen«, kommentierte Sudau nicht ohne Stolz, während er einen Ordner auf den Tisch legte.

Die modernen Stühle passten weder zu dem Tisch noch zu den zahlreichen Fotografien in dunklen Holzrahmen an den Wänden, die Sudau in verschiedenen Lebenssituationen zeigten, zumeist in Gesellschaft von Tieren, manche davon lebendig, manche tot.

»Da sind alle Baurechnungen von diesem Jahr drin«, erläuterte Sudau, während Meyer den kleinen Packen durchblätterte. »Sie sind von dem neuen Mehrzweckhaus, das Sie gesehen haben.«

Meyer blätterte die Belege durch. »Ich finde keine Rechnung vom Dachdecker.«

»Da ist ja auch noch kein Dach drauf.«

»Aber das Dachgebälk.«

»Da müsste ich mal schauen. Kann sein, dass die Rechnung beim Steuerberater ist.«

»Dann lassen Sie sie bitte rüberfaxen.«

»Falls sein Fax in Ordnung ist, es hatte eine Störung.«

»Dann soll er sie halt scannen; nennen Sie uns bitte den Namen des Steuerberaters.«

»Es kann sein, dass jemand das Dachgebälk nebenbei gemacht hat«, druckste der Parkchef.

»Soll ich *nebenbei* so verstehen, dass hier schwarz gearbeitet wurde? Herr Sudau, Sie können mir doch nicht erzählen, dass Sie nicht wissen, wer diese Arbeit ausgeführt hat!«

»Ich rufe Sie an, wenn ich Genaueres weiß.«

Meyer schaute auf seine Uhr. »Dazu haben wir leider keine Zeit. Muss ich mich um einen Durchsuchungsbeschluss bemühen?«

»Abgesehen davon, dass ich völlig hypothetisch gesprochen habe, haben Sie doch vorhin selbst gesagt, dass Sie keinen bekommen werden.«

»Es geht ja auch nicht mehr um einen Panther, sondern um Schwarzarbeit. Ich denke, die Kollegen vom Zoll könnten innerhalb kürzester Zeit hier sein.«

»Der Zimmermann wird mir eine Rechnung schreiben.« Sudau seufzte. »Davon geht die Welt nicht unter ... Er heißt Huck.«

»Können Sie mal buchstabieren?«

»Ich glaube, das ist sein Spitzname, jedenfalls nennt er sich so. Er lebt hier in der Nähe ... mehr weiß ich auch nicht. Der Ort liegt in meinem Jagdrevier. Irgendwas mit *Schön*, da müsste ich mal in der Karte nachschauen.«

»Welchen Wagen fährt er?«

»Einen schwarzen Pickup, Allrad, ziemliches Monstrum, könnte ein Toyota sein, Bitburger Kennzeichen.«

»Mit dem man auch schwere Lasten transportieren kann?«

Sudau nickte, während er an eine Wandkarte herantrat.

Waldes Telefon klingelte.

»Wir haben ihn.« Viergrubens Stimme war über das laute Motorengeräusch nur schwer zu verstehen. »Das SEK ist per Hubschrauber unterwegs.«

»Wohin?«

»Was?«

»Wohin ist das SEK unterwegs?«, wiederholte Walde, während sich seine Hand automatisch auf den Teil seiner Jacke legte, unter der sich das Halfter seiner Waffe befand.

»Klostermühle bei Schönweiler, nordwestlich von Prüm, unser Mann heißt Köhler.«

»Das scheint nicht weit von hier zu sein.«

»Kein Zugriff, bevor das SEK eingetroffen ist!« Viergrubens Stimme klang befehlsgewohnt.

Sie waren bereits eine Zeitlang an der Prims entlanggefahren, als der schmale Turm einer Kapelle sichtbar wurde und die Straße vom Ufer weg in höher gelegenes Gelände führte. Meyer ging vom Gas. Hohe Mauern umschlossen ein längliches Gebäude, das mit der Kapelle eine Einheit bildete. Durch die offenen Türflügel eines breiten Torbogens sah Walde in einen gepflasterten Hof. Dahinter schloss sich ein Garten oder Park an. Die Mauer endete an einem zweistöckigen, modernen Gebäude.

»Sollen wir da rein?«, fragte Meyer.

»Ja.« Walde tastete wieder nach seiner Waffe.

Die Zufahrt führte an Garagen und einem leeren Parkplatz vorbei, der als Besucherparkplatz beschildert war. Das Gebäude war in der Form eines Hufeisens um einen Hof mit Bänken, Tischen, Sandkasten und Schaukel errichtet. In der ersten Etage führten überdachte Außenflure zu den Eingangstüren der Wohnungen.

Meyer fuhr in eine Lücke zwischen parkenden Pkws. Ein Pickup war nicht dabei. Hinter den Stellplätzen folgten halbhohe Hecken, ein überdachter Platz für Fahrräder und ein Karree aus Müllboxen.

Während Walde bewusst wurde, dass sie im Wagen von praktisch jeder Wohnung aus gesehen werden konnten, wurde eine der Eingangsstüren im Parterre geöffnet. Niemand war zu sehen. Nur das leise Knacken der Druckverschlüsse war zu hören, als Meyer und Walde ihre Waffen aus den Holstern zogen.

Die Tür hatte sich wie von Geisterhand geöffnet. Dahinter regte sich immer noch nichts. Walde legte die Hand auf den Türhebel, falls er in Deckung gehen musste. Als eine Bewegung in der offenen Tür zu erkennen war, bückte sich Meyer weg.

Ein Mann steuerte seinen elektrischen Rollstuhl vor die Tür. Mit einem an den Henkeln zugebundenen Müllbeutel auf dem Schoß hielt er auf die Abfalltonnen zu. Als er den Deckel zur Mülltonne anhob, hielt er inne, schaute zu ihrem Wagen und dann zum Himmel. Fast gleichzeitig mit dem lauter werdenden Rotorengeknatter des Helikopters bremsten die beiden silbergrauen BMW des LKA mit quietschenden Reifen. Viergruben musste mit seinen Leuten schon länger unterwegs gewesen sein, bevor er Walde informiert hatte.

Die LKA-Leute warteten, bis die nebenan auf der Wiese gelandeten Kollegen vom Sondereinsatzkommando anrückten. Ein Teil der Männer lief am Haus vorbei, um die Rückfront zu sichern, einer dirigierte den verdutzten Rolli hinter die Müllboxen, während die anderen sich in ihren schwarzen Kampfanzügen mit Schutzwesten und Helmen in gebückter Haltung an der Hauswand entlang bewegten, im Treppenhaus verschwanden und sich schließlich oben links und rechts von einer der Wohnungstüren sammelten. Die Männer hielten einen Moment inne, bevor sie die Tür aufbrachen und hineinstürmten.

Es dauerte nur wenige Sekunden, bis der Einsatzleiter wieder herauskam und signalisierte, dass sich niemand in der Wohnung befand.

Den Pickup stellte er in einem Hinterhof auf dem Kundenparkplatz eines Großhändlers ab. Sollte es brenzlig werden, würde er im Parkhaus leicht in der Falle sitzen. Hier im Hof schien es auch keine Überwachungskameras zu geben. Während Huck sich mit einem Blick in den Rucksack davon überzeugte, dass er die große Flasche mit dem Benzin eingesteckt hatte, überlegte er, ob er nicht doch ein paar Wochen vergehen lassen sollte, bis etwas Gras über die Geschichte gewachsen wäre. Schließlich hatte er jahrelang gebraucht, bis es so weit war. Dann würde es jetzt auf eine Woche oder einen Monat nicht ankommen. Sein Bauchgefühl sagte ihm, dass er die Sache nicht aufschieben durfte. Und dagegen kam sein Kopf mit den besten Argumenten nicht an.

Auf Umwegen erreichte er den Fußweg zwischen den Bäumen der Nordallee, von wo er das an der Klostermauer geparkte Auto der Bullen sehen konnte. Der Wagen war nicht da. Er ging hoch bis zur Porta Nigra, stellte sich eine Weile unter eines der zugigen Tore und kehrte wieder um. Diesmal ging er durch die Straße direkt an den Autos vorbei. Edelbergas Aufpasser musste sich im Kloster befinden.

»Wir können nicht auf die KT warten.« Viergruben reichte Walde ein Paar Handschuhe, der seine eigenen wieder in die Tasche gleiten ließ. Vom Außenflur sah er, wie die SEK-Leute ihre Helme und Westen ablegten und es sich unten im Innenhof bequem machten. Nebenan waren die Kollegen von Tür zu Tür zur Befragung der Nachbarn unterwegs.

Auf der Klingel stand *Peter Köhler*. Der LKA-Mann hatte bereits die Wandschränke in der Diele aufgerissen. Sie waren prall gefüllt mit Kartons von Elektrogeräten. Nach dem Zustand der Packungen und den Produktfotos zu urteilen, handelte es sich um Geräte älteren Datums. In der aufgeräumten Küche standen sauber gespülte Teller und eine Tasse in einem Tropfgitter auf der Ablage der Spüle. An der Längsseite des Wohnzimmers nahm ein gewaltiger Flachbildschirm einen Teil der Wand ein. Auf der Couch gegenüber waren die Kissen mit der Spitze nach oben gerichtet. Außer einem kleinen Regal mit einem Dutzend Bücher hing nichts an den Wänden, auch kein Foto. Walde las die Namen der Autoren: Karl May, Sven Hedin, Robert Louis Stevenson, Daniel Defoe, Jules Verne, Mark Twain, Alexandre Dumas, alles Autoren, die früher einmal, besonders bei Jugendlichen, hoch im Kurs gestanden hatten.

Vor dem Fenster stand ein großer Schreibtisch mit Messgeräten und einem Lötkolben darauf. Walde warf einen Blick in das angrenzende Schlafzimmer, wo Viergruben vor dem gemachten Bett kniete und das Nachtschränkchen aus dunklem Nussbaumholz untersuchte. Der viertürige Kleiderschrank und das Bett waren aus dem gleichen Holz gefertigt.

»Peter Köhler kam mit vier Jahren ins Waisenhaus von Schwester Edelberga«, berichtete Viergruben, der weiter das Schlafzimmer durchsuchte. »Laut der Akten des Jugendamtes soll er Rudolf Knauer mit einem Messer verletzt haben.«

»Wie alt war er damals?«, fragte Walde, während er einen Schubladencontainer unter der Schreibtischplatte inspizierte.

»Jedenfalls noch nicht strafmündig. Er verbrachte danach ein Jahr in einer psychiatrischen Einrichtung und ist dann in einem anderen Heim untergekommen. Da hat er dann auch seine Ausbildung …«

»Ja?«, fragte Walde.

»Was haben wir denn da?« Viergruben schien zu sich selbst zu sprechen.

Von der Tür aus beobachtete Walde, wie sein Kollege auf dem Fußboden vor dem Schrank kniete. Eine Hand tastete darunter, die andere umfasste eine aufgeleimte Verzierung zwischen zwei Schubladen, die sich langsam herausbewegte.

»Ein Geheimfach.« Der LKA-Mann ächzte. »Von unten verriegelt.«

Eine nur wenige Zentimeter breite Schublade kam zum Vorschein. Viergruben stocherte mit dem kleinen Finger darin herum und zog eine Papierrolle heraus. Er reichte sie an Walde weiter, richtete sich auf und klopfte seine Hose in Kniehöhe ab. Es war ein DIN-A3-großer Karton, den Walde aufrollte, auf die Bettdecke legte und glattzustreichen versuchte.

Die Köpfe der beiden Männer berührten sich fast, als sie sich darüberbeugten und die aufgeklebten Zeitungsartikel zu den Taten, auch einige über den Panther, betrachteten.

»Absolutes Täterwissen«, Viergruben tippte auf die beiden gedruckten Zeilen, von denen eine wirkte, als sei sie direkt vom Bleisatz auf den Karton aufgebracht worden. »Die beiden römischen Zitate von Koblenz und Verviers lagen selbst uns nicht vor.« Er zupfte sich am Kinnbart. »Und den Panther scheint es tatsächlich zu geben.«

Meyer kam herein. »Peter Köhler arbeitet bei einer Elektrofirma in Prüm und soll viel im Kundendienst unterwegs sein.«

»Haben Sie Name und Anschrift der Firma?« Viergruben schloss stöhnend die Augen, als er sich aufrichtete und sich mit der Hand an den Rücken fasste.

»Sollen wir nicht vorher anrufen«, schlug Meyer vor. »Vielleicht ist er nicht da. Bevor wir wieder die ganze Maschinerie auffahren?«

»Und ihn damit womöglich vorwarnen.« Der LKA-Mann schüttelte den Kopf. »Wir können kein Risiko eingehen.« Viergruben zog sein klingelndes Telefon aus der Tasche.

»Ja?«

»...«

»Kann man so sagen, Herr Stiermann.«

»...«

»Das SEK steht kurz vor dem Zugriff.«

»...«

»Ja, er ist es, davon können wir mit Sicherheit ausgehen. Die Beweislage ist eindeutig. Wir brauchten noch nicht einmal ein Geständnis.«

»...«

»Danke, Herr Präsident«, Viergruben lächelte. »Ich gebe es an die Kollegen weiter.«

Meyer nahm die brennende Zigarette, die er draußen im Blumenkasten abgelegt hatte.

Zusammen mit Walde beobachtete er, wie Viergruben die Adresse an den Einsatzleiter des SEK weitergab, dessen Leute bereits wieder startklar waren. »Wie besprochen, wir brauchen ihn lebend«, rief der LKA-Mann ihnen nach und wandte sich gleich darauf an seine Leute: »Vier Mann bleiben hier! Die anderen mir nach!«

»Fehlen nur noch Mantel und Degen«, spöttelte Meyer, als er dem zum Auto Eilenden nachsah. Viergruben hielt den Karton wie eine Fahne in der hochgereckten rechten Hand.

Die Windräder hatten an Schwung gewonnen. Walde saß wie zuvor neben Meyer auf dem Beifahrersitz. Er kam sich ausgebootet vor, wahrscheinlich ging es Meyer genauso. Aber was sollten sie noch in Prüm? Das SEK und die Leute vom LKA reichten aus, um Peter Köhler zu verhaften.

»Ich habe mir den Täter ganz anders vorgestellt.« Walde drehte sich zu Meyer, der vollkommen auf die Straße konzentriert zu sein schien.

Meyer schaute zu ihm hinüber. »Die Nachbarn sagen, Köhler soll im Betrieb mit Satellitenschüsseln und Fotovoltaik zu tun haben. Ich habe mir den Typen auch anders vorgestellt.« Meyer verstellte den Innenspiegel. »Nach dem, was ich von den Nachbarn gehört habe, hat Köhler zwar gearbeitet und war hilfsbereit, aber er soll so gut wie keine privaten Kontakte haben und sehr zurückgezogen leben. Ein Teil der Bewohner machte auf mich den Eindruck, als sei das eine Außenwohngruppe der Psychiatrie.«

Walde nahm sein Handy aus der Jackentasche.

»Ich weiß schon Bescheid«, hörte er Gabi sagen, bevor er sich melden konnte. »Stiermann würde am liebsten schon die Presse informieren. Er ist übrigens fest davon überzeugt, dass er mit dem Einschalten des LKA maßgeblichen Anteil am Erfolg hat. Dabei habe ich diesen Köhler auch ermittelt. Zwar eine Stunde später als Viergruben, aber immerhin.«

»Und wie kam das?«, fragte Walde, während er gähnen musste.

»Köhler war Mitglied in der Legionärstruppe Legio XII Beda. Ich habe mit deren Oberindianer gesprochen. Sie haben ihn rausgeschmissen. Köhler soll sich nicht im Griff gehabt haben und immer wieder angeeckt sein.«

»Du meinst so eine Legionärstruppe in Kriegsrüstung mit Schild und Schwert?«

»Und Sandalen, Helm und allem Pipapo.«

»Seltsam, in seiner Wohnung in Schönweiler gab es nichts in der Art.«

»Schöne Scheiße!«, sagte sie. »Wenn ich das nicht falsch verstanden habe, war von Schönrodt die Rede.« Sie stockte. »Ja, hier habe ich es mir notiert: Schönrodt.«

»Ich melde mich nachher wieder.« Walde legte auf. »Hast du die Nummer von Sudau aus dem Tierpark?«, wandte er sich an Meyer.

»Wir müssen zurück!« Walde tippte Meyer auf den Arm. »Nach Schönrodt, nicht nach Schönweiler. Wir waren hinter dem falschen Köhler her.« Er hatte Sudau noch in der Leitung. »Und Sie sind sich sicher, dass er Robert Köhler heißt und nicht Peter?« Walde hörte zu und sagte dann: »Ich muss Ihnen ja nicht sagen, dass Sie auf keinen Fall den Köhler, also diesen Huck anrufen dürfen!«

Meyer wendete hinter einer Brücke, fuhr an den Straßenrand, wo er das Ziel ins Navi eingab, und schaltete das Blaulicht an. Auf die autobahnähnliche Hauptroute folgten Nebenstraßen, die Meyer fahrerisch einiges abverlangten. Walde blieb nur, zu beten und zu hoffen, dass ihnen in den unübersichtlichen und engen Kurven kein Milchtankwagen oder Holztransporter entgegenkam.

»Mist, ich erreiche Viergruben nicht.« Walde hatte bereits mehrmals die Nummer des LKA-Mannes angewählt, doch dessen Handy blieb ausgeschaltet.

Das Ortsschild von Schönrodt flog an ihnen vorbei. Ein

rechts der Straße auftauchendes halb verfallenes Bauernhaus machte dem Namen des Dorfes keine Ehre. Der Wagen bog von der Hauptstraße ab. Aus einer Hofeinfahrt rollte ein Spielzeugtrecker, auf dem ein kleiner Junge saß.

»Vorsicht!«, mahnte Walde und hielt sich am Armaturenbrett fest, weil Meyer bereits auf die Bremse gestiegen war.

»Da vorn' ist es.« Meyer hielt an und deutete auf einen Bauernhof mit Wohngebäude und Scheune unter einem Dach. Zwei offene Schuppen schlossen sich an. Meyer und Walde stiegen aus und blickten sich um. In einem der Schuppen stand zwischen aufgestapelten Holzbalken ein Anhänger. In dem gemauerten Karree neben der Scheune hatte sich wohl früher einmal der Misthaufen befunden. Kein Pickup, kein Wachhund oder eine Alarmeinrichtung waren auszumachen.

Als Walde erneut zu seinem Telefon griff, sagte Meyer: »Scheiß der Hund auf das SEK und das LKA gleich mit, wir gehen jetzt da rein!«

Es war zwecklos, zum Haus zu schleichen. Sollte sich Robert Köhler dort aufhalten, hatte er sie wahrscheinlich längst bemerkt. Mit gezogenen Pistolen näherten sie sich der Haustür.

Der Briefkasten neben der Klingel war leer, im Zeitungsrohr lag nicht einmal eine Werbung. Während Meyer klingelte, ging Walde in die Hocke und schaute durch das Schlüsselloch der alten Haustür. Es steckte kein Schlüssel darin. Auch nach dem zweiten Klingeln regte sich nichts im Haus. Er drückte die Klinke, die Tür gab nicht nach. Sie gingen vorsichtig an der Hausfront entlang. Hinter den Fenstern hingen blickdichte Gardinen.

Die beiden Flügel des Scheunentors nebenan waren mit einer schweren Kette und einem Vorhängeschloss gesichert. Ein Motorgeräusch näherte sich. Beide Männer hielten die Pistolen hinter sich, als eine Frau im Geländewagen vorbeifuhr.

»Da kommt es einem zugute, wenn man sich mit Eigentumsdelikten auskennt.« Meyer steckte seine Pistole ein und fummelte mit einem Draht an dem Vorhängeschloss herum. Er brauchte keine Minute, bis sich der Bügel aus dem Schloss klappen ließ. Das Rolltor konnte er nur mit Mühe zur Seite bewegen. Walde schlüpfte mit gezogener Waffe in die Scheune. Der große, bis unter das Dach reichende Raum schien als Werkstatt genutzt zu werden. Es roch angenehm nach einer Mischung aus Kuhstall und Holz.

An der gegenüberliegenden Seite standen schwere Werkbänke aus rötlichem Holz. Darüber hingen eine Vielzahl von Werkzeugen, nach Größen sortiert, an der Wand: Hämmer, Bohrer, Sägen, Meißel, Brecheisen, Feilen. In einem Regal lagen Schleifmaschinen und eine Kettensäge.

Eine Leiter führte zu einem Zwischenboden unter dem Dach. Obwohl Walde spürte, dass Robert Köhler nicht hier war, pochte ihm der Herzschlag in den Ohren, als er Stufe für Stufe die Holzleiter hinaufstieg, während Meyer ihm von unten Deckung gab. Der Zwischenboden war leer. Staubkörner tanzten in den Sonnenstrahlen, die durch eine kleine Dachluke einfielen.

»Sicher!«, meldete Walde, bevor er rückwärts mit dem Fuß nach einem Tritt auf der Leiter tastete.

Im hinteren Teil der Scheune stand eine Bandsäge. Daneben lagen auf Böcken geschichtete Dachsparren. An den

Köpfen befanden sich die gleichen wellenförmigen Verzierungen, wie er sie an dem Rohbau im Tierpark gesehen hatte. Das Gebälk könnte die Bezahlung für den Panther gewesen sein, dachte Walde. Diese Sparren hier kamen ihm für ein Dach zu kurz vor, vielleicht waren sie für einen Pavillon bestimmt.

»Gibt's doch gar nicht!« Meyer war etwas weiter an einer Tür stehen geblieben und ließ Walde den Vortritt in einen Raum, der, nach dem Trog und den Ringen an der Wand zu schließen, früher als Stall gedient hatte. Über zwei an die Wand gelehnten verzierten Schildern hing ein kurzes Schwert. Mitten im Raum stand eine mannshohe Strohpuppe. Sie war mit einer in Streifen zerfetzten roten Tunika behangen, die deutliche Spuren von Schwerthieben aufwies.

»Um ein Haar hätte ich der Puppe eine Kugel verpasst.« Meyer zündete sich eine Zigarette an.

Am Informationspavillon gegenüber dem Kloster tat Huck so, als würde er sich für den Stadtplan in einer der Glasvitrinen interessieren. Dabei überlegte er, wie er weiter vorgehen sollte. Auch wenn er wider Erwarten herausfinden sollte, in welcher Klosterzelle Edelberga wohnte, gab es kaum eine zweite Chance, dort in der Nacht einzudringen. Vielleicht konnte er sie beim Abendgebet in der Kapelle oder auf dem Weg dorthin abpassen.

Würde er an göttliche Fügung glauben, so hätte er die jetzige Situation für eine halten können. Zwischen den Bussen hindurch überquerte eine Gruppe Menschen, bepackt mit Reisetaschen und Koffern, die Straße und hielt auf das Tor des Klosters zu. Er hatte gerade noch Zeit, seinen Hut in den Rucksack zu stecken, bevor er sich unter die letzten Gäste mischte, die in den Klosterpark eintraten. Die Reisegruppe steuerte am Gebäude auf einen anderen Eingang zu als den, an dem er vorletzte Nacht hochgeklettert war. Hier war der alte Torbogen durch ein modernes Glasdach ersetzt worden. Auf den Stufen davor setzte Huck seinen Rucksack ab und nahm sein Mobiltelefon aus der Seitentasche, während die Letzten aus der Gruppe an ihm vorbei im Haus verschwanden. Den Blick vermeintlich auf das Display gerichtet, drehte er sich zum Park um. Wo versteckte sich der verdammte Bulle?

Durch eine Verbindungstür, deren Schloss sich ebenfalls von Meyer problemlos knacken ließ, gelangten sie von der ehemaligen Scheune ins Haus. Auch dort fanden sie niemanden vor. Walde überlegte, ob er die Kriminaltechnik anfordern oder auf Robert Köhler warten sollte. Im letzteren Fall hätten sie ihren Wagen wegfahren und die Kette am Tor wieder anbringen müssen. Er wählte nochmals Viergruben an.

Erst hörte Walde nur das Tönen des Martinshorns, bis der LKA-Beamte sich endlich am Telefon meldete.

»Haben Sie ihn?«, fragte Walde.

»Köhler wird momentan vom Notarzt behandelt«, schnarrte der LKA-Mann.

»Wieso?«

»Er wollte sich der Festnahme entziehen, wir hoffen, er kommt durch.«

»Wurde er angeschossen?«

»Nein, er ist gestürzt … aus ziemlicher Höhe … vom

Dach … nicht ansprechbar …«

»Das tut mir leid.«

»Ja, habe ich doch schon gesagt, Sie können abziehen«, sagte Viergruben. »Entschuldigung, Herr Bock, jetzt bin ich wieder bei Ihnen.«

»Wir haben …« Walde unterbrach sich. Er wollte nicht gleich damit beginnen, dass er ohne Durchsuchungsbeschluss in ein Haus eingedrungen war. »Wir sind soeben an einem Haus in Schönrodt angekommen. Ich bin mir nicht mehr sicher, ob Peter Köhler tatsächlich unser Mann ist. Es gibt auch einen Robert Köhler, er ist Zimmermann. Es spricht einiges dafür, dass es sich bei ihm um den Täter handelt.«

»Waaas?«

»Er hatte im Tierpark, aus dem vermutlich der Panther von Verviers stammt, einen Auftrag und er ist … er war Mitglied einer Legionärstruppe.«

»Einer was?«

»Einer römischen Legionärstruppe, die an historischen Stätten …«

»Entschuldigung, das hört sich mehr als dünn an, im Vergleich zu dem, was wir in der Wohnung von Peter Köhler gefunden haben, eher schon transparent.« Viergrubens Stimme hatte ihre Festigkeit wiedergefunden. »Das löst sich beim Haftrichter, was sage ich, schon beim Staatsanwalt, in Luft auf.«

»Können Sie uns wenigstens zwei Leute schicken, um das Haus von Robert Köhler beobachten zu lassen?«

Als die Kollegen vom LKA in Schönrodt eintrafen und sich

von Walde das Objekt zeigen ließen, das es zu überwachen galt, hatten sie nicht mehr zu berichten, als dass Peter Köhler mit dem Rettungshubschrauber nach Trier gebracht worden war. Für sie war der Job damit erledigt und die Überwachung des Hauses nur noch eine lästige Zusatzaufgabe.

Auf der Rückfahrt nach Trier übernahm Meyer abermals das Steuer. Die Windräder hatten unter dem stärker aufkommenden Wind weiter an Tempo zugelegt.

Meyer fuhr schweigend, den linken Ellenbogen auf die Tür gestützt, und blickte auf die Fahrbahn. Walde rief zu Hause an.

»Ich bin ja so froh, dass es vorbei ist«, sprudelte Doris los. »Und Andrea ist natürlich auch total erleichtert.«

»Woher weißt du …?«

»Der Personenschützer hat sich vorhin abgemeldet und erzählt, dass ihr den Täter habt.«

»Wo ist Andrea?«

»Sie holt Annika im Kindergarten ab. Die beiden müssten eigentlich schon längst hier sein. Vielleicht sind sie noch nebenan ins Kloster gegangen zu der … wie heißt sie noch?«

»Edelberga.«

»Annika ist total begeistert, sie will nun auch einen Kräutergarten …«

»Verdammter Mist!«

»Was ist los?«

»Erzähle ich dir heute Abend.« Walde versuchte, sich seine Beunruhigung nicht anmerken zu lassen. »Rufst du mich bitte an, wenn die beiden zu Hause sind?“

Nachdem er eine Zeit lang auf der Bank gegenüber dem Rondell gesessen hatte, schlenderte Huck, die Hände auf dem Rücken verschränkt, weiter in den Park hinein. Seinen Rucksack hatte er neben der Bank stehen lassen. Sollte jemand neugierig sein, war darin auf den ersten Blick nichts Verdächtiges zu entdecken. Das Benzin hatte er in eine Wasserflasche gefüllt.

Er war zu dem Schluss gelangt, dass die Polizei sich nicht für das Gelände, sondern für die persönliche Bewachung von Edelberga entschieden hatte. Dennoch schreckte er von dem lauten Geräusch über ihm zusammen, als eine heftige Windböe in die Krone der Zeder fuhr. Braune Tannennadeln regneten auf ihn herab.

Die Messe in der Kapelle würde wohl nicht vor sechs Uhr stattfinden. Auf das Glöckchen, das früher immer zehn Minuten vor Beginn geläutet hatte, konnte er sich wahrscheinlich auch heute noch verlassen.

Das Treibhaus kannte er noch nicht. Durch die aufgeklappten Scheiben waren Stimmen zu hören.

»Das darf doch nicht wahr sein! Die haben den kompletten Personenschutz abgezogen.« Walde fasste sich an die Stirn.

Meyers sofortige Reaktion bestand darin, dass er das Blaulicht aufs Dach setzte und den Wagen beschleunigte.

»Willst du Gabi nicht anrufen?«

»In der Eifel reitet die Kavallerie und wir sollen in Trier mit einer schwangeren Gabi und Grabbe, der dem Teufel gerade erst von der Schippe gesprungen ist, einen hochgefährlichen Mörder dingfest machen?«

»Soviel ich weiß, haben wir noch ein paar weitere Kollegen vor Ort, die durchaus …«

»Doris vermutet, Andrea Pawelka und Annika könnten bei Schwester Edelberga sein.«

»Scheiße.« Meyer hielt beim Überholen von drei dicht hintereinander fahrenden Lkw auf einen entgegenkommenden Kleintransporter zu, der schlingernd an den Straßenrand auswich.

Der Himmel hatte sich verdunkelt. Auf der Talfahrt in die Stadt umgingen sie den Stau auf der B51 über die Busspur. Hinter der Moselbrücke blieben sie schließlich im dichten Verkehr stecken. Meyer versuchte über Lautsprecher, die auf den beiden Spuren vor der Ampel wartenden Autofahrer dazu zu bewegen, eine Mittelgasse freizumachen. Das machte einige Autofahrer so nervös, dass sie auch noch stehen blieben, als die Ampel auf Grün umsprang. Meyer schien kurz vor einem Tobsuchtsanfall zu stehen. An der Einmündung zur Bruchhausenstraße lenkte er kurzerhand den Wagen über den Zebrastreifen zwischen den Ampeln auf den Fußweg, der durch die Allee führte.

Zuerst sah er nur ihren Kopf. Sie saß auf einem Schemel an der Rückwand des Treibhauses. Über zwei Jahrzehnte war es her, dass er Edelberga zuletzt gesehen hatte. Sie war für ihn schon alt gewesen, als er damals ins Heim gekommen war. Danach hatte sie sich kaum mehr verändert. Bis heute. Sie schien mit den Jahren etwas geschrumpft und dünner geworden zu sein. Aber vielleicht lag es auch daran, dass er inzwischen groß und stark geworden war. Und ihr endlich das zurückgeben konnte, was sie verdient hatte.

Als Erstes galt es zu verhindern, dass sie schreien würde. Dazu musste er ihr Vertrauen gewinnen. Er hatte es in Saarburg auch geschafft, die alte Becker in ein Gespräch zu verwickeln. Man musste nur wissen, wofür die Leute sich interessierten. Hertha Becker hatte er an ihrem Geiz packen können. Den kannte er aus schmerzlicher Erfahrung. Die Aussicht, die Reparatur der leckenden Dachrinne für einen Apfel und ein Ei von einem Wandergesellen ausgeführt zu bekommen, war ihr sogar einen gemeinsamen Cognac wert gewesen. Die Tropfen des Betäubungsmittels hatte sie nicht herausgeschmeckt.

Und Edelberga? Alles, was mit Religion zusammenhing, war ein Minenfeld. Die Pflanzen dürften sie wohl immer noch interessieren. Hatte sie nicht damals von der Kräuterlehre einer Hildegard von Bingen geschwärmt?

Eine Frau mit auffallender Lockenpracht kam plötzlich neben der Nonne in sein Blickfeld. Sie sah nicht wie eine Polizistin aus. Und da war noch ein kleines Mädchen, das gerade auf etwas kletterte und sich mit den Ellenbogen auf dem Brett mit den Blumentöpfen aufstützte.

Meyer steuerte den Wagen mit stoischem Blick über den Alleenweg, während Fußgänger und Radfahrer auswichen und Hundebesitzer ihre an langer Leine oder nicht angeleinten Tiere in Sicherheit zu bringen versuchten. Sobald der Wagen am Kiosk zum Halten kam, stürmten die beiden Männer heraus. Auf der Straße vor der Klostermauer war niemand zu Fuß unterwegs. Der Wagen des Personenschutzes war ebenfalls nicht zu sehen. Meyer hatte bereits am Tor geklingelt und hielt nun seinen Dienstausweis vor das Auge der Kamera.

Auf dem Weg zum Gebäude spurtete Walde an seinem deutlich älteren und nicht ganz so schnellen Kollegen vorbei.

An der verwaisten Rezeption schlug Walde mit der flachen Hand derart fest auf die Klingel, dass sich das Glöckchen löste. Eine Frau in dunkelgrauem Kostüm schoss aus dem direkt hinter dem Counter gelegenen Raum hervor.

»Entschuldigung«, Walde atmete heftig. »Haben Sie Gäste im Haus?«

»Ja, vorhin ist eine Gruppe angekommen.«

»Wann?«

Sie schaute auf ihre Armbanduhr. »Vor einer Viertelstunde.«

»Haben auch Einzelreisende eingecheckt?«

»Nein.«

»Ist Ihnen ein schwarz gekleideter Mann aufgefallen, in Cord, eventuell mit Hut?«

Sie schüttelte den Kopf.

»Wissen Sie, wo sich Schwester Edelberga aufhalten könnte?«

Sie schaute wieder auf ihre Uhr. »Sie ist mit ihrem Besuch im Gewächshaus.«

»Welchem Besuch?«

»Eine Frau mit einem kleinen Mädchen.«

Zwischen den Hecken hatte Huck nichts Verdächtiges ausmachen können, als er im weiten Bogen zum Eingang des Gewächshauses gelangte. Er stützte seine Hände auf dem Sockel aus Backsteinen ab, als er in die Hocke ging und durch das milchige Glas hineinspähte.

Außer der Nonne, der jungen Frau und dem Kind am anderen Ende befand sich niemand darin. Nachdem er sich aufgerichtet hatte, zog er die Jacke glatt und strich mit beiden Händen darüber.

»Darf ich reinkommen?«, rief er in einer Art Singsang, als er freundlich lächelnd in das Gewächshaus eintrat.

Die drei hielten inne und schauten zu dem Besucher, der mit federndem Gang auf sie zugeschlendert kam und dabei keine Probleme damit zu haben schien, in die Pfützen zu treten.

»Ich bin vorhin angekommen und habe mich mal im Park umgesehen und Ihr schönes Treibhaus entdeckt.« Huck behielt sein Lächeln bei. »Entschuldigung, ich interessiere mich für Kräuter und da dachte ich …«

»Sie kommen zu den Einkehrtagen?«, fragte Edelberga, wobei sie den Besucher, der neben Andrea stehen geblieben war, von Kopf bis Fuß musterte.

Ihre Stimme hatte sich kaum verändert. Auf einmal wusste er nicht so recht, wohin mit seinen Händen. Instinktiv verschränkte er sie in frommer Haltung, wie er sie damals immer einnehmen musste. »Ja, das muss mal wieder sein.« Er zeigte auf das Bord mit jungen Pflanzen, den Töpfen und der dunklen Pflanzenerde. »Ist das Basilikum?«

»Und Dill und Schnittlauch und Petersilie«, rief Annika. »Ich kenne auch einen richtigen Peter.«

»Den Peter Pan?« Huck ging vor dem Kind in die

Hocke.

»Nein, den gibt es doch nicht richtig!« Annika stupste ihn an die Jacke. »Bist du ein Schornsteinfeger?«

»Nein, Zimmermann, so wie der Josef aus der Bibel, der Mann von Maria.«

Waldes Brustkorb verengte sich, dass er kaum mehr atmen konnte. Als er hinaus in den Park eilte, war ihm, als käme er kaum von der Stelle – wie in einem schlechten Traum.

In Gefahr hatte er sich bereits mehrmals in seinem Leben befunden, aber nun spürte er, was es bedeutete, wenn die eigene Familie betroffen war.

»Was haben wir denn da?«, hörte er Meyer hinter sich raunen.

Im Laufen schaute Walde sich um und sah, wie sein Kollege einen schwarzen Rucksack in die Höhe stemmte. Meyer zog eine Flasche heraus, drehte den Verschluss auf und schnupperte daran.

»Benzin!«

Während der kurzen Verschnaufpause hatte sich Waldes Atem etwas beruhigt. Als er die Pistole aus dem Holster zog und sie entsicherte, zog sich seine Kopfhaut zusammen und ein Schauer lief über seinen Rücken.

»Ich gehe alleine rein, okay?« Walde deutete auf das Glashaus, dessen Dach die Büsche überragte.

Meyer nickte.

Gebückt schlich Walde auf die Tür zu. Sie stand offen. Er atmete erleichtert auf, als er von drinnen Annikas Stimme hörte.

Er steckte die Pistole in den Hosenbund, pochte von innen gegen das Glas und rief: »Annika, wir müssen nach Hause, die Mama wartet mit dem Essen auf uns.« Er hoffte, dass die Anspannung in seiner Stimme ihn nicht verriet.

»Ja, gleich. Ich bekomme noch eine Pflanze, Papa, die musst du dir angucken, und Andrea kriegt auch eine.«

Walde atmete tief ein und betrat das Gewächshaus. Tausend Gedanken schossen ihm gleichzeitig durch den Kopf. Jetzt bloß nicht stolpern und womöglich bei einem Sturz die Waffe verlieren. Welche Waffen hatte der Täter? Ein Messer genügte bereits für eine Geiselnahme. Er musste ruhig bleiben, durfte keine hektischen Bewegungen machen und keinerlei Bedrohung ausstrahlen.

Robert Köhler war auf die andere Seite hinter Edelberga und Andrea getreten. Annika stand auf einem Schemel zwischen den beiden Frauen.

»Guten Tag.« Walde nickte den Anwesenden zu. »Hier steckst du! Ich habe dich schon gesucht.«

Einzelne Regentropfen platschten auf das Glasdach.

»Guck mal, die bekomme ich.« Annika zeigte auf die Arbeitsplatte, auf der Edelberga mit zittriger Hand Basilikum eintopfte. »Und Andrea kriegt die.«

Zitterte Edelberga, weil sie ihn erkannt hatte, oder war es eine Begleiterscheinung ihres Alters? Robert konnte es nicht einschätzen. Sie sah aus wie die Schildkröte auf der Zeichnung aus Brehms Tierleben. Ihr Hals war genauso faltig gewesen wie der des alten Drachens, der den Kindern von der Hölle erzählte und ihnen diese im Heim bereitet hatte.

So ganz passte das Bild nicht zu dieser alten Frau, die

freundlich mit dem Kind und dessen Mutter sprach und ihnen sogar Pflanzen schenkte. Im Heim durfte kein Kind persönlichen Besitz haben, nicht einmal das kleinste Spielzeug. Alles hatte allen gehört, nichts dem Einzelnen.

Er musste warten, bis die beiden gegangen waren. Dann würde er seinen Rucksack holen und die Sache zu Ende bringen. Edelbergas Stock war ihm nicht entgangen. Er war so aufgewühlt, dass er beinahe alle Vorsicht vergessen hatte.

Der Mann in der Tür, der nach seinem Kind rief, ließ ihn zusammenzucken. Er brauchte eine Weile, bis er realisierte, dass auf diese Weise die Chance stieg, bald mit Edelberga allein zu sein. Doch dann blieb das Kind hartnäckig und der Mann kam herein. Es war der Bulle, den er aus der Zeitung kannte.

Edelberga reichte Annika den Topf. »Und vergiss nicht, sie zu gießen, wenn es länger nicht geregnet hat.«

»Was ist länger?«

»Ein paar Tage, höchstens soviel, wie du Finger an einer Hand hast«, antwortete die Nonne und spreizte dabei ihre Hand mit den gekrümmten, rissigen Fingern. »So, jetzt wird es Zeit für dich, nach Hause zu gehen.«

»Das sind fünf.« Annika rieb sich die Erde von den Händen.

Walde schaute Andrea an. »Ich komme gleich nach, geht ihr schon mal vor.«

Sie schien zu spüren, dass etwas vorging. Er hatte schon befürchtet, sie würde etwas zur Festnahme des vermeintlichen Täters sagen. Während Andrea mit der plappernden Annika das Treibhaus verließ, war plötzlich nur das leise

Trommeln des zunehmenden Regens zu hören. Das Knattern eines Hubschraubers schallte herein. In der Nähe von zwei Krankenhäusern war das um diese Tageszeit nichts Besonderes. Dennoch befürchtete Walde, es könnte den Mann irritieren. Der wirkte, als wäre er in der Lage, jederzeit loszuschlagen.

Walde bemerkte das kleine Messer, das zwischen den Werkzeugen auf dem Bord vor Edelberga lag. Sobald Walde seine Waffe ziehen würde, gefährdete er das Leben der alten Nonne.

Er hatte den Blick des Polizisten auf das Messer bemerkt. Sein eigenes trug er griffbereit am Gürtel.

»Herr Köhler, ich denke, wir sollten reden.«

Woher kannte der Polizist seinen Namen? Seit der Schulzeit hatte ihn der Klang seines Namens nicht mehr mit solcher Wucht getroffen.

»Herr Köhler«, fuhr der Polizist fort, »Schwester Edelberga, können Sie uns bitte allein lassen?«

Das könnte dem Bullen so passen!

»Edelberga bleibt hier!« Robert hatte seine Sprache wiedergefunden. Nur eine Bewegung und die Nonne hatte sein Messer an der Kehle.

Eine falsche Bewegung und die Situation würde eskalieren. Walde traute sich nicht einmal, seine Worte mit einer Geste zu begleiten. Seinem Gegenüber war sicher bewusst, dass es kaum mehr ein Entkommen gab. Ein Platzregen machte die Scheiben undurchsichtig.

»Es geht um Peter.« Walde hielt die Luft an.

»Peter?«

»Er ist vom Dach gestürzt und hat sich schwer verletzt!«

»Nein.« Der Mann ließ die Arme sinken.

Blitzschnell fasste Walde Edelberga mit dem linken Arm um die Taille und riss sie an sich. Sie war viel leichter, als er erwartet hatte. Mit der rechten Hand zog er seine Waffe aus dem Gürtel. Dabei glitt sie ihm fast aus der Hand.

»Wenn Sie jetzt aufgeben, sorge ich dafür, dass Sie Peter besuchen dürfen.«

Hucks Atem ging schnell, noch schneller rasten seine Gedanken. Der Mann ihm gegenüber, der nun behutsam die Nonne absetzte, würde nicht ohne weiteres schießen.

»Versprechen Sie, dass ich Peter besuchen darf?« Drei Sekunden gab Huck sich noch, nach einem Topf zu greifen und diesen auf den Polizisten zu werfen, während er sich wegduckte und den drei Schritt entfernten Mann attackieren würde.

Wie von einer Explosion barsten die Scheiben, stürzten klirrend zu Boden. Alles um ihn herum schien wie in Zeitlupe abzulaufen. Roberts Kopf war blockiert. Schwarz vermummte Männer stürmten mit einem Schwall spritzendem Wasser herein, warfen sich auf ihn und drückten ihn vielhändig zu Boden.

Walde saß mit Edelberga auf der vordersten Bank der Kapelle. Auf der schwarzen Skulptur in der Nische hielt die Gottesmutter Maria ihren toten Sohn im Arm.

Eine Zeitlang hatte Walde dem schweren Atem der

Nonne gelauscht und sich dabei gefragt, ob sie der Situation gewachsen war.

»Ich habe Robert gleich erkannt«, sagte sie schließlich mit dünner Stimme. »Und dann, als ich ihn nach den Einkehrtagen gefragt habe, war ich mir sicher.«

»Warum?« Das Wort hallte in dem Raum wider.

»Hier gibt es diese Woche nur Fachseminare.«

Walde schwieg.

»Wir haben ihm und seinem Bruder Unrecht getan. Es war nicht richtig, sie zu trennen. Sie haben sich gegenseitig Halt gegeben.« Sie atmete schwer. »Damals waren andere Zeiten. Heute würde man einiges anders machen. Ich werde für sie beten.«

»Dafür ist es zu spät. Warum haben Sie mir nichts gesagt, als ich Sie nach den Pawelkas gefragt habe?«

Sie schaute zu ihm herüber. »Das hätte ich tun sollen.«

»Damit hätten Sie vielleicht Peters Sturz vom Dach verhindern können. Einmal abgesehen von Ihrer eigenen Sicherheit; wissen Sie, was Robert heute in seinem Rucksack hatte?« Walde sah den Gram in ihrem Gesicht. Tränen gab es keine. »Benzin! Und ich gehe davon aus, dass es für Sie gedacht war, als eine Art irdisches Höllenfeuer.« Diese Bemerkung konnte sich Walde nicht verkneifen. Lebte sie in dem Glauben, ihr reines Gewissen mit einer Beichte wiederherstellen zu können?

Sie senkte den Kopf. »Das wollte ich nicht ... das ist alles so lange her, ich ... ich bin auch nur ein Mensch.«

»Was ist damals im Heim geschehen?«

»Die Pawelkas hatten einen Narren an Robert gefressen und ihn bei sich aufgenommen. Erst durfte er einmal im

Monat seinen Bruder Peter im Heim besuchen, aber als Frau Pawelka hochschwanger war und danach das Baby kam … und ihr Mann hatte anderes zu tun.« Sie schob ihre Hände in die Ärmel der Tracht. »Peter ist dann allmählich abgeglitten, er war zwar der Ältere, aber auch sehr sensibel. Rudi, … Rudolf Knauer hat versucht, ihm die Lage zu erklären … dabei ist es zu dem Übergriff gekommen. Er hat nicht mit dem Messer gerechnet. Knauer wurde an einer Niere getroffen, sie war nicht mehr zu retten. Es hat ihn körperlich gar nicht so mitgenommen, aber Rudi hat sich danach im Kopf verändert. Peter ist in der Kinderpsychiatrie gelandet und später in ein anderes Heim gekommen.«

»Die Brüder hatten anschließend keinen Kontakt mehr?«

»Nein.« Sie schüttelte langsam den Kopf. »Robert kam ein paar Jahre später zurück ins Heim. Knauer hat ihm erzählt, sein Bruder Peter sei adoptiert worden.« Sie schüttelte wieder den Kopf. »Wir haben alles falsch gemacht.«

»Warum kam Robert zurück?«

»Wie ich schon sagte, Frau Pawelka war schwanger geworden. Jahrelang hatten sie es schon versucht, und auf einmal, als durch Robert der Druck scheinbar weg war, da hat es auf einmal geklappt mit der Schwangerschaft. Jahre später soll sie noch eine zweite Tochter bekommen haben. Robert war kein einfaches Kind. Er fühlte sich gegenüber Pawelkas leiblicher Tochter zurückgesetzt. Wahrscheinlich entwickelte er nach und nach einen Hass auf sie. Und dann kamen auch noch die Diebstähle hinzu.«

»Diebstähle?« Walde schaute sie fragend an. In dem fahlen Licht schienen ihre Falten wie mit einem Stift aufgemalt.

»Nichts Besonderes, er war ja noch ein Kind. Sie wohnten in Saarburg über einer Bäckerei. Im Treppenhaus standen morgens hin und wieder die frischen Backwaren, und da muss er sich des Öfteren bedient haben.«

»Und die Hausbesitzerin, Frau Becker, hat sich beschwert?«

Sie nickte. »Ich glaube, aus diesem Grund wurde den Pawelkas sogar die Wohnung gekündigt.«

»Wissen Sie, dass Frau Becker ebenfalls ermordet wurde?«

Sie senkte den Kopf, bis ihre Stirn von der Hand gestützt wurde.

»Wie konnte es sein, dass Robert zurück ins Heim kam, nachdem er adoptiert worden war?«

»Es war keine Adoption, die Pawelkas hatten ihn vorerst in Pflege genommen.«

»Als Probezeit vor einer eventuellen Adoption?«

Sie nickte.

Walde scharrte mit dem Fuß über den Steinboden. »Robert ist irgendwann dahintergekommen, was man ihm und seinem Bruder angetan hat. Wenn Peter durchkommt, wird er wegen Mitwisserschaft belangt werden.«

»Das tut mir sehr leid.«

»Morgen nehme ich Ihre Aussage zu Protokoll und erwarte, dass Sie auch später vor Gericht all das berichten, was Sie mir erzählt haben.«

Als er die Kapelle verließ, hörte er die Nonnen beten: »Mea culpa, mea culpa, mea maxima …«

… DIE MOSELKRIMIS

Kommissar Walde sieht alarmierende Anzeichen dafür, dass ein Psychopath, der vor Jahren die kleine Nicole tötete, wieder aktiv wird. Besteht eine Verbindung zu dem längst abgelegten Fall »Akte Mosel« oder jagt er ein Phantom?

1. Fall, erschienen 1999, 288 Seiten
ISBN 978-3-924 631-90-1
€ 8,90

Mysteriöse Drohungen, hochgradig vergiftete Zigaretten, der Chef der Wachmannschaft verschwindet – ein Zigarettenkonzern wird im großen Stil erpresst. Geht es um Geld oder steckt Rache dahinter?

2. Fall, erschienen 2000, 224 Seiten
ISBN 978-3-924 631-99-4
€ 8,90

Ein Frachter rammt die Moselbrücke bei Mehring und sinkt. Kommissar Walde macht im Rumpf des Wracks eine grausige Entdeckung – fünf illegale Einwanderer waren in einen Container eingesperrt. Die Spur führt zu einer Klinik in die Eifel.

3. Fall, erschienen 2001, 270 Seiten
ISBN 978-3-935 281-02-7
€ 8,90

Ein Promi aus der Trierer Geschäftswelt liegt ermordet auf der Moselinsel unter der Kaiser-Wilhelm-Brücke. Kommissar Walde und seine Kollegin Gabi stoßen bei ihren Ermittlungen auf einen Sumpf aus Korruption und Vetternwirtschaft.

4. Fall, erschienen 2002, 280 Seiten
ISBN 978-3-935 281-08-9
€ 8,90

Eigentlich hat Kommissar Walde Urlaub. Doch der Mord an einer Studentin macht ihm einen Strich durch seine persönlichen Planungen. Sie war die Freundin eines windigen Immobilienhais und die Tochter eines angesehenen Trierer Richters, der bald darauf in einen Justizskandal verwickelt wird ...

5. Fall, erschienen 2003, 256 Seiten
ISBN 978-3-935 281-21-8
€ 8,90

Die Verantwortlichen haben die Drohung bis zuletzt nicht ernst genommen. Jetzt ist keine Evakuierung der Großveranstaltung in der Trierer Innenstadt mehr möglich. Ein terroristischer Anschlag steht unmittelbar bevor. Ein nervenzerreißender Wettlauf mit der Zeit beginnt.

6. Fall, erschienen 2004, 256 Seiten
ISBN 978-3-935 281-31-7
€ 8,90

MISCHA MARTINI
CODEX MOSEL
VERLAG MICHAEL WEYAND

Ein Toter in der winterstarren Eifel: ermordet, Identität unbekannt. Die Spuren führen in das Milieu der Raubgräber. Der Roman lotet die Grenzen zwischen Fakt und Fiktion aus. Kommissar Walde macht die lebensnahe Bekanntschaft von Quintus, einem Hunde-Dickkopf.

8. Fall, erschienen 2006, 256 Seiten
ISBN 978-3-935 281-49-2
€ 8,90

Ein nächtlicher Unfall auf einer Großbaustelle in Triers City gibt Walde Rätsel auf. Besteht ein Zusammenhang mit der Leiche, die später an der Römerbrücke entdeckt wird? Die Spuren führen zu einem ehemaligen Minensuchboot und zu einem Tangoclub.

9. Fall, erschienen 2007, 256 Seiten
ISBN 978-3-935 281-56-0
€ 8,90

Kurz nach seinem gefeierten Auftritt bei den Antikenfestspielen wird ein weltberühmter Bariton tot in den Gängen des Amphitheaters aufgefunden. Kommissar Walde stößt auf ein dichtes Netz aus Intrigen und Eitelkeiten und gerät selbst in Gefahr ...

10. Fall, erschienen 2009, 256 Seiten
ISBN 978-3-935 281-64-5
€ 8,90

Ein so genannter Gutmensch wurde in seinem Auto lebendig verbrannt. Wie sich herausstellt, ist ein weiterer Mord vorausgegangen, für den die Polizei eigentlich nicht zuständig ist – ein raffiniert eingefädelter Rufmord. Kommissar Walde ahnt zu spät die Gefahr.

11. Fall, erschienen 2010, 240 Seiten
ISBN 978-3-935 281-80-5
€ 8,90